Ruth Gogoll
L wie Liebe
Staffel 4

Ruth Gogoll

L wie Liebe

Staffel 4

© 2010 by

édition el!es
Internet: www.elles.de
E-Mail: info@elles.de
Umschlaggestaltung und Satz: graphik.text Antje Küchler
ISBN 978-3-941598-06-5

1. Kapitel
Die Therapeutin

Die Therapeutin saß in ihrem Sessel und lächelte. »Wie geht es Ihnen heute?«

»Gut.« Anna lächelte auch. »Es geht mir immer gut, wenn ich Sie sehe.«

Das Lächeln der Therapeutin veränderte sich nicht. »Wie war Ihre Woche?«

»Trinken Sie mal einen Kaffee mit mir?« fragte Anna, statt die Frage zu beantworten.

Die Therapeutin zog die Augenbrauen hoch. »Warum?« fragte sie.

»Warum nicht?« erwiderte Anna.

»Weil Sie meine Patientin sind?« Die Therapeutin wirkte ungerührt.

»Ich hatte das Gefühl, unser Verhältnis ist ... gereift«, sagte Anna. »Über das zwischen Therapeutin und Patientin hinaus. Finden Sie nicht?«

Der Gesichtsausdruck der Therapeutin wurde noch professioneller. »Wie kommen Sie darauf?« fragte sie.

Anna musterte sie eindringlich. »Wir verstehen uns. Wir können über alles reden. Es ist mehr als eine berufliche Beziehung. Ich habe noch nie das Gefühl gehabt, daß mich jemand so gut versteht wie Sie. Wäre das hier eines meiner Bücher, würde ich es Liebe nennen.«

»Alle meine Patienten«, die Therapeutin lachte leicht, »und Pati*entinnen* lieben mich. Das nennt man Übertragung.«

»Ich weiß«, sagte Anna. »Ich kenne den Begriff. Aber gibt es nicht auch Ausnahmen? Haben Sie sich noch nie in einen Patienten« – sie schmunzelte – »oder in eine Patientin verliebt? So nah, wie wir uns kommen?«

»Das wäre unprofessionell«, entgegnete die Therapeutin kühl. »So etwas tut man nicht.«

»Ich habe noch nie eine Frau so bewundert wie Sie«, sagte Anna leise und fast überrascht. »Das ist ganz neu für mich.«

»Sie bewundern mich, weil ich Ihnen helfe, zu sich selbst zu finden«, erwiderte die Therapeutin. »Das ist ganz normal. Aber es wird vergehen, sobald Sie zu sich selbst gefunden haben. Und wenn es soweit ist, werden Sie auch nicht mehr phantasieren, daß Sie mich lieben. Auch das ist nur ein subjektiver Eindruck, der vergeht.«

»Nein.« Anna stand auf, beugte sich über sie und küßte sie. »Ist das ein subjektiver Eindruck, der vergeht?« fragte sie herausfordernd. »Ist das bloße Phantasie?«

Die Therapeutin musterte Anna von unten mit einem undefinierbaren Blick. »Sie sind gut in Phantasien«, erwiderte sie unbeeindruckt, als ob der Kuß gar nicht stattgefunden hätte. »Schließlich sind Sie Schriftstellerin.«

Anna fühlte sich plötzlich unwohl unter diesem Blick, richtete sich auf, drehte sich um und setzte sich wieder. »Entschuldigen Sie«, murmelte sie verlegen. »Ich bin zu weit gegangen.«

»Das ist Ihr altes Problem«, sagte die Therapeutin. »Sie überschreiten Grenzen in Ihrem realen Leben wie Sie es in Ihren Büchern tun. Aber das ist nicht dasselbe.«

»Kennen Sie meine Bücher?« fragte Anna.

»Nein.« Die Therapeutin lächelte leicht. »Aber ich kann es mir vorstellen.«

»Sie sind hetero.« Anna lachte spöttisch auf. »Was können Sie sich wohl vorstellen?«

»Es geht nicht um die sexuelle Ausrichtung.« Die Therapeutin wechselte in ihrem Sessel die Position, als wäre sie ihr plötzlich unbequem geworden. »Grenzüberschreitungen sind ein allgemeines psychologisches Problem.«

»Sind sie das«, entgegnete Anna gedehnt und beobachtete ihr Gegenüber genau. Sie waren sich ebenbürtig, da war sie sich sicher. Und das war das Reizvolle daran. Dennoch hatten die letzten sechs Monate sie nicht weitergebracht. Nicht mit ihrem Problem und nicht mit Frau Dr. Kaiser, Diplompsychologin.

»Warum ist es so schwer, die Grenzen der anderen zu erkennen?« fragte sie.

»Für *Sie*.« Frau Dr. Kaiser lachte. »Andere Menschen haben da weniger Probleme.«

»Sie haben mir keine Grenze gesetzt«, behauptete Anna. »Deshalb konnte ich sie überschreiten.«

»Eine Grenze, die Sie nicht überschreiten, müßte mit Stacheldraht gesichert sein«, sagte Frau Dr. Kaiser. »Den habe ich hier leider nicht zur Verfügung.« Sie lächelte. »Und selbst dann bin ich mir nicht sicher, ob Sie ihn nicht durchschneiden würden.«

Anna atmete tief durch. »Bin ich wirklich so schlimm?«

Frau Dr. Kaiser betrachtete sie einen Moment lang nachdenklich. »Sie sind es gewöhnt, die Kontrolle zu haben – in Ihren Büchern«, sagte sie dann. »Sie bestimmen, was die Figuren tun, wo sie es tun, wann sie es tun, welche Konsequenzen das hat. Es gibt nichts, was Sie nicht entscheiden.«

Anna lachte. »Da kennen Sie meine Figuren schlecht!«

»Sie lenken ab«, sagte Frau Dr. Kaiser. »Immer wenn ich Ihnen zu nah komme, weichen Sie aus.«

»Ich glaube nicht, daß ich das tun würde«, erwiderte Anna lächelnd. »Im Gegenteil.«

»Oder Sie flirten mit mir – was auch eine Art von Ausweichen ist«, setzte Frau Dr. Kaiser fort. »Ein Ausweichen auf ein Ihnen vertrautes Terrain – auf dem Sie sich mir überlegen fühlen. Sie können nicht verlieren.«

»Ich mag es nicht besonders«, gab Anna zu. »Das stimmt.« Sie beugte sich vor und lächelte ihre Therapeutin an. »Aber ich bin davon überzeugt, daß Sie mir beim Flirten sicherlich noch etwas beibringen können ... und ich hätte nichts dagegen, von Ihnen zu lernen.«

Frau Dr. Kaiser lachte leicht. »Womit wir wieder beim Thema wären ...« Sie schüttelte den Kopf. »Lassen Sie das, Frau Lessing, das bringt uns nicht weiter.«

»Wer weiß?« sagte Anna, immer noch lächelnd. »Es ist eine meiner erfolgreichsten Methoden. Steter Tropfen höhlt den Stein.«

»Wie bei Sabrina?« Frau Dr. Kaiser wurde ernst. »Deshalb sind Sie jetzt hier.«

Annas Lächeln erstarb. Sie hob die Hände. »Sie sind zu schlau für mich«, seufzte sie. »Immer wieder schaffen Sie es, mich auf den Pfad der Tugend zurückzuführen. Das hat noch keine Frau fertiggebracht.«

»Auf den Pfad der Tugend?« Frau Dr. Kaiser hob die Augenbrauen. »Seit wann?«

Anna zuckte die Schultern. »Ich finde, ich bin eigentlich recht tugendsam in den letzten Monaten.«

»Da geht unsere Definition dieses Begriffes wohl weit auseinander.« Dr. Kaiser betrachtete einen Punkt in der Luft. »Soweit ich mich erinnere, haben Sie mir, seit Sie bei mir sind, jede Woche von mindestens einer neuen Frau erzählt, die Sie . . . kennengelernt haben. Zwölf Frauen in zwölf Wochen.«

»Das sind nur drei Monate«, sagte Anna. »Also war ich die anderen drei doch sehr tugendhaft«, sie grinste, »wenn Sie bei Ihrer Buchführung nicht etwas vergessen haben. Aber anscheinend zählen Sie ja genau mit.«

»Ich fertige nach jeder Sitzung ein Protokoll an«, bemerkte Frau Dr. Kaiser trocken. »Das gehört zu meiner Arbeit. Aber ich weiß natürlich nicht«, sie machte eine kleine Pause, »ob die Liste, die Sie mir geliefert haben, vollständig ist.«

»Ich führe keine Listen«, sagte Anna, »das überlasse ich Ihnen – wenn es Ihnen Spaß macht . . .«

»Es gehört zu meinen Aufgaben, die Sitzungen schriftlich festzuhalten«, sagte Dr. Kaiser. »Das ist alles. Es macht mir keinen besonderen Spaß, es ist einfach meine berufliche Pflicht.«

»Und wie viele Patienten haben Sie, die eine solche Liste vorweisen können?« fragte Anna.

»Sind Sie stolz darauf?« fragte Dr. Kaiser zurück.

Anna öffnete den Mund, um zu antworten, tat es dann aber doch nicht.

»Sie *sind* stolz darauf«, stellte Frau Dr. Kaiser fest. »In gewisser Weise.«

Anna hob erneut die Achseln. »Es ist zu einfach«, sagte sie. »Kein Grund, stolz zu sein.«

»Hat je eine Frau nein zu Ihnen gesagt?« fragte Frau Dr. Kaiser. »Außer . . . Sabrina?«

»Hätte sie es doch getan!« stöhnte Anna verzweifelt auf. Sie legte ihren Kopf in die Hände. »Hätte sie doch nie ja gesagt ...«

»Was zweifellos schwer ist Ihnen gegenüber«, vermutete Frau Dr. Kaiser. »Wenn ich mir Ihr Verhalten so betrachte ... heute zum Beispiel.«

»Das hätte Sabrina nicht beeindruckt – genausowenig wie Sie«, sagte Anna.

»Oh, es hat mich beeindruckt«, erwiderte Frau Dr. Kaiser. »Nur nicht so, wie Sie es gern hätten.«

»Haben Sie schon einmal eine Frau geküßt?« fragte Anna. »Ich meine, nicht mich ... heute. Eine andere.«

»Ich habe Sie nicht geküßt«, korrigierte Frau Dr. Kaiser. »Nur Sie mich. Ich denke, den Unterschied kennen Sie.«

»Sie haben meine Frage nicht beantwortet«, sagte Anna.

»Um solche Fragen zu beantworten, sind wir nicht hier«, sagte Dr. Kaiser. »Es geht um Sie, nicht um mich.«

»Es interessiert mich aber«, beharrte Anna.

»Ich weiß.« Dr. Kaiser lächelte.

Anna fühlte dieses Lächeln bis in die tiefsten Fasern ihres Körpers dringen. Der Kuß heute hatte ihr den Rest gegeben. Sie spürte Dr. Kaisers Lippen immer noch auf ihren.

»Die Zeit ist um«, sagte Dr. Kaiser mit einem Blick auf ihre Uhr. »Bis nächste Woche.« Sie stand auf.

»Schon?« Anna fühlte Enttäuschung in sich. »Die Zeit geht immer viel zu schnell vorbei.« Aber sie stand ebenfalls auf.

»Die Zeit vergeht immer gleich schnell«, sagte Dr. Kaiser, während sie zur Tür ging. »Es kommt Ihnen nur so vor, als verginge sie schneller, wenn Sie bei mir sind.«

Anna trat neben sie und beugte sich zu ihr.

Dr. Kaiser verzog die Mundwinkel. »Ein Kuß reicht für einen Tag«, sagte sie. »Ich sehe Sie nächste Woche.«

»Ich wollte gar nicht –« Es war Anna nicht bewußt gewesen, wie nah sie Dr. Kaisers Mund gekommen war, als sie sich zu ihr hinunterbeugte.

»Es fällt Ihnen schwer, sich von einer Frau zu verabschieden, ohne sie zu küssen, nicht wahr?« fragte Dr. Kaiser. »Daran müssen wir arbeiten.«

Anna konnte nichts mehr sagen, sie nickte nur, gab Frau Dr. Kaiser die Hand und ging.

2. Kapitel
Zeiteinteilung

»O Mann ... daß du mich dazu überreden konntest!« Carolin sank mit einem schmerzerfüllten Ausdruck im Gesicht vom Fahrradsattel ins Gras.

»Das ist der Deal.« Rebekka grinste. »Wir verbringen mehr Zeit miteinander, aber fünfzig Prozent der Zeit darf ich bestimmen, was wir tun.« Sie ließ sich ebenfalls ins Gras sinken, allerdings ohne den schmerzerfüllten Ausdruck.

»Gut, daß wir eine paritätische Ehe haben«, sagte Carolin, »und ich wenigstens die anderen fünfzig Prozent bestimmen darf.«

»Jede Ehe sollte paritätisch sein«, sagte Rebekka, legte sich auf den Rücken und nahm einen Grashalm zwischen die Lippen. »Gleichgestellt und gleichberechtigt.«

»Klar, aber wie viele sind das?« Carolin stöhnte ein wenig, als sie sich zu Rebekka hinüberbeugte. »Und ob unsere Ehe wirklich paritätisch ist ... ich meine, abgesehen vom Bestimmen der Zeit ...« Sie schnappte mit ihren Lippen nach dem Grashalm und nahm ihn Rebekka weg.

»Fühlst du dich unterdrückt?« fragte Rebekka, während sie sich nun ihrerseits über Carolin beugte und versuchte ihr den Grashalm mit den Lippen wieder abzunehmen.

»Hm.« Carolin versuchte ihre Lippen zusammenzupressen, um den Besitz des Grashalms zu verteidigen, und schüttelte nur den Kopf. Aber Rebekka schaffte es trotzdem. »Du?« fragte Carolin.

»Na ja ...« Rebekka hielt den Grashalm nun zwischen ihren Fingern. Sie blickte nachdenklich hinauf in den Himmel.

»Was?« Carolin starrte sie überrascht an.

»Na ja ...«, wiederholte Rebekka vorsichtig. »Mein Leben hat sich schon sehr verändert, seit wir verheiratet sind.«

»Das liegt aber nicht nur an mir«, protestierte Carolin. »Es liegt auch an der Umstrukturierung deines Unternehmens«, sie lächelte, »wodurch wir jetzt auch mehr Zeit füreinander haben.«

»Ja, das ist ein äußerst positiver Effekt«, gab Rebekka zu. Sie ließ den Grashalm fallen, beugte sich über Carolin und küßte sie leicht. »Das hätte ich mir früher nie vorstellen können.« Sie lächelte ebenfalls.

»Eine Gefahr besteht natürlich«, sagte Carolin. »Als wir uns nur so selten sehen konnten, wußte ich, daß ich dadurch immer interessant für dich bleiben würde. Jetzt ... wo wir jeden Morgen miteinander aufwachen und jeden Abend miteinander einschlafen ... und auch sonst viel mehr miteinander unternehmen ...« Ihre Augen blitzten schelmisch.

»Ja, stimmt«, sagte Rebekka und ließ sich auf den Rücken fallen. »Du bist richtig uninteressant für mich geworden. Gut, daß du mich daran erinnerst. Ich muß mich sofort nach einer anderen Frau umsehen.« Sie sprang auf und saß im nächsten Moment auf ihrem Fahrrad, als wollte sie losfahren.

»Rebekka ...« Carolin stand stöhnend auf und hielt sich den Po. »Das habe ich doch nicht gemeint.«

»Natürlich nicht.« Rebekka stieg wieder ab. »Meine süße, kleine Frau wollte mich nur zu einem Kompliment ermutigen – weil die ja so selten sind.« Sie lächelte und nahm Carolin in den Arm.

»Ich bin nicht klein«, protestierte Carolin. »Du bist einfach sehr groß.«

»Alles ist relativ«, sagte Rebekka. »Viele Männer sind größer als ich – und vermutlich alle Models auf irgendwelchen Laufstegen.«

Carolin knetete Rebekkas Po. »Gut, daß du nicht so knochig bist wie die. Da würde man sich ja nur blaue Flecken holen.«

»Wobei?« fragte Rebekka keck, hielt Carolin ein wenig von sich und musterte ihr Gesicht gespielt neugierig.

»Als ob du das nicht wüßtest.« Carolin stöhnte auf. »Bei etwas, das momentan für mich vermutlich eine SM-Übung wäre, wenn ich es versuchen würde.«

»Deshalb müssen wir jetzt davon Abstand nehmen?« flüsterte Rebekka, suchte Carolins Lippen und küßte sie.

»Mhm ... Schatz ...« Carolin schmiegte sich an sie, als Rebekka ihre Lippen freiließ. »Produzierst du auch schmerzstillende Mittel? Wenn du deine Küsse auf den Markt bringen würdest, könnte das funktionieren.«

»Nein, in der Pharmaindustrie bin ich noch nicht«, erwiderte Rebekka lachend. »Heißt das ...?« Sie fuhr den Duft genießend mit ihrer Nase durch Carolins Haar. »Heißt das, es wäre jetzt kein SM mehr?« Ihre Hand glitt streichelnd an Carolins Rücken hinunter bis auf ihren Po.

»So gut sind deine Küsse auch wieder nicht.« Carolin ließ sich mit Rebekka ins Gras sinken und verzog das Gesicht. »Aber wenn es SM sein muß, dann ist es eben SM.« Sie umarmte Rebekka und öffnete ihre Schenkel, damit Rebekka dazwischengleiten konnte.

»Ich will dir nicht wehtun«, flüsterte Rebekka heiser.

»Tust du nicht.« Carolin stellte ihre Beine auf und hob ihre Hüften an, um sich an Rebekka zu reiben. »Ich spüre gar nichts mehr.« Ihre Stimme klang noch rauher als Rebekkas.

»Gar nichts?« Rebekkas Hand glitt auf Carolins Brust.

»Keine Schmerzen«, flüsterte Carolin. Ihre Brustwarze schwoll unter Rebekkas Handfläche an.

Rebekka wollte sich mit ihr umdrehen.

»Nicht«, sagte Carolin. »Ich will unten liegen. Wenn ich auf dir sitzen muß, kommen wieder die Radfahrpomuskeln zum Einsatz.«

Rebekka lachte. »Ich wollte nur paritätisch sein, weil ... heute morgen ...«

»Du sprichst zu viel mit der Gewerkschaft«, sagte Carolin. »*So* paritätisch muß es nicht sein.« Sie schmunzelte. »Und hättest du mir heute morgen gesagt, was du im Laufe des Tages noch tun willst, hätte ich dich nicht schon nach drei, vier, fünf Orgasmen gehen lassen. Dann hätte ich zehn von dir verlangt, bis du nicht mehr gekonnt hättest und die Fahrt hier ausgefallen wäre.«

»Ich kann auch noch nach zehn Fahrradfahren«, behauptete Rebekka. »Nach einer kleinen Regenerationszeit.«

»Du und dein Training ...«, seufzte Carolin. »Ich werde mir immer vorkommen wie ein schlaffer Sack gegen dich.«

»Was ist denn schlaff an dir?« Rebekka massierte Carolins Seite, ihre Hüfte, ihren Schenkel. »Das ist alles fest und knackig.«

»Mhmm ...« Carolin schloß die Augen. »Mach weiter ...«

Rebekka hob sich etwas an, schob Carolins enges Radfahrshirt nach oben und dann den Sport-BH. Sie beugte sich hinunter und nahm eine Brustwarze in den Mund.

Carolin schrie leise auf. »Ich dachte ... heute morgen ... ich könnte ... nie wieder ...«, stieß sie keuchend hervor. »Ich war so fertig.«

»Regenerationszeit.« Rebekka grinste. »Du bist jetzt eben auch besser im Training.«

»Dreimal am Tag ... ist doch ... kein Training«, foppte Carolin

Rebekka, während sie nach Luft schnappte.

»Na warte ...«, flüsterte Rebekka. »Heute wird es garantiert mehr als das.«

»Am Sonntag soll man sich ausruhen!« Carolin schrie erneut auf. Rebekka zog ihr die Radlerhosen herunter. »Wenn jemand kommt ...«, flüsterte Carolin schamhaft.

»Soll er doch gucken«, entgegnete Rebekka rauh. Ihre Augen funkelten erregt, während sie Carolins halbnackte Gestalt im Gras betrachtete. »Geht niemand etwas an, wenn ich mit meiner Frau schlafe. Das gehört zu den ehelichen Pflichten.« Sie ließ ihren Mund zwischen Carolins Beine sinken.

Carolin fühlte Rebekkas Zunge in sich eindringen und stöhnte auf.

Rebekka stoppte. »Tut's weh?« fragte sie besorgt.

»Nein ... nein ...« Carolin warf den Kopf zur Seite. »O bitte ... hör nicht auf ...«

Rebekka lächelte und spreizte Carolins Beine noch mehr, bevor sie sich wieder den geschwollenen Schamlippen widmete. »Du siehst so wunderschön aus hier unten«, flüsterte sie hingerissen. Sie drang mit ihrer Zunge erneut tief in Carolin ein.

Carolin stöhnte, griff nach Rebekka, zerwühlte ihr Haar. Sie fühlte Rebekkas Zunge so tief in sich, wie sie gar nicht sein konnte. Alle Fasern ihres Körpers sehnten sich Rebekka entgegen, wollten sie tiefer und tiefer in sich aufnehmen. »Ich will ein Kind von dir, Rebekka«, flüsterte sie. »Bitte ...«

Rebekka hielt inne. Ihr Kopf hob sich. »Was?«

Carolin atmete schwer. »Ich will ... ein Kind ... von dir«, wiederholte sie zwischen den Atemzügen. »Das wolltest du doch auch.«

»Ja.« Rebekka schob sich neben sie und nahm sie in den Arm. »Ja, das wollte ich. Das wäre schön.« Sie streichelte nachdenklich Carolins Rücken.

»Was ist?« fragte Carolin. Ihr Atem beruhigte sich langsam. Sie fühlte warme Luft über ihren nackten Po streichen.

»Ich weiß nicht«, erwiderte Rebekka langsam. »Ich hätte jetzt mehr Zeit ... ich könnte vielleicht selbst —«

»Willst du kein Kind von mir?« fragte Carolin etwas enttäuscht.

»Doch.« Rebekka lächelte sie an. »Ich hätte gern ganz viele kleine Carolins, das ganze Haus voll.«

Carolin lachte. »Ich wollte nicht zur Gebärmaschine mutieren. Ich hatte an eins gedacht, oder vielleicht zwei.«

»Ja, zwei wären ideal«, sagte Rebekka. »Ich war nicht gern ein Einzelkind.«

»Dann zwei«, stimmte Carolin zu. »Eins von dir und eins von mir. Das ginge schon. Obwohl...« Sie schaute Rebekka an. »Ehrlich gesagt...«

Rebekka verzog das Gesicht. »Du kannst dir mich nicht als Mutter vorstellen«, sagte sie.

»Nicht wirklich«, gab Carolin zu. »Aber wenn du willst...«

»Ich dachte nur... an meine Mutter«, überlegte Rebekka etwas unschlüssig. »Wir hatten darüber gesprochen, meine Eizellen zu verwenden – auch wenn das Kind dann eine andere Frau austragen sollte.«

»Svenja«, sagte Carolin trocken.

»Ja, Svenja.« Rebekka schaute Carolin ernst an. »Es waren andere Umstände damals. Mit dir ist das natürlich nicht nötig. Meine Mutter liebt dich.« Sie lächelte Carolin an.

»Aber sie hätte vielleicht doch lieber dein Genmaterial in ihren Enkeln als meins?« fragte Carolin.

»Sie würde das natürlich niemals sagen«, entgegnete Rebekka leicht unglücklich, »aber wenn es ein Junge wäre – und er würde meinem Vater ähneln...«

»Das wäre schön für sie.« Carolin nickte. Dann atmete sie tief durch. »Also gut, bekommst du eben das Kind. Das erste zumindest.«

»Ach verdammt...«, schimpfte Rebekka. »Warum geht das nicht wie bei Heteros? Ein Stück von mir, ein Stück von dir...«

»Das funktioniert noch nicht«, sagte Carolin seufzend. »Zwei Eizellen verschmelzen. Also müssen wir uns wohl auf das beschränken, was es gibt.«

»Ja, müssen wir wohl.« Rebekka schaute sie zärtlich an. »Aber... ehrlich gesagt... das erste würde ich gern dir überlassen. Ich glaube, ich... bin noch nicht soweit.«

Carolin schmunzelte. »Damit bin ich absolut einverstanden. Du hast ja noch Zeit genug. Und jetzt«, flüsterte sie und schob ihre Hüften auf Rebekka zu, »arbeiten wir an dem Testprogramm für die Eizellenverschmelzung. Vielleicht klappt's ja.«

Rebekka schnappte nach Luft. Ein heißer Strahl fuhr zwischen ihre Beine. Sie zog sich selbst schnell die Radlerhosen aus, drehte sich um und setzte sich über Carolins Gesicht.

»Mhmmmm ...«, machte Carolin, während sie Rebekkas Schamlippen in sich einsog. »Das ist natürlich noch besser.«

Rebekkas Kopf verschwand zwischen Carolins Beinen, als Carolin ihre Zunge über Rebekkas Perle flutschen ließ. Sie stöhnten beide gleichzeitig auf.

Immer heftiger wurden ihre Bewegungen und immer lauter wurde ihr gemeinsames Stöhnen, bis es schließlich in einem doppelten Schrei endete.

Selbst wenn es nicht so weit entfernt gewesen wäre, hätten sie das leise Geräusch der Videokamera nicht gehört, als sie glücklich aufeinander niedersanken.

3. Kapitel
KOMA

»Wie geht es ihr?«

»Unverändert.« Chris seufzte. »Seit sie die Augen aufgemacht hat, tut sich nichts mehr.«

Rick und Anita setzten sich zu Chris an Sabrinas Bett.

»Du mußt dich auch einmal ausruhen«, sagte Anita sanft. »Geh nach Hause. Ich bleibe hier.«

»Ich ... ich kann nicht«, flüsterte Chris. Sie schaute in Sabrinas Gesicht mit den geöffneten Augen, die nichts sahen und doch so wirkten, als wäre sie wach. »Ich kann sie nicht alleinlassen.«

»Wir kümmern uns um sie.« Rick legte eine Hand auf Chris' Arm. »Alle hier im Krankenhaus tun das. Es nützt doch nichts, wenn du auch noch zusammenbrichst.«

»Das bin ich schon«, sagte Chris. »Es sieht nur nicht so aus.«

»Ich weiß.« Rick blickte sie teilnehmend an. »Wir glauben alle fest daran, daß sie aufwacht ... richtig aufwacht. Es braucht nur seine Zeit.« Sie erinnerte sich daran, wie Chris fast durchgedreht war, als Sabrina nach ein paar Wochen die Augen aufgeschlagen hatte. Alle hatten sie gedacht, es wäre vorbei. Aber so war es nicht. Aus dem Koma war nur ein Wachkoma geworden. Was Sabrina tatsächlich wahrnahm wußte niemand. Sie reagierte kaum.

»Ja, Zeit ...«, sagte Chris. Ihre Stimme klang hoffnungslos. Nach sechs Monaten konnte sie sich kaum noch vorstellen, wie Sabrina vor ihrem Unfall ausgesehen hatte. Aus der schönen, begehrenswerten Frau war ein lebloses Stück Fleisch geworden.

Und doch konnte Chris nicht glauben, daß es für immer vorbei sein sollte. Sie konnte sich ein Leben ohne Sabrina nicht vorstellen, auch wenn es dieses Leben war.

»Ich hole mir einen Kaffee«, sagte sie, warf noch einen Blick auf das Bett und verließ das Zimmer.

»Denkst du, es gibt noch Hoffnung?« fragte Anita, während sie Sabrinas blasses, ausgezehrtes Gesicht betrachtete. Sabrina schaute sie an, aber Anita wußte, daß es ein falscher Eindruck war.

Rick atmete tief durch. »Wer kann das wissen? Wir können nichts weiter tun als Chris unterstützen, soweit es eben geht.«

Die Tür öffnete sich, Rick blickte kurz auf in der Erwartung, daß Chris zurückkam. »Was tust du denn hier?« entfuhr es ihr überrascht.

Erst jetzt drehte sich auch Anita um.

»Ich habe es erst heute erfahren«, sagte Anna. »Ich wußte von nichts.« Sie starrte auf Anita und schluckte. »Hallo.« Ihre Stimme schien kaum zu tragen.

Anita schluckte auch. »Hallo«, erwiderte sie schwach. Es war das erste Mal seit ihrer Trennung, daß Anna und sie sich wiedersahen.

»Darf ich?« Anna warf einen Blick auf das Bett.

Rick stand auf. »Ja, sicher«, sagte sie. »Sie reagiert nicht. Du wirst nicht viel davon haben.«

»Deshalb bin ich nicht gekommen«, sagte Anna. Sie trat an Rick vorbei auf das Bett zu und schaute auf Sabrinas leblose Gestalt hinab. »Sabrina ...«, flüsterte sie.

Anita stand auf und ging hinaus.

»Du bist wirklich der Takt in Person«, sagte Rick. »Glückwunsch.«

Anna drehte sich um und schaute sie an. »Ich wußte nicht, daß Anita hier ist«, sagte sie.

»Was willst du hier?« fragte Rick erneut. »Du machst Anita unglücklicher als sie es ohnehin schon ist, und Sabrina wäre sicherlich auch nicht erfreut dich zu sehen, wenn sie wach wäre. Ganz zu schweigen von Chris, die wahrscheinlich gleich zurückkommt. Sie wollte sich nur einen Kaffee holen.«

»Scheint, ich habe hier nicht gerade einen Fanclub.« Ein schiefes Grinsen schlich sich in Annas Mundwinkel. »Aber das habe ich auch nicht erwartet. Ich war nur so geschockt, als ich es hörte. Ich mußte herkommen.«

»Na gut«, sagte Rick. »Aber mach es kurz. Mehr als diesen Blick«, sie wies auf Sabrinas Gesicht, »wirst du nicht von ihr bekommen. Das hat sich seit Monaten nicht geändert. Und ich möchte nicht, daß Chris dich sieht.«

»Ja, Chris...« Anna atmete tief durch. »Wie verkraftet sie es?«

»Als ob dich das interessieren würde«, sagte Rick. »Chris ist dir doch völlig egal. Sie war dir auch völlig egal, als du ihr die Frau weggenommen hast.«

»Du verstehst nicht«, sagte Anna. »Ich —« Sie brach ab. Ihre Augen ruhten auf Sabrina, nahmen ihre Gestalt in sich auf. Sie versuchte das Entsetzen zu bezwingen, das sie erfaßte. Als sie es gehört hatte, hatte sie es sich nicht vorstellen können. Nie hätte sie geglaubt, daß Sabrina so daliegen könnte, mit offenen Augen und doch offensichtlich abwesend, schlafend, unansprechbar.

Sie beugte sich hinunter und hauchte einen Kuß auf Sabrinas Lippen, die weder kalt noch warm waren, weder lebendig noch tot.

Langsam richtete sie sich auf, die Augen immer noch auf Sabrinas Gesicht geheftet. »Ich bin wohl doch nicht der Prinz — und du bist nicht Dornröschen«, sagte sie leise und erschüttert.

»Was hast du erwartet?« Ricks Bemerkung riß Anna aus ihrer Versunkenheit. »Daß sie aufwachen würde, nur weil du sie küßt? Wofür hältst du dich? Denkst du nicht, Chris hätte das schon oft genug versucht?«

Anna schloß kurz die Augen, um sich zu sammeln, aber als sie sich zu Rick umdrehte, waren sie wieder klar. »Ich will nicht länger stören«, sagte sie gefaßt, wenn es ihr auch schwerfiel. »Ich wollte sie nur sehen.«

»Das hast du ja jetzt«, sagte Rick. Sie wies zur Tür. »Und ich wäre dir sehr verbunden, wenn du Anita nicht noch mehr aufregen würdest.«

Ein Anflug des spöttischen Lächelns, das Annas Markenzeichen war, kehrte in ihre Mundwinkel zurück. »Braucht sie so dringend eine große Schwester? Oder sprichst du als Ex-Liebhaberin?« Sie verzog die Lippen. »Haben wir da nicht etwas gemeinsam?«

»Kaum«, sagte Rick. »Und wenn du es genau wissen willst, ich spreche als ihre Freundin. Denn das bin ich immer noch. Was man von dir nicht behaupten kann.«

»Woher willst du das wissen?« fragte Anna. »Sie hat mich verlassen, nicht ich sie.«

»Aus gutem Grund«, sagte Rick. »Und jetzt geh bitte. Chris ist sicher gleich zurück.«

Anna warf noch einen langen Blick auf Sabrina, dann ging sie zur Tür. Als sie den Gang betrat, sah sie Anita ein Stück weiter an die Wand gelehnt dastehen. Sie ging zu ihr.

»Wie . . . wie geht es dir?« fragte sie leise.

Anita antwortete nicht, schaute sie nicht an.

»Ich habe kein brauchbares Wort geschrieben, seit du weg bist«, fuhr Anna fort. »Du fehlst mir.«

»Nicht ich. Deine Muse«, erwiderte Anita müde.

»Bist du mit jemand zusammen?« fragte Anna.

»Das habe ich mir abgewöhnt.« Anita schaute sie an. »Dich zu fragen kann ich mir wohl sparen.«

»Ja, ich —« Anna trat etwas verlegen von einem Bein aufs andere. »Aber es bedeutet mir nichts. Und es dauert niemals länger. Oft nur eine Nacht, eine Woche vielleicht . . .«

»Ich habe von der einen oder anderen Woche gehört«, sagte Anita. »Selbst bis zu mir spricht sich das rum.«

»Die Szene ist eben doch klein«, sagte Anna. »Sogar in einer Großstadt.«

»Und obwohl du so viele Frauen ausprobiert hast, war keine Muse dabei?« fragte Anita. »Das wundert mich.«

»Du unterschätzt deine Einmaligkeit. Du bist etwas ganz Besonderes«, sagte Anna. »Ich dachte, das wenigstens hätte ich dir vermittelt.«

»Wie?« fragte Anita resigniert. »So, wie du Sabrina eben angesehen hast — selbst jetzt noch, in ihrem Zustand —, hast du mich nie angesehen.«

»Weil du nicht sie bist«, sagte Anna. »Meine Gefühle für dich waren ... völlig anders.«

»Gefühle?« Anita hob die Augenbrauen. »Du hattest Gefühle für mich?« Sie lachte trostlos auf. »Ja, okay, im Bett.«

»Nicht nur im Bett.« Anna stützte ihre Arme zu beiden Seiten neben Anitas Kopf ab und schaute sie eindringlich an. »Es war viel mehr als das.« Sie beugte sich vor und hauchte einen Kuß auf Anitas Lippen. »Viel mehr.«

Anita schloß die Augen, wartete einen Moment, dann öffnete sie sie wieder. »Was willst du?« fragte sie mühsam. »Du bist nicht meinetwegen hergekommen, sondern wegen Sabrina. Es hat sich nichts geändert. All deine Gedanken kreisen um sie.«

»Nicht alle«, sagte Anna, »aber viele. Ich mache eine Therapie deshalb.«

»Eine Therapie?« Anita blickte sie erstaunt an. »Wegen Sabrina?«

»Nicht wegen Sabrina.« Anna drehte sich halb herum und lehnte sich neben Anita an die Wand. »Wegen mir. Wegen dem, was ich falschgemacht habe.«

»Was du mit Sabrina falschgemacht hast«, vermutete Anita. »Damit du es bessermachen kannst, wenn sie aufwacht? Glaubst du, daß sie daran noch Interesse hat? Und Chris? Was ist mit Chris? Sie opfert sich für Sabrina auf, ist den ganzen Tag hier im Krankenhaus, sogar die Nächte. Sie hat kein anderes Leben mehr.«

»Das ist schrecklich«, sagte Anna. »Für sie beide. Gibt es denn überhaupt noch Hoffnung, daß Sabrina –?«

»Ich weiß es nicht«, sagte Anita. »Du solltest dir keine allzugroßen Hoffnungen machen, daß sie noch einmal zu dir zurückkehrt.« Sie senkte den Kopf.

»Ich wünsche Chris, daß sie aufwacht«, sagte Anna leise. »Chris und Sabrina, den beiden. Nicht mir.« Sie drehte sich zu Anita. »Was ich mir wirklich wünschen würde, ist, daß *du* zu mir zurückkehrst.«

»Ich?« Anita blickte auf. »Wegen mir machst du bestimmt keine Therapie.«

»Doch«, sagte Anna. »Ich habe mit meiner Therapeutin auch über dich gesprochen.«

»Ist sie attraktiv? Deine Therapeutin, meine ich.« Anita verzog die Mundwinkel. »Wenn sie es nicht wäre, würdest du es sicherlich nicht tun. Du willst doch deinen Spaß haben.«

»So sehr habe ich dich verletzt?« fragte Anna betroffen. Sie strich sanft mit einem Finger über Anitas Wange. »Nachdem ich deinen Brief gelesen hatte, wollte ich dich anrufen. Tagelang«, fuhr sie leise fort. »Aber dann habe ich mich nicht getraut. Ich wollte dich nicht noch mehr verletzen.«

»Du hast dich nicht getraut?« Anita lachte auf. »Das glaube ich nicht. Ich denke eher, du warst mit anderen . . . Dingen beschäftigt.«

»Mit anderen Frauen, meinst du.« Anna seufzte. »Ja, das stimmt. Du hast eine große Lücke hinterlassen.«

»Ich bitte dich, Anna . . .« Anita verzog das Gesicht. »Bind mir doch nicht so einen Bären auf. Das ist selbst für mich zuviel.«

»Ich binde dir keinen Bären auf«, sagte Anna. »Ich meine das völlig ernst. Ja, du bist meine Muse, das gebe ich zu. Mir fehlt die Anregung, die Inspiration.« Sie lehnte sich erneut zu Anita und streichelte ihre Wange. »Als Sabrina bei mir war, konnte ich nicht schreiben, nichts Gutes jedenfalls. Als du bei mir warst, sprudelte es nur so aus mir heraus. Was denkst du, wen ich mir zurückwünsche?«

»Es geht doch nicht nur ums Schreiben«, sagte Anita. »Auch wenn«, sie schluckte, ». . . Sabrina keine Muse für dich war, war sie doch die Frau, die du wolltest. Du wolltest sie so sehr, daß du sie einer anderen Frau weggenommen hast. Für mich hättest du den Aufwand wohl kaum getrieben.«

»Ich bin nicht zufällig ins Kaufhaus gekommen damals«, sagte Anna. »Nach unserem Gespräch auf der Buchmesse habe ich gespürt, daß ich etwas für dich empfinde . . . daß ich dich brauche.«

»Ja, wie einen Computer oder einen Stift«, sagte Anita. »Wie ein Werkzeug. Zum Schreiben.«

»Nein«, sagte Anna. »Das ist nur die eine Seite der Medaille. Ich leugne das nicht. Aber du bist eine wundervolle Frau. Du gibst mir so viel Ruhe, so viel Kraft.« Sie seufzte. »Ich wünschte, ich könnte dir etwas in der Art zurückgeben. Aber anscheinend konnte ich das nicht.«

Anita schluckte erneut. »Du hast mir . . . eine ganze Menge gegeben«, sagte sie leise. »Aber ich habe mich immer gefragt, ob du es wirklich mir geben wolltest oder nicht eher . . . Sabrina.«

»Sabrina war Schmerz und Qual«, erwiderte Anna langsam und nachdenklich. »Du warst Freude. Reine, ungetrübte Freude.«

»Sie war dir den Schmerz wert«, sagte Anita. »Freude ist vielleicht . . . nicht so interessant.« Sie verzog etwas gequält das Gesicht. »Aber es ist nett, daß du das sagst. Ich habe mich immer gefragt, was du von mir wolltest.«

»Es tut mir leid, daß du dich das fragen mußtest«, sagte Anna. »Ich weiß, ich habe dir nie eine zufriedenstellende Antwort darauf gegeben. Weil ich es selbst nicht wußte. Erst als ich dich verloren hatte . . . und als ich dann in Therapie war . . .« Sie seufzte. »Meine Therapeutin hat mir so den Kopf zurechtgesetzt.« Sie lachte. »Zur Strafe habe ich sie heute geküßt. Das hat ihr nicht gefallen.«

»Wußte ich's doch.« Ein Schmunzeln schlich sich in Anitas Mundwinkel. »Sie *ist* attraktiv.«

»Ja, ist sie«, gab Anna auf einmal viel lockerer zu. Sie legte den Kopf schief. »Und vielleicht hat es ihr ja doch gefallen, sie gibt es nur nicht zu.«

»Ich kann mir nicht vorstellen, daß deine Kußkünste sie nicht beeindruckt haben«, sagte Anita. »Mich haben sie —«

Anna schnitt ihr das Wort ab, indem sie sie erneut küßte, diesmal weniger zurückhaltend als das erste Mal. »Deine Lippen sind die süßeste Versuchung, die es gibt«, flüsterte sie an ihrem Mund.

Anita genoß den Kuß, schob sie dann aber zurück. »Viel hat die Therapie nicht genützt«, stellte sie trocken fest. »Du denkst immer noch, du kannst jede Frau einfach so haben, insbesondere mich.«

»Hast du wirklich sechs Monate keinen Sex gehabt?« fragte Anna ungläubig.

Anita lachte leicht. »Du meinst, ich müßte ausgehungert sein?« Sie schüttelte den Kopf. »Nein, Anna, so einfach ist das nicht mehr. Die Zeiten sind vorbei. Ich gehe jetzt ins Krankenzimmer zurück und werde mich um Sabrina kümmern und um Chris. Du stehst nicht mehr ganz oben auf meiner Liste.«

Sie strich Anna zum Abschied lächelnd über die Wange und ging den Gang hinunter davon.

4. Kapitel
MIT WEM?

»Mit wem hast du letzte Nacht geschlafen?« fragte Geraldine wütend, nachdem sie in Silvias Zimmer gestürmt war. »War sie es wert?«

Silvia schaute sie an, atmete tief durch und verschränkte die Arme vor der Brust. »Was haben wir vereinbart?«

»Loving you's a dirty job but somebody's got to do it«, quetschte Geraldine zwischen den Zähnen hervor.

»Wie bitte?« Silvia lachte ungläubig auf.

»Dich zu lieben —«

»O danke!« Silvia hob abwehrend die Hände. »Nicht auch noch eine Übersetzung, bitte. Ich habe es schon verstanden.« Sie schüttelte immer noch ungläubig den Kopf. »Das hätte ich mir nie träumen lassen«, sagte sie leise zu sich selbst.

»Hat sie dich geküßt wie ich dich küsse?« fragte Geraldine verletzt. Sie griff nach Silvia und küßte sie hart gegen ihren Willen.

Silvia ließ es geschehen, reagierte nicht und wartete ab, daß Geraldine sie loslassen würde.

»Sil . . . o Sil . . .«, flüsterte Geraldine und preßte Silvia an sich. »Warum quälst du mich so? Kannst du mich nicht wenigstens ein bißchen lieben?«

»Ich werde nie *Ich liebe dich* zu dir sagen, und ich verlange das auch nicht von dir«, erwiderte Silvia leise. »So haben wir es vereinbart. Ich habe dir nie mehr versprochen. Du warst damit einverstanden. Keine Ansprüche, keine Verpflichtungen. Du bist ebenso frei wie ich.«

»Was nützt mir diese Freiheit?« Geraldine stieß Silvia leicht von sich. »Ich brauche sie nicht. Die einzige, die sie ausnutzt, bist du.«

Silvia antwortete nicht, sie schaute Geraldine ernst an und wandte sich dann ab.

»Sprich mit mir!« schrie Geraldine sie an. »Denkst du, es reicht, wenn du mit mir schläfst?«

Silvia drehte sich zu ihr um. »Es scheint dir sehr zu gefallen«, entgegnete sie ruhig. »Aber wir können es auch lassen.«

Geraldine warf hilflos den Kopf in den Nacken. »Ja«, stieß sie hervor. »Für dich wäre das einfach. Du hast ja genug andere.«

»Warum kümmerst du dich nicht mal ein bißchen mehr um deine Kommilitoninnen?« fragte Silvia. Sie setzte sich hinter ihren Schreibtisch. »Du bist viel zu sehr auf mich fixiert.«

»Ich liebe dich«, flüsterte Geraldine verzweifelt. »Ich will niemand anderen – nur dich.«

»Das ist dein Problem«, erwiderte Silvia nüchtern, »nicht meins. Würdest du mich jetzt bitte entschuldigen? Ich muß ein Seminar vorbereiten.«

»Warum verbietest du mir nicht, daran teilzunehmen?« flüsterte Geraldine erschöpft.

»Warum sollte ich?« sagte Silvia. »Es ist deine Entscheidung.«

»Es wäre einfacher für mich, wenn du mir die Entscheidung abnehmen würdest«, sagte Geraldine.

»Ich weiß«, bestätigte Silvia, »aber das ist nicht meine Aufgabe. Du bist selbst für dich verantwortlich. Wenn es dich quält, mich im Seminar anschauen zu müssen, komm einfach nicht.«

»Warum bist du so kalt und hart?« fragte Geraldine mutlos und noch erschöpfter als zuvor. Das Gespräch mit Silvia laugte sie aus.

»Das bin ich nicht«, sagte Silvia. »Ich wahre nur meine Interessen. Das hast du von Anfang an gewußt. Niemand zwingt dich, mit mir zusammenzusein.« Sie schaute zu Geraldine, die vor ihrem Schreibtisch stand, auf. »Am wenigsten ich.«

»Warum liebe ich dich nur so?« flüsterte Geraldine.

»Das weiß ich auch nicht.« Silvia hob die Augenbrauen. »Ich an deiner Stelle würde mir das Ganze ersparen. Es ist hoffnungslos. Du quälst dich völlig umsonst.«

Geraldine ging um Silvias Schreibtisch herum. »Küß mich«, flüsterte sie flehend. »Bitte küß mich noch einmal so, wie du es am Anfang getan hast.«

Silvia schaute sie von unten herauf an. »Daran kann ich mich nicht mehr erinnern«, sagte sie. »Aber einen Kuß kannst du gern haben – auch ohne mich zu überfallen.«

Geraldine beugte sich zu ihr hinunter und suchte sanft ihre Lippen, bat um Einlaß, wurde erhört und versank in dem Kuß, als wäre es ihr letzter. Silvia küßte sie weich zurück, als wären sie zärtlich verbunden. Sie empfand es nicht so, aber in den vergangenen sechs Monaten hatte sie gelernt, diese Empfindung für einen Moment zu vergessen, wenn sie mit Geraldine oder einer anderen

Frau zusammen war.

Eigentlich dachte sie immer nur an Karla, und es waren nie verschiedene Frauen, nur sie, die eine, einzige, die Frau ihres Lebens. Deshalb hatte sie auch kein schlechtes Gewissen.

Sie erwachte danach jedesmal wie aus einem Traum, und sie sah in ein fremdes Gesicht, das sie nicht erwartete, das sie jedesmal aufs neue überraschte, weil es nicht Karlas war.

Mit diesen Gesichtern verband sie jedoch nichts, keine Empfindung, keine Gefühle, und vor allem – keine Liebe.

Liebe empfand sie in ihrem Traum mit Karla. Dann und nur dann.

Geraldine löste sich von ihr. »Sehen wir uns heute abend?« fragte sie hoffnungsvoll. »Bitte . . .«

»Ich –« Silvia sah aus, als wollte sie nein sagen, doch dann überlegte sie es sich anders. »Ist gut«, sagte sie, »aber später.«

»Mit wem . . .« Geraldine schluckte. »Mit wem triffst du dich vorher?«

»Auch wenn dich das nichts angeht . . .« Silvia seufzte. »Mit Luise. Wir haben eine Besprechung. Beruflich.«

»Beruflich«, wiederholte Geraldine. Es war eindeutig, daß sie das bezweifelte.

In früheren Zeiten hätte Silvia gelacht, jetzt lachte sie nicht. Dabei wäre es eigentlich zum Lachen gewesen, denn Luise war so gut wie die einzige Frau, mit der sie *nicht* schlief.

Geraldine atmete tief durch, um die Kraft zu finden, sich von Silvia zu verabschieden. »Bis heute abend dann«, sagte sie.

Silvia nickte.

Geraldine ging zur Tür hinaus und schloß sie hinter sich. Teresa saß an dem kleinen Schreibtisch im Vorzimmer. »War sie bei dir heute nacht?« fragte Geraldine spitz.

Teresa blickte auf und lief rot an. »N-nein«, stammelte sie. »Natürlich nicht. Wie kommst du darauf?«

»Bei irgend jemand muß sie ja gewesen sein.« Geraldine zuckte die Schultern. »Du bist genausogut wie jede andere.«

»Ich fand sie schon immer wunderbar«, entgegnete Teresa mit schlichter Würde, »aber ich würde nie wagen sie anzufassen.«

»Oh, das ist nicht das Problem.« Geraldine warf den Kopf zurück und lachte. »Versuch es ruhig. Wenn sie etwas liebt, dann das!« Immer noch lachend ging sie hinaus.

Draußen verstummte dieses verzweifelte Lachen abrupt. Geraldines Gesicht fiel in sich zusammen, als hätte es keinen Halt mehr. Tränen traten in ihre Augen.

»Was kann ich nur tun?« flüsterte sie erstickt. »Was kann ich nur tun?«

5. Kapitel
CÉLINE

»Céline? Hast du meine Hemden gebügelt?« Tobias Kaiser stand vor dem offenen Kleiderschrank und schaute fragend hinein.

»Ich hatte keine Zeit.« Dr. Céline Kaiser betrat das Schlafzimmer und ging auf ihn zu. Sie hauchte einen Kuß auf seine Wange. »Tut mir leid.«

Er seufzte. »Du wußtest doch, daß ich heute eins brauche.«

»Das wußtest du auch«, erwiderte sie leicht verärgert. »Warum bin immer ich dafür zuständig?«

»Weil ihr Frauen das einfach besser könnt«, sagte Tobias. »Ich habe es nie gelernt.«

»Wie praktisch«, versetzte Céline säuerlich.

»Machst du es schnell, Schatz?« Er küßte sie flüchtig. »In einer halben Stunde muß ich los.« Er verließ das Schlafzimmer.

»Ja, natürlich«, murmelte sie. »Ich mach schon.« Sie ging zum Wäschekorb und nahm ein Hemd heraus. Kurz hielt sie es in der Hand, als wollte sie es zurücklegen, dann klappte sie das Bügelbrett auf und steckte das Bügeleisen ein.

Seit ihre Putzfrau aus Schwangerschaftsgründen ausgefallen war, wuchs ihr der Haushalt über den Kopf. Sie und Tobias arbeiteten den ganzen Tag, und wenn sie nach Hause kamen, hatten sie beide keine Lust mehr, irgend etwas in der Wohnung zu machen. Sie gingen essen oder ließen sich Essen liefern – aber leider verringerte das kaum den Geschirrberg und den Wäscheberg schon gar nicht.

Sie mußte die Wäsche endlich in eine Wäscherei geben, die sie gebügelt zurücklieferte, aber leider war ihr der Gedanke zu spät gekommen. Sie hatte sich in den letzten Jahren zu sehr daran gewöhnt, daß ihre Putzfrau für alles sorgte.

So müssen sich Männer fühlen, dachte sie. *Wenn sie nach Hause kommen, ist alles erledigt. Tobias hätte ja auch auf den Gedanken kommen können.*

Bisher war ihr nie aufgefallen, wie wenig Tobias im Haushalt tat, denn sie hatte selbst auch nicht viel getan, seit sie sich eine Putzfrau leisten konnte. Wenn aber etwas herumlag, räumte sie es weg. Tobias dachte gar nicht daran, er sah es gar nicht.

Sie fühlte sich auf einmal wie einige ihrer Patientinnen, die ihr immer wieder ihr Leid über die Faulheit der Männer klagten. Normalerweise lachte Céline darüber und riet ihnen, ihre Männer besser zu erziehen. Sie hätten ihr wohl kaum mehr geglaubt, wenn sie Tobias gesehen hätten.

Er war ja ein netter Kerl, aber . . . Sie testete mit einem feuchten Finger die Temperatur des Bügeleisens. Heiß genug.

Sie legte das Hemd gerade auf das Bügelbrett. Als sie Tobias geheiratet hatte, war sie noch sehr jung gewesen, sie hatten beide noch studiert. Geheiratet hatten sie eigentlich nur, um ein gemeinsames Zimmer im Studentenwohnheim zu bekommen, eine kleine Einzimmerwohnung. Die wurde nur an verheiratete Paare vergeben.

Natürlich hatte sie damals geglaubt, daß sie ihn liebte . . .

Sie fuhr mit dem Bügeleisen über den Hemdärmel und beobachtete, wie der Stoff sich glättete. War das Liebe? Hemden bügeln?

»Was ist Liebe überhaupt?«

Céline blickte erschrocken auf, als hätte jemand zu ihr gesprochen, aber es war niemand da. Es war Anna Lessings Stimme gewesen, die sie gehört hatte. Sie hatte diese Frage in der letzten Sitzung gestellt.

Céline mußte solche Fragen nicht beantworten, schon gar nicht, wenn sie von Anna Lessing kamen. Sie fragte einfach zurück: »Was verstehen *Sie* darunter?«

Immer den Ball den Patienten zuspielen. Sie mußten selbst die Lösung finden, Céline war nur der Spiegel ihrer Wünsche, sie mußte sie fokussieren – wozu die meisten Patienten allein nicht in der Lage waren.

»Ich schreibe darüber«, hatte Anna Lessing geantwortet, »aber verstehen ... verstehen tue ich die Liebe nicht. Sie ist mir völlig fremd.«

»Sie haben Sabrina geliebt ... lieben sie immer noch«, hatte Céline sie erinnert. »Oder nicht?«

»Sabrina ...« Die Erwähnung dieses Namens war immer ein Problem. Ein Problem, das Céline bisher noch nicht hatte lösen können. »Ist das wirklich Liebe?« Anna Lessing hatte sie fragend angeschaut.

»Um das zu entscheiden, müßten wir Liebe erst einmal definieren«, hatte Céline geantwortet. »Es gibt so viele Arten davon.«

»Zum Beispiel meine und Ihre«, hatte Anna Lessing auf die ihr eigene spöttische Art gelächelt. Eine Frau wie sie ließ sich den Ball nicht so einfach zuspielen, ohne ihn zurückzugeben. »Wie definieren *Sie* Liebe? Lieben Sie Ihren Mann?«

»Das ist eine unzulässige Frage.« Automatisch hatte Céline den Ball abgewehrt, aber nun klang die Frage in ihr wider ... *Lieben Sie Ihren Mann?*

»Verdammte Anna Lessing ...«, murmelte Céline wütend vor sich hin, während sie das Hemd umdrehte. »Was geht dich das an?«

Und dann auch noch dieser Kuß ... Natürlich versuchten immer wieder Patienten die Grenzen zu überschreiten, die sie ihnen setzte oder die von der Gesellschaft gesetzt waren, aber Anna Lessing war wirklich besonders unverschämt. Danach hätte Céline ablehnen sollen, sie weiter zu behandeln.

Aber wie hätte das ausgesehen? Souveränität war eine unabdingbare Voraussetzung therapeutischer Beziehungen. Sie mußte über solchen Dingen stehen.

Wenn man von Therapeuten hörte, die das nicht geschafft hatten, waren es meistens Männer. Männer, die Verhältnisse mit ihren Patientinnen anfingen. Aber Männer waren nun einmal ... anders.

Und überhaupt war Anna Lessing eine Frau, eine lesbische Frau, für die es normal war, andere Frauen zu küssen, aber Céline hatte dieses Bedürfnis nie verspürt. Sie hatte Küsse immer nur mit Männern getauscht.

Anna Lessings Kuß war überraschend gewesen. Etwas Neues. Frauen küßten offenbar anders als Männer. Céline hatte das erstaunt zur Kenntnis genommen, auch wenn sie dieses Erstaunen nicht gezeigt hatte. Sie war stolz auf ihre Professionalität.

»Bist du fertig?« Tobias kam herein.

»Gleich.« Céline schaute auf das Hemd.

»Ich liebe es, wenn du Hausarbeit machst«, sagte er, fuhr ihr über den Po und küßte sie auf die Schulter. »Schade, daß ich jetzt weg muß.« Seine Hand umfaßte ihre Pobacke fester. »Allerdings hätte ich noch fünf Minuten ...« Seine Stimme klang heiser, und er schob seine Hand unter ihren Rock.

»Hier ist dein Hemd.« Céline drehte sich um, seine Hand fiel herunter.

»Danke.« Er nahm es ihr ab. »Fünf Minuten sind zu wenig für dich, ich weiß«, sagte er. Es klang etwas vorwurfsvoll.

»Für jede Frau«, sagte Céline, »nicht nur für mich.«

»Dann vielleicht heute abend«, sagte er.

»Ja.« Céline nickte. »Vielleicht.«

Sie blickte auf seine nackte, behaarte Brust, während er das Hemd anzog. Auch Anna Lessing trug manchmal Männerhemden, aber ihre Brust darunter sah sicherlich anders aus.

Wie kam sie denn jetzt auf diesen Gedanken? Sie schüttelte irritiert den Kopf.

»Was hast du?« Tobias band seinen Krawattenknoten.

»Nichts.« Céline drehte sich um und klappte das Bügelbrett zusammen.

»Ich bin dann weg.« Tobias klatschte ihr auf den Po. »Freu mich auf heut' abend!« Er lachte.

Kurz darauf hörte sie die Tür ins Schloß fallen.

Langsam ging sie in die Küche zurück und goß sich Kaffee ein.

Was Anna Lessing ihr erzählt hatte, unterschied sich manchmal nicht sehr von dem Verhältnis zwischen Männern und Frauen, das sie kannte, und trotzdem dachte sie plötzlich darüber nach, was der Unterschied war. Nicht nur beim Küssen.

Wie fühlte es sich an, eine Frau in den Armen zu halten? Sie wußte, wie es sich anfühlte, wenn sie ihre Freundinnen zur Begrüßung oder zum Abschied umarmte, aber das war etwas anderes. Sie berührten sich kaum.

Anna Lessing hatte ihr Dinge erzählt ... Sie wäre rot geworden, wenn ihre Professionalität sie nicht davor geschützt hätte. Sie hatte versucht, Anna von allzu intimen Details abzuhalten, aber sie war es durch ihre Bücher gewöhnt, alles zu beschreiben. Ihr fiel gar nicht auf, wie ungewohnt das für eine Frau sein mußte, deren Betterfahrungen sich auf Männer beschränkten.

Natürlich *wollte* sie Céline auch in Verlegenheit bringen. Das versuchte sie immer wieder. Es machte ihr Spaß. Sie testete ihre Grenzen aus wie ein kleines Kind.

Céline mußte ihre Reaktionen sehr genau kontrollieren. Anna durfte nicht merken, wie peinlich es ihr manchmal war. Es mußte alles professionell wirken, überlegen, souverän. Keinesfalls betroffen oder interessiert.

Warum schicke ich sie nicht einfach zu einem Kollegen? fragte sie sich. *Ein Mann genießt die Beschreibungen bestimmt.*

Aber – das mußte sie zugeben – sie genoß sie auch. Zumindest manchmal. Wie in vielen Beziehungen, in vielen Ehen, war der Sex zwischen Tobias und ihr zur Routine geworden. Zärtlichkeit außerhalb des Bettes gab es kaum. Sie hatte das darauf geschoben, daß sie beide so viel arbeiteten, aber war das wirklich der Grund? Und war es je anders gewesen? Jedesmal, wenn Tobias sie anfaßte, wollte er etwas von ihr – bis zum vorhersehbaren Ende.

»Hör auf damit!« Sie setzte ihre Kaffeetasse hart auf der Arbeitsplatte auf. War Anna Lessing denn anders? Lesbische Frauen waren genauso wie Männer. Wenn sie eine Frau sahen, wollten sie mit ihr schlafen, stellten sich unanständige Dinge mit ihr vor ...

Mit Erschrecken dachte sie daran, wie Anna Lessing ihr erzählt hatte, was sie gedacht hatte, während sie hinter einer Frau, die sie attraktiv fand, im Bus saß.

Sie hatte ihre Haut an ihren Fingerspitzen gespürt, den Duft ihres Haares in sich aufgenommen, sich so nah zu ihr gebeugt, daß sie sie nicht nur riechen, sondern auch ihre Wärme spüren konnte. Und dabei hatte sie sich vorgestellt, wie sie sie langsam ausziehen würde, sie streicheln, mit ihr schlafen ... wie die andere Frau schreien würde.

Céline nahm selten den Bus, aber wenn sie es tat, nach dieser Sitzung, achtete sie seither sehr genau darauf, wer hinter ihr saß. Am liebsten wählte sie Männer, um auf Nummer Sicher zu gehen. Oder Kinder. Selbst ältere Frauen betrachtete sie mißtrauisch, seit Anna ihr erzählt hatte, wie alt die älteste Frau gewesen war, mit der sie geschlafen hatte.

Wenn ein Mann, der hinter ihr saß, scharf die Luft einzog, stand sie allerdings auch auf und flüchtete. Sie fühlte sich nur deshalb sicherer, weil Männer nicht so viel Phantasie hatten.

Schon gar nicht so viel wie eine Schriftstellerin wie Anna Lessing. Ihre Phantasien waren . . . gewöhnungsbedürftig.

Auch nicht mehr als die anderer Patienten, versuchte sie sich selbst zu überzeugen. *Das habe ich doch schon oft gehört.*

Anna war nicht die erste lesbische Patientin, die sie hatte, aber die anderen waren zurückhaltender gewesen, nicht so . . . offensiv. Anna schien es zu genießen, alle Teile einer Frau in den schillerndsten Farben zu schildern. Das war ja auch ihr Beruf.

Céline hatte sich noch nie überlegt, wie eine erregte Frau aussah, geschweige denn, daß sie je in einer Situation gewesen wäre, wo sie die intimsten Teile einer Frau in diesem Zustand hätte betrachten können.

Als Anna ihr geschildert hatte, wie erregend nasse, angeschwollene, lockend geöffnete Schamlippen waren, hatte Céline schlucken müssen. Auf einmal war ihr zu Bewußtsein gekommen, wie sie selbst in diesem Zustand aussah – und daß Anna es sich garantiert vorgestellt hatte.

Ihre Brustwarzen richteten sich auf. »Nein . . .«, flüsterte sie entsetzt.

Sie mußte Anna Lessing wegschicken. Das ging so nicht. Nun ja, sie konnte eine weite Bluse tragen . . .

»O Gott, ich bin wahnsinnig!« Sie legte ihre Stirn in die Hände und stöhnte auf. »Das kann einfach nicht sein!«

Als Tobias nach Hause kam, erwartete ihn eine Überraschung: Céline schob sich ihm mit schwingenden Hüften in sündigen Dessous und Strapsen entgegen.

Und danach begriff er kaum, wie ihm geschah. Er hatte gar nicht gewußt, daß es so viele Positionen gab. Sie verführte ihn nach allen Regeln der Kunst immer und immer wieder, bis er nur noch erschöpft dalag.

Zumindest in der Anfangszeit ihrer Ehe hatte sie das des öfteren getan, aber er konnte sich nicht erinnern, daß sie dabei je so wild gewesen war . . .

6. Kapitel
Ninas Erbe

»Das ist alles«, sagte Luise. »Sie wird dich nie wieder belästigen.«

Silvia blickte skeptisch. »Bei solchen Leuten weiß man nie«, sagte sie.

»Nein.« Luise hob die Hände. »Du kannst beruhigt sein. Es ist vorbei. Sie hat nichts mehr gegen dich in der Hand.«

»Wie hast du das geschafft?« fragte Silvia.

Luise lächelte hintergründig. »Glaub mir, das willst du nicht wirklich wissen«, sagte sie. Sie hob ihr Glas. »Trinken wir darauf, daß es vorbei ist. Komm, stoß mit mir an.«

Silvia zögerte, hob dann aber ihr Glas, und ein melodisch klingender Ton zeigte an, daß das Restaurant bei der Anschaffung der Gläser nicht gespart hatte.

Luise setzte ihr Glas ab und betrachtete Silvia über den Tisch hinweg aufmerksam. »Oder geht es gar nicht um Nina?« fragte sie. »Ist eine ihrer Nachfolgerinnen bereits in ihre Fußstapfen getreten?«

Silvia zuckte leicht zusammen. »Wie meinst du das?« fragte sie.

Luise lehnte sich zurück. »Du hast mir besser gefallen, als du noch korrekt und ... keusch warst. Zumal ich jetzt nichts davon habe, daß du es nicht mehr bist.«

Silvia zog unwillig die Stirn zusammen. »Ich weiß nicht, was du andeuten willst.«

»O ja, das weißt du.« Luise beugte sich wieder vor. »Ich deute nicht nur an, sondern stelle fest, daß du es schlimmer treibst als ich es je getrieben habe. Und das kam für mich etwas unerwartet. Für die meisten wohl, die dich kennen – oder zu kennen glaubten.«

»Dann hat es sich anscheinend doch gelohnt, daß ich deine Studentin war«, erwiderte Silvia trocken. »Ich habe offenbar viel von dir gelernt.« Sie nahm einen weiteren Schluck Wein.

»Das bezweifle ich«, sagte Luise. »Mir macht nämlich Spaß, was ich tue.«

Silvia hob die Augenbrauen. »Wie kommst du darauf, daß es mir keinen macht?«

»Weil ich dich glaube ich besser kenne als die meisten«, sagte Luise. »Du bist nicht der Typ. Du bist nicht wie ich. Das war ja schließlich auch unser Problem damals.«

Silvia spitzte die Lippen. »Wenn du meinst . . .«

»Silvia . . . Süße . . .« Luise griff über den Tisch und nahm Silvias Hand. »Wenn mir nicht so viel an dir liegen würde, könnte es mir ja egal sein, aber ich sehe doch, daß diese Lebensweise dich kaputtmacht. Du bist nicht geschaffen dafür.«

»Würde es dich beruhigen, wenn ich auch mit dir schlafen würde?« fragte Silvia spöttisch. »Darum geht es dir doch, oder?«

Luise streichelte Silvias Hand auf dem Tisch und musterte ihr abweisendes Gesicht. »Ich würde sehr gern einmal wieder mit dir schlafen . . . nach so langer Zeit, aber ich würde dabei auch gern sicher sein, daß du mit *mir* schläfst und nicht – mit Karla.«

Ein scharfer Ruck ging durch Silvia, sie riß ihre Hand unter Luises hervor, als hätte sie sich verbrannt, und lehnte sich so weit zurück, daß es aussah, als wollte sie so viel Abstand wie möglich zwischen sich und Luise legen oder sogar vor ihr weglaufen.

»Ich habe meine Gefühle im Griff«, sagte Luise. »Du nicht. Das ist der Unterschied.«

»Du hast gerade deine Chance verspielt, mit mir ins Bett zu gehen«, sagte Silvia ärgerlich. »Ich hoffe, das schmerzt ein bißchen.«

Luise lachte leicht. »Tut es. Aber das bin ich ja schon gewöhnt. Seit Jahren.« Sie lehnte sich ebenfalls zurück, aber weit lockerer als Silvia. »Du kannst nicht alles auf Sex reduzieren«, sagte sie mitfühlend. »Nicht einmal ich kann das – und ich habe sehr viel mehr Übung darin als du.«

»Ich dachte, du hättest deine Gefühle im Griff?« erwiderte Silvia etwas sarkastisch.

»Meistens«, sagte Luise, »aber ich bin auch nur ein Mensch.« Sie griff nach ihrem Glas und trank einen Schluck, betrachtete Silvia nachdenklich. »Wir kennen uns nun schon so lange«, sagte sie. »Denkst du nicht, du kannst mir vertrauen?«

Silvia setzte zu einer Antwort an, aber sie kam nicht mehr dazu.

»Beruflich. Ja, das sehe ich!« Geraldine stand auf einmal neben ihrem Tisch. »Ein Abendessen zu zweit . . . in einem teuren Restaurant . . . bei Kerzenschein . . . So habe ich mir Besprechungen immer vorgestellt.«

Luise hob leicht amüsiert die Augenbrauen und betrachtete Geraldine mit einem interessierten Blick.

Silvia war heftig zusammengezuckt. Nachdem sie sich von ihrer Überraschung erholt hatte, seufzte sie. »Geri ... Was machst du hier?«

»Ich überprüfe deine Aussagen«, erwiderte Geraldine bitter. »Oder besser gesagt: deine Lügen.«

Silvia blickte zu ihr auf, und ihre Augen blitzten wie Eis. »Eine Besprechung kann sehr wohl in einem Restaurant stattfinden«, sagte sie kalt. »Aber wie auch immer: Es geht dich nichts an.«

Geraldine starrte auf Luise. »Gehst du jetzt zuerst mit ihr ins Bett, und dann kommst du gleich aus ihren Armen zu mir?«

»Schön wär's«, murmelte Luise, jedoch so leise, daß Geraldine es nicht hören konnte.

»Bitte geh, Geri«, sagte Silvia müde. »Wenn du willst, daß ich nachher zu dir komme, geh jetzt.«

»Damit du *sie* vögeln kannst?« Geraldine starrte Silvia an, als würde sie sie gleich schlagen.

»Nicht so laut!« Silvia zischte sie an. »Bist du verrückt geworden?«

Luise lachte leise, sagte aber nichts.

»Ich muß wirklich verrückt sein«, sagte Geraldine, immer noch aufgebracht. »Ich bin eifersüchtig auf eine Frau, die meine Großmutter sein könnte.«

»Also bitte ...«, warf Luise indigniert ein. »Das geht mir jetzt aber zu weit.«

»Geh so-fort«, preßte Silvia zwischen schmalen Lippen hervor, jede einzelne Silbe betonend. »Oder ich lasse dich hinauswerfen.«

»Bitte ...« Geraldine beugte sich über Silvia und schaute sie mit gequältem Blick an. »Bitte, komm mit mir.«

Silvia schloß die Augen und atmete tief durch. Als sie die Augen wieder öffnete, fixierte sie Geraldine kühl. »Ich bin hier noch nicht fertig«, sagte sie. »Ich komme, wenn Luise und ich unsere Besprechung beendet haben.«

Geraldines Hand, die auf Silvias Stuhllehne lag, zitterte heftig. Die Knöchel traten weiß hervor. »Ist gut«, sagte sie mühsam. »Wie —« Sie warf einen Blick auf Luise. »Wie lange — Wann ungefähr kommst du?«

»Das weiß ich noch nicht«, sagte Silvia. »Es kann spät werden.«

Geraldine schwankte, es sah aus, als würde sie gleich umfallen, aber statt dessen richtete sie sich auf. »Ich bin da«, flüsterte sie kaum hörbar, drehte sich um und ging durch die Reihen der Tische zurück.

Luise schmunzelte heftig. »Sie sind so ... kraftvoll in diesem Alter, nicht?«

Silvia schaute sie an. »Ich finde das nicht lustig«, sagte sie. Sie atmete aus. Langsam fiel die Spannung von ihr ab, aber es war kein angenehmes Gefühl, eher eine innere Leere, die sie schon kannte. Sie nahm ihr Weinglas und trank es in einem Zug aus.

»Ich fand es in keiner Weise lustig, in welche Alterskategorie sie mich eingeordnet hat«, gab Luise zu. »Für Mädels in diesem Alter sind alle über dreißig vermutlich schon Grufties.«

»*Ich* bin über dreißig«, sagte Silvia, »du bist —«

»Sprich es nicht aus!« Luise unterbrach sie. »Dennoch hätte ich schon sehr früh anfangen müssen, um ihre ... Großmutter zu sein.«

»Man kann nicht ernstnehmen, was ein eifersüchtiger Teenager von sich gibt«, bemerkte Silvia uninteressiert.

Luise blickte den Gang entlang, durch den Geraldine das Restaurant verlassen hatte. »Ein Teenager ist sie wohl nicht mehr, aber noch sehr, sehr jung«, murmelte sie nachdenklich.

»So magst du sie doch«, erwiderte Silvia. »Soll ich sie dir abtreten?«

»Sie ist verliebt in dich.« Luise schaute sie ernst an. »Sehr verliebt.«

»Ich weiß.« Silvia nickte dem Kellner zu, der an den Tisch getreten war, um ihr Weinglas nachzufüllen. Nachdem er ihr eingeschenkt und die Flasche in den Kühler hatte zurückgleiten lassen, verließ er den Tisch wieder, und Silvia griff nach dem Glas.

»Du trinkst zuviel«, sagte Luise. »Hast du das im Griff?«

»Wie meine Gefühle, meinst du?« Silvia nahm einen großen Schluck und stellte das Glas zurück.

»Liebe ist gefährlich«, sagte Luise. »Deshalb habe ich mich nie darauf eingelassen.« Sie lächelte leicht und schaute Silvia an. »Mit einer Ausnahme vielleicht.«

»Mir?« Silvia verzog das Gesicht. »Davon habe ich nichts gemerkt.«

Luise beschloß, darauf nicht näher einzugehen. »Diese junge

Frau liebt dich mit aller Kraft ihrer Jugend«, sagte sie. »Obwohl du sie permanent enttäuschst.«

»So waren wir alle einmal«, entgegnete Silvia mit dem Weinglas in der Hand. Sie stellte es nun nicht einmal mehr ab. »Erinnerst du dich?« Sie trank. »Und wir mußten alle schmerzhaft lernen, daß Liebe nicht ausreicht.« Erneut nahm sie einen Schluck.

Luise griff nach dem Glas und nahm es ihr weg. »Hör auf damit«, sagte sie. »Das tut dir nicht gut.«

»Du bist nicht meine Mutter«, protestierte Silvia. Sie nahm Luises Glas und trank es aus.

»Silvia ... Schatz ...« Luise umschloß Silvias Handgelenk mit ihren Fingern. »Bitte hör mir zu. Alkohol ist keine Lösung. Und junge Frauen sind es auch nicht. Glaub mir, ich weiß, wovon ich rede.«

»Warum hörst *du* dann nicht auf?« fragte Silvia schnippisch. »Sie gehen doch immer noch bei dir ein und aus.«

»Das diskutiere ich nicht mit dir, nicht in diesem Zustand«, sagte Luise. Sie ließ Silvias Handgelenk los. »Du bist betrunken. Weißt du denn nicht mehr, was dir das eingebracht hat? Mit Nina?«

»Geri macht keine Photos«, erklärte Silvia leicht undeutlich.

»Trotzdem. Es wäre mir lieber, du kämst mit zu mir«, sagte Luise. »Um deinen Rausch auszuschlafen.«

»Ach?« Silvia hob die Augenbrauen. »Nur deshalb?« Sie lachte leicht. »Aber warum nicht? Was hat es schon für eine Bedeutung?«

Luise hob die Hand. »Die Rechnung, bitte.« Sie beobachtete Silvia, wie sie ihr Glas füllte und es sofort austrank. Um sie daran zu hindern, hätte sie sich mit ihr schlagen müssen, vermutete sie, also unterließ sie es. »Komm«, sagte sie, nachdem sie bezahlt und Silvia die Flasche endgültig geleert hatte. »Wir gehen.«

Silvia ließ sich von ihr unterhaken und folgte ihr hinaus. Sie kicherte. »Ich habe es dir abgeschlagen«, sagte sie. »Ich habe nein gesagt. Und jetzt kriegst du doch, was du wolltest. Ist das nicht spaßig?«

»Weniger«, sagte Luise. Sie setzte Silvia in ihr Auto und fuhr los.

Nachdem sie in ihrer Wohnung angekommen waren, legte sie Silvia aufs Bett, was die wiederum mit einem Kichern quittierte.

Luise zog sie aus und deckte sie zu. »Schlaf«, sagte sie. »Morgen wirst du einen Mordskater haben.«

»Luise . . .« Silvia streckte die Arme nach ihr aus. »Komm, küß mich.«

Luise beugte sich hinunter und hauchte einen Kuß auf Silvias Lippen. »Schlaf, Süße, das brauchst du«, sagte sie. Sie griff an ihren Hals und löste Silvias Arme, die sie festhielten. »Sei vernünftig.«

»Nimm mich in den Arm«, flüsterte Silvia. »Halt mich fest.«

Luise blickte zweifelnd auf sie hinunter. Doch dann streifte sie ihre Kleidung ab und schlüpfte nackt neben Silvia ins Bett.

7. Kapitel
BOMBENKRATER

Thea schaute sich aufmerksam um.

»Gefällt es Ihnen?«

Überrascht drehte sie den Kopf zu der Stimme, die sie angesprochen hatte. »Oh . . . ja. Ja, warum sollte es nicht?« Sie lächelte.

»Manche Leute fühlen sich erschlagen von der ganzen Technik«, sagte der Mann, der sie interessiert ansah.

»Das bin ich vom Funkhaus gewöhnt«, erwiderte Thea.

»Radio ist immer noch etwas anderes als Fernsehen.« Er nickte ihr zu. »Aber ich bin überzeugt, das ist kein Problem für Sie.«

»Das hoffe ich.« Thea lachte leicht.

An seinem Blick war deutlich zu erkennen, wie sehr sie ihm gefiel. »Ich freue mich, daß Sie hier sind«, fuhr er fort. »Ich bin überzeugt, Sie sind eine großartige Verstärkung für unser Team.«

»Danke.« Thea neigte leicht den Kopf. »Allerdings hätte ich nie gedacht, daß ich mal beim Frühstücksfernsehen lande.«

»Ich auch nicht«, sagte er. »Ich komme aus der Zeitungsbranche, aber die Printmedien sind . . . na ja, Fernsehen ist doch heutzutage mehr das Massenmedium.«

Thea lächelte. »Bei uns im Radio heißt es immer: Lieber Klasse statt Masse.«

»Das ist eine Schutzbehauptung, weil ihr nicht so viele Zuschauer habt wie wir«, gab er schmunzelnd zurück.

»Zuhörer«, sagte Thea. »Aber ja, das stimmt. Radio ist nicht mehr so dominant, wie es mal war. Dennoch macht es mir Spaß. Ich kann mir meine Themen aussuchen, mit einem kleinen Team arbeiten ...«

»Das können Sie hier auch ... zumindest zum Teil«, sagte er. »Wir sind nicht so schlimm, wie Sie anscheinend annehmen.«

»Wenn ich das täte, wäre ich nicht hier«, erwiderte Thea lächelnd. »Manchmal muß man eben einfach Kompromisse machen.«

Ihr Lächeln machte ihn augenscheinlich schwach, aber er bemühte sich, es nicht zu zeigen. »Wir sehen uns«, sagte er. »Haben Sie jemand, der Ihnen das Studio zeigt? Ich habe leider keine Zeit.«

»Ich schlendere mal so rum«, sagte Thea. »Ich werde mich schon zurechtfinden.«

»Gut.« Er nickte ihr zu und ging.

Thea hob die Augenbrauen, als er weg war. Es war offensichtlich, daß er etwas von ihr wollte. Und sie mußte sich gut mit ihm stellen. Er war der Redaktionsleiter, nicht direkt ihr Chef, aber auch nicht gerade unwichtig. Sie als Moderatorin war von ihrer Redaktion abhängig.

Eigentlich hatte sie sich für die Redaktion beworben, nicht für die Moderation, aber als die Herren sie sahen, waren sie nur noch an ihr als Moderatorin interessiert. Im Radio war das beides Hand in Hand gegangen, sie hatte die Themen ausgesucht und recherchiert, die Texte geschrieben und sie dann auch selbst am Mikrofon vorgetragen, hier im Fernsehen war das ziemlich getrennt.

Sie konnte zwar weiterhin Interviews machen, auch Texte entwerfen oder Themen vorschlagen und sogar recherchieren, wenn ihr Zeit dazu blieb, aber in einer einzigen Sendung mußten so viele Themen abgedeckt werden, daß sie das nie und nimmer allein schaffen konnte. Das war völlig unmöglich.

Frühstücksfernsehen, das hieß Knochenarbeit. Jeden Tag Montag bis Freitag. In aller Herrgottsfrühe aufstehen, zum Sender fahren, sich anziehen und schminken lassen, wie es dem Sender gefiel, und ab fünf Uhr dreißig gute Laune verbreiten und vor allem: gut aussehen.

Thea seufzte. Wenn sie sich das alles so bewußtmachte, dachte sie manchmal, sie hatte sich vielleicht doch zu viel vorgenommen. »Ich bin jung und brauche das Geld«, murmelte sie und mußte dann über sich selbst lachen. Ja, manchmal kam sie sich so vor, aber weder war sie *so* jung noch so abhängig vom Geld, wie es der Spruch vermuten ließ.

Sie würde jetzt genau das tun, was sie dem Redaktionsleiter Karsten Diestelmeyer versprochen hatte, nämlich sich allein im Studio umsehen, um sich einzugewöhnen.

Über sich hörte sie ein ständiges Rufen und Hin- und Herschieben. Die Beleuchter suchten die richtige Position, den richtigen Winkel. Es war anscheinend nicht leicht.

Sie blickte hinauf. Schwere Scheinwerfer strahlten sie wie die Augen eines riesigen Tieres an. Schon beeindruckend, was alles nötig war, damit zwei Moderatoren, sie und ihr Kollege, und die Gäste beim Frühstücksfernsehen ins richtige Licht gesetzt werden konnten. Wenn sie da an das kleine Studio im Radiosender dachte...

Sie ging weiter. Kulissen wurden geschoben, Kabel gerollt, es war ein hektisches Treiben. Niemand schien sie zu beachten. Das war ihr gerade recht. So konnte sie sich ungestört umschauen.

Plötzlich hörte sie ein Krachen über sich. Etwas rieselte herunter, traf ihre Schulter. Sie wollte hinaufschauen, da riß sie jemand am Arm zurück, daß sie stolperte und hinfiel. Kurz darauf knallte neben ihr ein Eisenstück herunter. Genau auf die Stelle, an der sie eben noch gestanden hatte.

Erst nach mehreren Sekunden begriff Thea, was geschehen war. Sie riß entsetzt die Augen auf.

»Alles in Ordnung?« Eine Hand griff an ihre Schulter.

Thea blickte auf. Ein Handwerker stand über sie gebeugt. Vermutlich hatte er sie zurückgerissen. »Ich ... ich glaube schon.« Thea versuchte sich aufzurappeln.

Der Handwerker zog sie am Arm hoch, und sie stützte sich auf seinem umgeschnallten Werkzeuggürtel ab, der vollgestopft mit jeder Art von Gerät weit von seinen Hüften abstand. »Das war knapp«, sagte er. »Ich habe nur das Geräusch gehört, da war das Ding fast schon unten. Hätte Sie beinah erschlagen.«

Thea atmete tief durch. »Sie haben mir das Leben gerettet«, murmelte sie erschüttert.

»Vielleicht wär's auch danebengegangen«, sagte er schulterzuckend. »Gut jedenfalls, daß nichts passiert ist.«

Thea blickte an sich hinab. »Nichts bis auf ein paar zerrissene Strümpfe.«

»Die kann man ersetzen«, sagte er. »Was zu trinken auf den Schreck?«

»Nein. Nein, danke«, erwiderte Thea irritiert. Irgend etwas an diesem Mann erinnerte sie an jemand anderen, und gleich darauf wurde ihr auch klar, an wen: an Rick.

»Wäre aber besser«, sagte der Mann. »So was ist nicht ohne.« Er streckte Thea die Hand hin. »Ich bin Al.«

Thea war leicht verunsichert, weil Al Rick so ähnlich sah. Oder vielleicht nicht ähnlich, aber doch an sie erinnerte. »Ich heiße Thea. Thea Funk«, erwiderte sie.

»Ich weiß«, sagte Al. »Sie waren ja für heute angekündigt.« Noch einmal blickte er Thea ernst an. »Sie wollen wirklich nichts trinken?«

Thea schüttelte den Kopf.

»Dann wenigstens einen Kaffee«, sagte Al. »Kommen Sie, da drüben ist ein Automat. Da können Sie sich auch hinsetzen.« Er führte Thea in eine etwas dunklere Ecke.

Hier erst merkte Thea, daß es gut war, daß sie sich setzen konnte. Ihre Knie zitterten.

Al zog einen Kaffee aus dem Automaten und goß einen kleinen Schluck aus einem Flachmann hinein, den er am Gürtel trug. »Glauben Sie mir, das brauchen Sie«, sagte er und reichte Thea den Becher.

»Ja, langsam glaube ich das auch.« Thea nahm den Becher. »Danke.« Sie nippte an dem Kaffee. Der Alkohol stieg ihr sofort zu Kopf, obwohl es nur ein Schluck gewesen war. Sie fühlte sich leichter.

»Al? Was ist los? Kommst du heute noch mal?« Eine etwas ärgerliche Stimme von der anderen Seite rief herüber.

»Komme schon! Eine Sekunde!« rief Al zurück. Er blickte auf Thea. »Kann ich Sie alleinlassen? Ich muß weiterarbeiten.«

Thea nickte immer noch etwas zittrig. »Es geht schon«, sagte sie.

»Was ist denn hier passiert?« Karsten Diestelmeyer kam um die Ecke. »Thea? Alles in Ordnung?«

»Ja.« Thea nickte. »Al hat mir —« Sie wollte auf Al zeigen, aber der war schon verschwunden. »Da ist etwas heruntergefallen«, fuhr sie leicht konfus fort.

»Du liebe Güte.« Karsten hockte sich vor sie. »Aber dir ist nichts passiert?« Er lächelte schief. »Sorry, wir duzen uns hier alle.«

»Ist schon in Ordnung.« Thea schüttelte leicht ungläubig den Kopf. »Nein, mir ist tatsächlich nichts passiert, obwohl das Ding direkt neben mir eingeschlagen ist wie eine Bombe.« Sie blickte erneut an sich hinunter. »Ich brauche nur ein paar neue Strümpfe.«

Karsten lachte erleichtert. »Na, das wird sich vermutlich machen lassen.« Er stand auf. »Das ist ja ein schöner Einstand für dich. Gut, daß du heute noch nicht vor die Kamera mußt.«

Thea atmete tief ein und aus. »Ja, das wäre wohl ein bißchen schwierig«, sagte sie.

»Geh nach Hause«, sagte er. »Komm erst mal wieder zu dir. Wir können die Besprechung auch morgen machen. Du fängst ja erst am Montag an.«

»Ja.« Thea stand auf. »Ich glaube, ich setze mich erst mal eine Stunde in den Jacuzzi.«

»Wenn du so was hast ...«, sagte Karsten, und Thea hätte schwören können, daß er sie nackt im Wasser vor sich sah.

Aber im Moment war ihr das egal. »Ich gehe dann«, sagte sie. »Kann mich jemand fahren?«

»Klar.« Karsten blickte sich um. »Tanja? Bist du frei? Bring doch mal schnell Thea nach Hause.«

Eine junge Frau kam zu ihnen herüber. »Mann, ich dachte, das überleben Sie nicht«, sagte sie zu Thea.

Thea nickte immer noch ungläubig. »Das dachte ich auch«, sagte sie.

8. Kapitel
ANGEL OF THE MORNING

»Hallo, mein *Angel of the Morning*«, sagte Luise lächelnd und stellte ein Glas neben Silvia auf den Nachttisch. »Trink das.«

»Laß mich nur in Ruhe mit irgendwelchen Zitaten von Liedtexten«, stöhnte Silvia. »Geraldine bombardiert mich ständig damit.«

»Tatsächlich?« Luise schmunzelte. »Womit? *Will you still love me tomorrow?*«

»Genau«, sagte Silvia. »Das hat sie mich gefragt, nachdem wir —« Sie räusperte sich. »Nach dem ersten Mal«, fuhr sie schnell fort.

»Zweifellos etwas voreilig«, sagte Luise. »Aber so sind die jungen Leute.«

»Hast du das auch über mich gesagt – damals?« fragte Silvia spöttisch. Sie faßte sich an den Kopf. »O Gott ... was habe ich getrunken?«

»Nur Wein«, sagte Luise, »aber davon eine ganze Menge.«

»Ooh ...« Silvia stöhnte erneut. Sie blickte auf das Glas auf dem Nachttisch. »Danke«, sagte sie. Sie richtete sich im Bett auf. Als sie nach dem Glas griff, rutschte die Decke herunter. Als wäre sie überrascht, starrte sie auf ihre nackten Brüste. Sie runzelte die Stirn, stöhnte aber sofort erneut, weil ihr das Kopfschmerzen verursachte. Sie zog die Decke nach oben und warf einen Blick auf Luise.

»Kein Problem«, schmunzelte Luise. »Ich hab' dich schon mal oben ohne gesehen, erinnerst du dich?«

Silvia nahm das Glas und trank. Sie verzog das Gesicht. »Warum kann es nicht umgekehrt sein?« fragte sie. »Der Alkohol schmeckt so wie das hier, und das hier so wie Alkohol?«

»Dann müßtest du das jetzt nicht trinken«, sagte Luise. »Du hättest gestern abend früher aufgehört.«

Silvia schüttete den Rest der trüben Flüssigkeit mit Todesverachtung hinunter und stellte das Glas auf dem Nachttisch ab. »Warum bin ich nackt?« fragte sie beiläufig.

»Ich bin davon ausgegangen, daß du nicht gern in deinen Kleidern schläfst«, sagte Luise. Sie nahm das Glas und brachte es in die Küche.

Silvia blieb im Bett sitzen und starrte nachdenklich vor sich hin. Nach einer Weile schaute sie sich im Zimmer um. Luise hatte ihre Kleidung ordentlich auf einen Stuhl gelegt. Sie konnte sich einfach anziehen und gehen.

Aber es beunruhigte sie, daß sie nicht wußte, was in der Nacht geschehen war. Sie erinnerte sich nur an wenig, aber an eins erinnerte sie sich: nicht nur sie selbst war nackt, sondern als sie nachts aufgewacht war, hatte Luise ebenfalls nackt neben ihr gelegen.

Zwar wachte sie in letzter Zeit öfter einmal nackt neben einer ebenfalls nackten Frau auf, die sie kaum kannte, aber Luise . . . das war etwas anderes. Sie wollte unbedingt wissen, was geschehen war, aber sie wußte, daß Luise sie wahrscheinlich nur auf den Arm nehmen würde, wenn sie merkte, daß Silvia sich nicht erinnerte. Luise genoß es, andere Menschen in die Irre zu führen.

Silvia stand auf, ging ins Bad und duschte. Zum Schluß drehte sie das Wasser so kalt auf, daß ihr Kopf wieder klar wurde. Leider erinnerte sie sich trotzdem immer noch nicht. Sie zog sich an und ging zu Luise in die Küche.

»Frisch wie der junge Frühling«, begrüßte Luise sie lächelnd.

Silvia ging zur Kaffeemaschine, nahm die Kanne und füllte die eine Tasse, die danebenstand, bis zum Rand. Sie trank einen Schluck.

»Schwarz?« fragte Luise. »Seit wann?«

»Seit ich ihn als Medizin benutze«, erwiderte Silvia. Sie lehnte sich neben der Kaffeemaschine an das Buffet und betrachtete Luise mit kühlem Blick.

»Wie wäre es mit etwas zu essen? Frühstück?« fragte Luise und wies auf den Tisch vor sich. Sie hatte eine Scheibe Toast auf ihrem Teller liegen, und der Tisch war für zwei gedeckt.

Silvia verzog das Gesicht.

»Verstehe.« Luise schmunzelte. »Aber du könntest dich doch wenigstens zu mir setzen. Es ist so ungemütlich, wie du da stehst.«

Silvia blickte von ihrer erhöhten Position auf sie hinunter. »Ich bleibe lieber so«, sagte sie.

Luise warf einen Blick auf sie und griff dann nach ihrem Toast. Sie plazierte einen winzigen Klecks Marmelade auf der Ecke und biß ab. »Immer noch Kopfschmerzen?« fragte sie.

»Besser«, sagte Silvia. »Ich habe mir einen Slip von dir geborgt. Ich hoffe, das war in Ordnung.«

»Du kannst dir alles von mir borgen. Ich habe nichts dagegen«, sagte Luise. Ihr Blick ruhte diesmal etwas länger auf Silvia.

»Der Slip reicht.« Silvia trank ihren Kaffee aus und schenkte sich einen neuen ein. »Ich gebe ihn dir nach der nächsten Wäsche zurück.«

»Oh . . .«, setzte Luise an, aber Silvia unterbrach sie warnend: »Sag es nicht.«

Luise schmunzelte. »Du nimmst immer das schlimmste von mir an, nicht wahr?«

»Das tue ich aus Erfahrung«, erwiderte Silvia. »Wir kennen uns schon zu lange.« Sie lehnte sich wieder gegen das Buffet, stützte einen Ellbogen in die Hand und führte die Kaffeetasse an ihre Lippen. Der bittere Geschmack zog ihren Gaumen zusammen, aber es war ihr gerade recht, sich nicht besonders wohlzufühlen an diesem Morgen – mit Luise.

Sie betrachtete Luise kurz und sah das Funkeln in ihren Augen. Sie wartete auf etwas. Auf Silvias Reaktion. Auf die Gelegenheit, sich über sie lustigmachen zu können.

Silvia seufzte innerlich. Wieso war sie unsicher, was geschehen war? Sie und Luise hatten nackt miteinander im Bett gelegen, und Luise war nicht die Frau, die ein solches Angebot dankend ablehnte. Es war wohl klar. Sie mußte sie gar nicht fragen.

»Willst du dich wirklich nicht setzen, Liebes?« fragte Luise. Es schien harmlos, und doch lauerte etwas Unausgesprochenes hinter der glatten Fassade.

»Ich muß gehen«, sagte Silvia und stellte ihre Tasse ab. »Danke für . . . den Kaffee.«

»Dein Wagen steht noch am Restaurant«, erinnerte Luise sie. »Soll ich dich hinfahren?«

»Nein, ich – Ich nehme ein Taxi.« Silvia nickte ihr zu und ging hinaus.

Luise blickte ihr mit einem undefinierbaren Gesichtsausdruck nach.

9. Kapitel
Die Muse

»**A**nita?« Anna öffnete erstaunt die Tür.

»Ja, ich.« Anita trat lächelnd ein. »Du hast mich nicht erwartet?«

»Wie sollte ich?« Anna schloß die Tür hinter ihr. »Du hast mir eine ziemliche Abfuhr erteilt das letzte Mal.«

»Vielleicht hätte ich dabei bleiben sollen«, sagte Anita und ging weiter ins Wohnzimmer.

»Warum tust du's nicht?« Anna kam ihr nach.

Anita drehte sich zu ihr um. »Weil du gut im Bett bist«, sagte sie.

»Oh.« Anna verzog etwas unschlüssig das Gesicht. »Ist das positiv oder negativ?«

»Ich habe viel an Sabrinas Bett gesessen«, sagte Anita und setzte sich auf die Couch. Annas Zusammenzucken bei der Erwähnung von Sabrinas Namen ignorierte sie. »Und ich habe mir überlegt, was ich wohl vom Leben gehabt hätte, wenn ich jetzt da an ihrer Stelle liegen würde.«

Anna hob die Augenbrauen und blickte fragend.

»Nicht viel«, fuhr Anita seufzend fort. »Sabrina hatte eine wundervolle Beziehung mit Chris —«, sie warf einen Blick auf Anna, »zumindest, bis du kamst –, und ich hatte . . .«, sie verzog das Gesicht, »vor allem eine Menge unerfreulicher Erlebnisse. Wobei ich dich beileibe nicht zu den schlimmsten zählen will. Rick und du – ihr wart eigentlich die Lichtblicke . . . mal ganz nüchtern betrachtet.« Sie seufzte erneut. »So traurig das auch ist.«

»Ähm, danke . . .«, sagte Anna. »Glaube ich . . .«, fügte sie unsicher hinzu.

»Schon in Ordnung«, sagte Anita. »Wahr muß wahr bleiben. Du hast mich . . . gut behandelt, und da Rick jetzt nur noch eine gute Freundin ist, bleibst eigentlich nur du.«

»Wofür?« fragte Anna. »Verstehe ich dich richtig? Du willst wieder . . . mit mir . . .«

»Schlafen«, beendete Anita den Satz. »Ich will nur mit dir schlafen. Sonst nichts.«

»Äh . . .« Anna hob die Hände. »Jederzeit. Das weißt du ja.«

»Ja, das weiß ich.« Anita stand auf. »Ich kann nie eine gleichwertige Partnerin für dich sein, wie es vielleicht Sabrina gewesen wäre«, fuhr sie fort. »Aber ich bin . . . offenbar . . . deine Muse.« Sie lächelte. »Für niemand anderen könnte ich diese Bedeutung haben. Warum sollte ich mir die Chance entgehen lassen, etwas . . .«, sie zögerte, »Besonderes zu sein?«

Anna begann sich langsam von ihrer Überraschung zu erholen. »Ja, das bist du.« Sie lächelte ebenfalls und trat auf Anita zu. »Das bist du wirklich.«

»Ich wollte immer wissen, was du von mir willst«, sagte Anita. Sie schaute in Annas Augen. »Aber ich habe die falsche Antwort erwartet. Ich bin etwas für dich, was niemand anderer sein kann. Das ist viel mehr als —« Sie brach ab. »Das ist viel mehr als ich je gewagt habe zu erwarten«, fuhr sie dann leiser fort.

Anna hob eine Hand und strich zärtlich über Anitas Haar. »Ich . . . ich weiß gar nicht, was ich sagen soll«, flüsterte sie.

Anita lachte. »Das ist neu. Sonst weißt du das doch immer. Es ist dein Beruf. Du erschlägst einen mit Worten.«

»Du machst mich sprachlos«, lächelte Anna. »Meine Muse . . .«, fügte sie dann staunend hinzu.

»Ja.« Anita seufzte. »Ich werde dich nie für mich allein haben — und das will ich auch gar nicht. Du wirst immer Frauen haben, die . . .«, sie lachte erneut, »hoffentlich keine Musen sind. Solange das so bleibt, solange ich deine einzige Muse bin, werde ich . . .«, sie schaute Anna mit blitzenden Augen an, »dich ab und zu inspirieren.«

»Du bist unglaublich.« Anna lachte. »Wie konnte ich dich nur gehen lassen?«

»Du hast mich nicht gehen lassen, ich bin gegangen«, erinnerte Anita sie. »Nur deshalb konnte ich zurückkommen.«

Anna schüttelte den Kopf, während sie sie betrachtete. »Ich fasse es nicht«, sagte sie. »Meine Muse ist wieder da.«

»Aber bevor du jetzt gleich an den Schreibtisch verschwindest . . .«, Anita ließ sich auf die Couch sinken, »mußt du für die Inspiration bezahlen. Ich kassiere im voraus. Schlechte Erfahrungen, weißt du?« Sie lächelte spitzbübisch.

»Nichts lieber als das.« Anna blickte auf sie hinunter, dann ließ sie sich langsam auf sie nieder. »Die Inspiration hat sich schon so lange von mir ferngehalten, die kann auch noch eine Weile warten.« Sie küßte Anita sanft und zärtlich. »Bitte verlaß mich nie wieder . . . Muse«, wisperte sie an ihrem Mund.

»Das kann ich nicht versprechen«, erwiderte Anita ernst. »Aber solange ich da bin, bin ich da.«

Im nächsten Moment stöhnte sie auf, als Anna sie zwischen den Beinen berührte.

10. Kapitel
ISLANDS IN THE STREAM

»Ich habe auf dich gewartet«, sagte Geraldine. Ihre Stimme zitterte.

»Ja . . . ich weiß.« Silvia blickte auf. Immer noch brummte ihr Schädel, und sie brachte nicht viel zustande hinter ihrem Schreibtisch. »Tut mir leid. Ich habe es nicht geschafft.«

»Du . . . du warst bei Luise?« fragte Geraldine mühsam beherrscht.

Silvia überlegte, was sie antworten sollte, doch dann entschied sie sich für die Wahrheit. »Ja.«

»Du hattest mir versprochen —« Geraldines Augen musterten gepeinigt Silvias Gesicht.

»Ich weiß.« Silvia seufzte und lehnte sich zurück. »Aber ich . . . ich hatte etwas zu viel getrunken. Ich konnte nicht mehr fahren.«

»Du hättest mich anrufen können. Ich hätte dich gefahren«, sagte Geraldine.

»Geri . . .« Silvia verzog das Gesicht. »Bitte . . . nicht jetzt. Ich habe einen Kater.«

»Wovon?« fragte Geraldine hitzig. »Vom Alkohol oder von zu viel Sex?«

Wenn ich das nur wüßte, dachte Silvia. »Von Sex bekommt man keinen Kater«, erwiderte sie nüchtern. *Jedenfalls nicht so einen. Einen moralischen vielleicht,* fügte sie in Gedanken hinzu.

»Du hast mit ihr geschlafen, oder?« Geraldine kam zu Silvia und beugte sich über sie. »Du hast mit ihr geschlafen. Die ganze Nacht.« Sie zischte wütend.

Silvia atmete tief durch. Was hatte es für einen Sinn? »Ja«, sagte sie. Egal, ob sie sich daran erinnerte oder nicht, so war es wohl. Und Geri würde sowieso nichts anderes glauben.

»Warum tust du mir das an?« flüsterte Geraldine.

»Warum läßt du mich nicht in Ruhe?« fragte Silvia zurück. »Niemand zwingt dich, mich vierundzwanzig Stunden am Tag zu beobachten. Und wenn du das nicht tätest, wüßtest du gar nicht, wo ich bin und was ich tue.«

»Ich kann nicht anders.« Geraldine stieß sich von Silvias Stuhl ab und richtete sich auf. »Ich liebe dich. Ich . . . ich muß dich einfach sehen.«

»Schon mich allein zu sehen, im Seminar, ist eine Qual für dich«, sagte Silvia. »Wenn du mich mit einer anderen Frau siehst – ist es noch schlimmer.« Sie betrachtete Geraldine ruhig. »Ich tue dir das nicht an. Du tust es. Geh an eine andere Uni. Streich mich von deiner Liste. Das wäre das beste.«

»Du bist mein Leben«, flüsterte Geraldine verzweifelt. »Ich will nicht an eine andere Uni.«

»Geri ...« Silvia verzog unangenehm berührt das Gesicht. »Übertreib doch nicht so. Ich bin nicht dein Leben. Du hast dein ganzes Leben noch vor dir. Du wirst viele andere Frauen kennenlernen –«

»Ich habe schon andere Frauen gekannt vor dir«, erwiderte Geraldine erschöpft. »Aber keine war so wie du.«

»Du bist noch so jung –«, setzte Silvia an.

Geraldine stieß ein verzweifeltes Geräusch aus. »Das ist immer dein Argument. Aber das hat keine Bedeutung. Liebe ist zeitlos, alterslos.« Sie atmete tief durch. »Frag deine Freundin Luise. Sie weiß es am besten«, fügte sie etwas boshaft hinzu. »Hat sie dir heute nacht auch erzählt, wie jung du bist?«

Ich habe keine Ahnung, was sie mir erzählt hat. Silvia seufzte. »Bitte ...«, sagte sie. »Laß mich allein. Ich habe Kopfschmerzen.«

»Warum?« flüsterte Geraldine. »Warum tust du das? Was ist an ihr so viel besser als an mir?«

»Ich kenne sie schon sehr lange«, sagte Silvia.

»Das heißt, wenn wir uns dann lang genug kennen, ist alles in Ordnung?« fragte Geraldine mit einem Anflug von Hoffnung in der Stimme.

»Wir werden uns nie –« Silvia stand auf. »Ich brauche eine Tablette. Ich gehe in die Apotheke.«

»Ich kann dir auch eine Flasche Whisky besorgen«, bemerkte Geraldine etwas abfällig. »Man soll ja immer mit dem weitermachen, womit man aufgehört hat.«

»Es war Wein.« Silvia seufzte. »Und ich brauche eine Tablette, keinen Alkohol.«

»Dann trinkst du heute mal nichts? Und wir treffen uns heute abend?« fragte Geraldine.

»Heute abend?« fragte Silvia. »Ich glaube nicht.« Sie griff sich an die Schläfen. »Oh, mein Kopf...«, stöhnte sie gequält.

»Ich kann dich pflegen, massieren, dir Tabletten bringen...«, bot Geraldine an. »Wäre das nichts?«

Silvia versuchte schwach zu lächeln. »Das ist aber nicht alles, was du willst.«

»Doch«, sagte Geraldine. »Wenn wir uns heute abend sehen, mache ich das alles und verlange sonst nichts von dir. Ich kann zu dir kommen —«

»Zu mir?« Silvia blickte erschreckt. Sie hatte es bisher immer vermieden, irgend jemand mit zu sich nach Hause zu nehmen. Was auch immer sie tat, sie tat es in anderen Wohnungen, nicht in ihrer eigenen, in der Karla — »Nein«, sagte sie. »Das geht nicht.«

»Bei mir ist es zu eng«, sagte Geraldine, »und außerdem solltest du dann gleich schlafen nach der Massage.«

Silvia hob die Augenbrauen. »Es geht nicht«, wiederholte sie. »Das ist wirklich sehr nett von dir, aber —«

»Erwartest du eine andere?« Geraldine fuhr erneut auf. »Kommt Luise?«

»Wohin?« fragte Luise von der Tür von Silvias Büro her. »Wohin soll ich kommen?«

»Zu deiner... Geliebten«, preßte Geraldine wütend hervor, als sie herumfuhr und Luise anstarrte. »Was habe ich Dani nur angetan?«

»Dani sieht das glaube ich anders«, sagte Luise. Sie warf einen Blick auf Silvia. »Wie geht es dir?« Es war eigentlich eine überflüssige Frage, denn Silvia sah blaß und mitgenommen aus.

Silvia winkte schwach mit der Hand ab. »Schon gut. Ich wollte mir gerade eine Tablette holen.«

»Hier.« Luise griff in ihre Tasche. »Das habe ich mir schon gedacht.« Sie reichte Silvia eine Packung.

»Wie ein altes Ehepaar!« schrie Geraldine. »Warum heiratet ihr nicht?« Wutentbrannt, enttäuscht und verletzt rannte sie zur Tür hinaus.

Luise hob die Augenbrauen. »Sie verkennt eindeutig die Tatsachen«, bemerkte sie amüsiert. »Oder, Liebes?« Sie schaute Silvia an.

Silvia setzte sich stöhnend. »Bitte verlang keine wie immer gearteten gedanklichen Leistungen von mir«, sagte sie. »Ich bin heute auf die Intelligenz einer Amöbe beschränkt.« Sie öffnete die Packung und nahm eine Tablette heraus, schaute auf den Rest. »Wie viele davon darf man nehmen?«

»Zwei«, sagte Luise. »Nicht mehr als zwei auf einmal. Sonst fällst du um.«

»Bin ich das nicht schon?« fragte Silvia. Sie schaute sich um.

Luise fing ihren Blick auf, ging zu einer Wasserflasche hinüber, die auf einem kleinen Regal an der Wand stand, goß Silvia etwas in das danebenstehende Glas und reichte es ihr. »Und ich bin heute anscheinend die Glasbringerin.« Sie lachte leicht.

Silvia nahm die Tabletten und legte den Kopf auf die Lehne ihres Schreibtischstuhls zurück. »Warum bin ich überhaupt hergekommen?« fragte sie. »Ich kann doch sowieso nicht arbeiten.«

»Um dich von Geraldine beschimpfen zu lassen«, vermutete Luise nicht ganz ernst. »Zumindest ist das das einzige, was stattgefunden hat.«

»Sie wollte mich massieren.« Silvia legte eine Hand in ihren Nacken und versuchte es selbst. Sie gab stöhnend auf.

»Komm.« Luise ging zu ihr und stellte sich hinter ihren Stuhl. »Ich massiere dich.« Sie legte die Hände auf Silvias Schultern und massierte sie leicht.

»Mhm ... das tut gut.« Silvia schloß die Augen.

»Noch besser würde es dir tun, wenn du nicht so viel trinken würdest«, sagte Luise.

»Das kommt ja gerade von der richtigen, Frau Moralapostel«, erwiderte Silvia spitz.

»Mach dir keine Sorgen um meine Moral«, entgegnete Luise sanft, »sondern lieber um deine Gesundheit.«

»Wer braucht schon Gesundheit?« Silvia verzog abschätzig das Gesicht.

»Wenn du älter wirst, wirst du das zu schätzen wissen«, sagte Luise.

»*Wenn* ich älter werde ...«, murmelte Silvia.

»Silvia ... bitte ... rede nicht so«, wies Luise sie sanft zurecht. »Du bist fünfzehn Jahre jünger als ich, und die fünfzehn Jahre willst du doch bestimmt noch schaffen.«

»Fünfzehn Jahre ...«, überlegte Silvia. »Geri ist ungefähr fünfzehn Jahre jünger als ich, genauso wie ich dir gegenüber.«

»Ja, die Dinge wiederholen sich«, sagte Luise. »Obwohl du mich ja früher immer dafür getadelt hast.«
Silvia hob die Hand. »Ich entschuldige mich.«
»Deine Jugend hat dich entschuldigt.« Luise lachte. »Du hast mir früher genau solche Szenen gemacht wie Geraldine jetzt dir. Erlaube mir, wenn ich ein bißchen schadenfroh bin.«
»Erlaube ich.« Silvia seufzte. »Ich habe es wirklich nicht besser verdient.«
»Du solltest nach Hause gehen«, sagte Luise, »und dich ausschlafen. Du bringst hier doch nichts mehr zustande.« Sie beendete ihre Massage und beugte sich zu Silvia hinunter, hauchte einen Kuß auf ihr Haar. Ihre Lippen verharrten ein wenig länger.
»Luise . . .«, sagte Silvia. »Nicht . . .«
Luise richtete sich mit spöttisch amüsiertem Blick auf. »Entschuldige. Ich wollte dir nicht zu nahetreten. Obwohl du es ja vielen anderen erlaubst.«
»Du bist nicht viele andere«, sagte Silvia. »Was auch immer heute nacht war, es war eine Ausnahme.«
Luises Mundwinkel zuckten. »Was auch immer heute nacht war, ich leite keinerlei Rechte daraus ab. Mach dir keine Sorgen.« Sie ging um Silvias Stuhl herum und schaute sie an. »Geht es dir jetzt besser?«
»Hm.« Silvia nickte. »Danke.«
»Soll ich dich nach Hause bringen?« fragte Luise. »Fühlst du dich zu schwach zum Fahren?«
»Nein.« Silvia schüttelte leicht den Kopf, um ihn nicht wieder zum Brummen zu bringen. »Ich kann schon fahren. Ich bin ja auch hergekommen.«
»Ich verbinde keine Erwartungen damit«, sagte Luise, »aber wie du willst.«
»Du erwartest immer irgend etwas«, entgegnete Silvia. »Was auch immer es ist.«
»Ja, was auch immer es ist.« Luise betrachtete Silvia kurz. »Ich habe etwas gut bei dir für Errettung aus den Klauen der jugendlichen Liebhaberin«, fügte sie schmunzelnd hinzu. »Das kostet dich mindestens ein Essen.«
»Ein Essen«, sagte Silvia. »Ohne das *mindestens*.«
»In Ordnung.« Luise nickte. »Und vielleicht suche ich ein alko-

holfreies Restaurant aus.«

»Meinetwegen.« Silvia zuckte gleichgültig die Schultern. »Ist mir recht.«

»Erhol dich«, sagte Luise. »Ich empfehle Hühnersuppe.«

Silvia lächelte müde. »Mach ich. Danke für den Rat.«

Luise warf noch einen Blick auf sie, drehte sich dann um und ging.

11. Kapitel
FRUCHT DER LIEBE

»Er wäre kein Fremder«, sagte Carolin.

»Na ja, aber ...« Rebekka lief nervös auf und ab. »Kann er nicht – Ich meine, das geht doch auch über ein Reagenzglas, oder?«

»Das ist immer ein Risiko – und viel komplizierter.« Carolin stand auf. »Ich habe früher mit ihm geschlafen, und ich könnte es noch einmal tun. Es wäre nichts dabei.« Sie ging auf Rebekka zu und hielt sie an den Schultern fest, so daß sie ihren Lauf unterbrechen mußte. »Liebling ... das hat doch nichts mit uns zu tun«, sagte sie sanft und beruhigend. »Irgendwoher muß der Samen ja kommen. Ob aus einer Samenbank mit einer fürchterlich aufwendigen Prozedur oder auf die einfache Art.«

»Du willst es so?« fragte Rebekka stirnrunzelnd.

»Ich fände es natürlicher«, sagte Carolin, »aber ich will dich nicht – Wenn du Probleme damit hast, machen wir es anders.«

»Wie konntet ihr eine Beziehung haben, wo ihr beide –« Rebekka sah etwas verwirrt aus.

»Wir wußten es damals beide noch nicht.« Carolin lächelte. »Er ist wirklich nett. Eigentlich haben wir auch gar nicht so oft miteinander geschlafen, obwohl wir zwei Jahre zusammenwaren. Wir hatten viel Spaß miteinander, aber mehr außerhalb des Bettes. Im Bett haben wir wohl immer gespürt, daß der andere das falsche Geschlecht hat. Als ich dann merkte, daß ich ... mit Männern eigentlich nichts anfangen kann, konnte er sich endlich zu seinem Schwulsein bekennen. Ohne mich wäre er vielleicht immer noch mit einer Frau zusammen. Vielleicht mit einer, die Sex nicht mag, dann ist es einfacher.«

Rebekka hob die Augenbrauen. »Er dachte, daß du Sex nicht magst?«

»Wir beide dachten das.« Carolin wirkte etwas verlegen. »Er dachte es von sich, und ich dachte es von mir. Deshalb paßten wir ja so gut zusammen.«

»Du warst doch mit Rick befreundet«, wunderte Rebekka sich. »Und Rick war immer mit Frauen zusammen.«

»Das war etwas anderes«, sagte Carolin. »Und mit Rick und mir hat es ja auch nicht geklappt, also dachte ich – na ja, daß es eben doch Männer sind. Viele Frauen haben keinen Spaß an Sex«, fügte sie entschuldigend hinzu.

»Ich kann nicht glauben, daß du jemals dachtest, du gehörst dazu.« Rebekka schüttelte den Kopf. »Es sei denn, du spielst mir das alles nur vor.«

»Ja.« Carolin seufzte. »Jetzt hast du mich erwischt. Ich dachte, du würdest es nicht merken.«

Rebekkas Augen öffneten sich weit.

»Liebling ...« Carolin lachte und gab Rebekka einen Kuß. »Das glaubst du doch nicht etwa? Ich nehme dich nur auf den Arm.«

»In diesen Dingen bin ich etwas empfindlich«, sagte Rebekka. »Tut mir leid.«

»Oh ... ja, das hatte ich vergessen ...« Carolin lächelte. »Aber darüber brauchst du dir wirklich keine Gedanken zu machen.«

»Wir könnten ja vielleicht ...« Rebekka verzog unschlüssig das Gesicht. »Könnte ich dabeisein?«

»Frank? Mit zwei Frauen im Bett?« Carolin wirkte zweifelnd. »Ich glaube, dann kriegt er gar keinen mehr hoch.«

Rebekkas Gesichtsausdruck verdüsterte sich noch mehr. Sie sah jetzt sehr gequält aus.

»Ist gut«, sagte Carolin. »Wir fahren irgendwo hin, wo ich mich befruchten lassen kann. Zu blöd, daß das in Deutschland nicht geht. Da ist man schon verheiratet ...«

»Tja, aber solange sie es ›verpartnert‹ nennen, ist das eben nur ein Feigenblatt«, erwiderte Rebekka. »Im Sinne von: Ein Blatt für Feiglinge. Sie sind zu feige anzuerkennen, daß Liebe Liebe ist, und deshalb machen sie solche dummen Regelungen. Leider können wir das im Moment nicht ändern.«

»Leider nicht.« Carolin seufzte. »Also dann werde ich mich mal darum kümmern, wo es den besten Samen gibt ...«

Rebekka verzog erneut das Gesicht.

Carolin lachte. »Ganz ohne geht es eben nicht. Dafür kann ich doch auch nichts.«

12. Kapitel
PREISKLASSEN

»Du hast *was* getan?« Rick starrte Anita an.

»Ich bin ihre Muse«, erwiderte Anita etwas unsicher.

»Ihre Muse ...« Rick schüttelte den Kopf. »Als wir im Krankenhaus waren, sagtest du doch —«

»Danach habe ich viel nachgedacht.« Anita seufzte. »Du kannst dir das nicht vorstellen, Rick, wie es für mich ist. Du bist so stark und unabhängig —«

Ja klar, dachte Rick. Sie sagte Anita lieber nicht, wie sie sich in Svenjas Gegenwart fühlte. War Anna das für Anita, was Svenja für sie war? Ein berauschendes Unglück? »Schon gut«, sagte sie. »Irgendwie verstehe ich dich ja. Ich will nur nicht, daß Anna dich verletzt – noch einmal.«

Anita lächelte. »Du bist wie ein großer Bruder«, sagte sie. »Du willst mich dauernd beschützen.«

»Ich will mir nur deine Arbeitskraft erhalten«, erwiderte Rick wegwerfend. »Du bist umwerfend erfolgreich mit den Kunden. Ohne dich hätte ich die Hälfte meiner Aufträge nicht.«

»Du übertreibst«, entgegnete Anita geschmeichelt und verlegen lächelnd. »Aber es freut mich, daß deine Kunden zufrieden sind.«

»Eigentlich sind es ja deine Kunden«, sagte Rick. »Vielleicht solltest du mal ein eigenes Geschäft aufmachen.«

»Ich?« Anita starrte sie entgeistert an.

»Ja, du.« Rick seufzte. »Dieses Kaufhaus nutzt dich doch nur schamlos aus. Du bist eine erstklassige Verkäuferin, du verstehst viel von deinem Beruf, wahrscheinlich verdanken sie dir eine Menge Umsatz, aber du bekommst noch nicht einmal Prozente wie bei mir.«

»Ich könnte das nicht«, sagte Anita. »So wie du, so ganz allein verantwortlich sein für alles . . .«

»Ach, so schlimm ist das auch wieder nicht.« Rick winkte ab. »Daran kannst du dich bestimmt gewöhnen. Klar, am Anfang ist es sicherlich eine Umstellung, wenn man daran gewöhnt ist, ein festes Gehalt zu bekommen, aber das geht schnell.«

»Nein.« Anita schüttelte den Kopf. »Es ist schon ganz gut so, wie es ist. Deine Prozente geben mir ein Gefühl von wunderbarer Freiheit.«

»Die du dann an Anna verschwendest . . .« Rick schüttelte ebenfalls den Kopf.

»Hoppla, störe ich?« Svenja kam verführerisch wie immer herein. Ihre elegante Aufmachung bildete einen merkwürdigen Kontrast zu Ricks Werkstatt. Sie kam zu Rick herüber und hauchte ihr einen Kuß auf die Wange. »Ich kann auch wieder gehen.«

Anita hob die Augenbrauen und schaute Rick an. Ihre Mundwinkel begannen zu zucken, als müßte sie sich ein Lachen verkneifen.

»Ich . . . nein . . .« Rick wirkte etwas überfordert. »Du kennst Anita noch gar nicht?«

»Ich wüßte nicht. Nein.« Svenjas Blick schätzte Anita schnell von oben bis unten ab. Offenbar stufte sie sie als harmlos und uninteressant ein. Sie lächelte. »Guter Geschmack«, sagte sie. »Wenn auch nicht teuer.«

Rick blickte etwas irritiert.

»Sie meint meine Garderobe«, erklärte Anita beruhigend. »Danke für den guten Geschmack«, fügte sie zu Svenja gewandt hinzu. »Leider kann ich mir deine Preisklasse nicht leisten. Ich bin nur Verkäuferin.«

Svenja verzog die Lippen. »Du solltest in ein besseres Geschäft wechseln. Da kriegst du Rabatt.« Sie lächelte noch mehr. »Und ich würde vielleicht bei dir einkaufen. Dein Geschmack ist zweifellos superb. Wenn du das schon mit einem Verkäuferinnengehalt schaffst . . .«

Anita errötete leicht. Svenja hatte eine verwirrende Ausstrahlung. Anita wußte nicht mehr, was sie sagen sollte.

»Anita arbeitet manchmal für mich«, sagte Rick, die auch nicht so recht wußte, was sie aus Svenjas Reaktion machen sollte. »Wie du ja schon richtig festgestellt hast, ist ihr Geschmack hervorragend. Sie berät die Kunden wegen der Stoffe.«

»Ah, sie arbeitet für dich.« Das schien die Information zu sein, die Svenja noch gefehlt hatte. Nun wirkte sie ganz entspannt.

»Apropos Stoffe«, hakte Anita ein. »Ich muß da noch einiges besorgen für die Couchgruppe der Meyer-Schlöndorfs. Ich wollte ihnen die Muster heute noch zeigen.« Sie nickte Svenja zu und warf einen Blick auf Rick. »Bis später dann.«

»Warte einen Augenblick. Wegen der Couchgruppe . . .« Rick folgte ihr schnell. »Bitte, sag Carolin nichts«, flüsterte sie ihr leise ins Ohr, als sie ein paar Schritte von Svenja entfernt waren.

Anita blieb irritiert stehen. »Carolin?« Sie flüsterte auch, weil sie das Gefühl hatte, die Unterhaltung war nicht für Svenjas Ohren bestimmt.

»Wegen Svenja . . .«, flüsterte Rick. »Du weißt schon . . .«

Anita blickte sehr erstaunt zu Svenja hinüber. »Das ist Svenja?«

»Ja«, gab Rick bedripst zu. »Das ist Svenja.«

»Du meine Güte . . .«, erwiderte Anita. Dann räusperte sie sich. »Ich sage Carolin nichts, keine Sorge.« Noch einmal blickte sie kurz zu Svenja. »Und du machst mir Vorwürfe wegen Anna?«

Sie schüttelte den Kopf und ging.

13. Kapitel
NADELSTICHE

»Luise?«

Luise drehte sich beim Klang der Stimme um. »Dani«, sagte sie und lächelte.

Dani trat aus dem dunklen Gang heraus. »Wir waren verabredet«, sagte sie.

»Ich weiß.« Luise lächelte immer noch. »Ich muß nur noch mal kurz in mein Büro.«

Dani nickte. »Darf ich dich begleiten?«

»Natürlich.« Luise machte eine einladende Geste. »Es dauert nur fünf Minuten.« Sie schloß ihr Zimmer auf. »Höchstens.«

Dani mußte sich beherrschen. Sie wollte Luise küssen, aber Luise ließ das nur zu, wenn sie es selbst wollte. Den ganzen Tag über hatte Dani sich nach diesem abendlichen Treffen gesehnt. Ihr Körper zitterte vor Erwartung. Dennoch ging sie ruhig hinter Luise in ihr Zimmer und berührte sie nicht.

»Ich habe ein Buch für dich«, sagte Luise, »das dich vielleicht interessiert.« Sie griff ins Regal und reichte Dani das Buch. »Du kannst es mir zurückgeben, wenn du es ausgelesen hast.«

»Danke.« Dani betrachtete das Buch kurz. Es hätte sie vielleicht interessiert, wenn Luise nicht gerade zwei Meter von ihr entfernt gewesen wäre. Luises Nähe ließ alle Gedanken in Danis Kopf herumwirbeln und nur einen übrig – der nichts mit dem Buch zu tun hatte.

Luise nahm ein paar Dinge aus dem Regal und steckte sie in ihre Aktentasche. Dann hob sie ihren Autoschlüssel vom Schreibtisch. »So«, sagte sie. »Fertig.« Sie lächelte Dani an. »Wollen wir gehen?«

Immer, wenn Luise lächelte, dachte Dani, daß sie nie vorher ein Lächeln gesehen hatte. Junge Frauen konnten einfach nicht lächeln – nicht so. Luises Lächeln war reif und ruhig, lebenserfahren, klug. Sie wirkte niemals unsicher.

»Ja«, antwortete Dani. Ihre Stimme gehorchte ihr nicht ganz.

Luises Mundwinkel zuckten. Sie kam zur Tür, wo Dani stand. »Ich weiß«, sagte sie leise. »Wir sind gleich zu Hause.« Sie beugte sich zu Dani und hauchte einen Kuß auf ihre Wange. »Komm.«

Als Dani neben Luise im Wagen saß, hatte sie das Gefühl, die Minuten dehnten sich zu Stunden. Immer noch durfte sie Luise nicht berühren, wie sie wußte, aber sie konnte sich nicht mehr zurückhalten. Vorsichtig, zitternd legte sie ihre Hand auf Luises Knie.

»Nicht«, sagte Luise. »Wenn du nicht willst, daß wir im Graben landen.«

»Du könntest anhalten«, sagte Dani.

»Hier? Im Auto?« Luise warf einen kurzen Blick zu Dani und zog die Stirn kraus. »Dazu bin ich zu alt.«

»Du bist nicht alt«, sagte Dani. »Behaupte das nicht immer.«

Luise verzog die Lippen. »Weißt du, daß deine Freundin Geraldine mich als Großmutter bezeichnet hat?«

»Was?« Dani starrte sie entsetzt an.

»Na ja, ich sehe ihr das nach.« Luise zuckte gleichmütig die Schultern. »Sie ist in Silvia verliebt, und sie ist eifersüchtig. Silvia und ich waren essen, und Geraldine kam dazu.«

»Silvia ...«, flüsterte Dani. »Professor Wilke.« Sie schluckte. »Du ... magst sie sehr, nicht?«

»Ja.« Luise blickte kurz zu Dani hinüber, bevor sie in die Straße zu ihrer Wohnung einbog. »Ich mag sie sehr.«

Dani biß sich auf die Lippe. »Sie ... sie war mal deine Studentin ... wie ich ...«, sagte sie.

»Hm.« Luise nickte, während sie den Wagen abstellte und den Zündschlüssel abzog. »Aber das ist lange her. Jetzt sind wir schon lange Kolleginnen.«

»Als sie deine Studentin war ...« Dani drehte sich zu Luise um. »Habt ihr da ... war sie ...?« Ihre Augen brannten.

»Dani ...« Luise legte die Hände aufs Steuer. »Das geht nur Professor Wilke und mich etwas an. Niemand sonst.«

»Ich weiß«, sagte Dani mutlos. »Nichts geht mich etwas an. Nichts, was dich betrifft.«

»Willst du nicht aussteigen?« fragte Luise, während sie die Fahrertür öffnete. »Oder willst du lieber sitzenbleiben?« Sie stieg aus und drückte auf die Fernbedienung, um den Wagen abzuschließen. Ohne auf Dani zu warten, ging sie zur Tür.

Dani öffnete schnell die Beifahrertür und lief ihr nach.

»Weißt du, daß man früher jede einzelne Tür hätte abschließen müssen?« sagte Luise, als sie sie erreicht hatte. »Da gab es keine Zentralverriegelung.«

»Es gibt auch heute noch Autos, bei denen das so ist«, sagte Dani. »Billigere.«

»Du ahnst nicht, wie bequem es ist, kein so billiges Auto mehr fahren zu müssen.« Luise lachte. »Als ich Studentin war, hatte ich einen Käfer. Damals war das für mich das höchste der Gefühle.«

Dani interessierte sich nicht wirklich für Autos. Schon gar nicht in diesem Moment. Sie sah nur Luises schwingende Hüften vor sich. Ihr Mund wurde trocken. Ihre Hand bewegte sich wie von selbst auf Luises Po zu.

»Dani!« Luise drehte sich um und musterte sie ärgerlich. »Du kannst gern zu dir nach Hause gehen, wenn du möchtest.«

Dani atmete schwer. »Ich ... ich – Tut mir leid.«

Luise hob einen Mundwinkel. »Es dauert doch nur noch eine Minute«, sagte sie sanfter. »Kannst du nicht warten?«

»Nein«, sagte Dani ehrlich. »Aber ich muß wohl.«

Luise trat auf sie zu und küßte sie schnell. »Das muß bis oben reichen«, sagte sie, drehte sich um und betrat die Treppe.

»Warum wohnst du im sechsten Stock ohne Fahrstuhl?« fragte Dani. Ihre Lippen brannten von Luises Kuß.

»Weil es ein wunderschöner Altbau ist«, erwiderte Luise, »und ich liebe die Atmosphäre.«

Dani überholte Luise auf dem Absatz und lief immer zwei Stufen nehmend voraus. So vermied sie den Anblick von Luises Po vor sich und konnte ein wenig Energie abbauen, bevor sie sich zu sehr staute. »Erste!« rief sie, als sie vor Luises Wohnungstür angekommen war.

Luise kam etwas später und lächelte. »Das ist nicht das Wichtigste im Leben«, sagte sie.

Danis Augen hingen an ihrem Gesicht, als wären sie festgeschweißt. »Luise . . .«, flüsterte sie.

»Die Tür schaffen wir noch«, sagte Luise, steckte den Schlüssel ins Schloß und schloß auf. »Auf . . .« Sie ließ Dani an sich vorbeigehen. »Und wieder zu.« Sie drehte sich um und lehnte sich gegen die Tür. »So. Und jetzt stehe ich zu deiner Verfügung.«

Dani wußte, daß sie nun die Erlaubnis hatte, Luise zu küssen, aber für eine winzige Sekunde war sie erstarrt. Sie hatte sich so lange zurückhalten müssen. Dann löste sich ihre Starre, und sie trat einen Schritt auf Luise zu. »Luise . . .«, flüsterte sie erneut. Ihre Lippen legten sich auf Luises, und sie schloß die Augen.

Luise ließ sich von Dani küssen, ohne die Arme um sie zu legen. Sie hingen einfach an ihren Seiten herunter, als hätte sie keine Verwendung für sie.

»Luise . . .«, flüsterte Dani immer und immer wieder, während sie sich an Luises Hals entlangküßte. »Luise, Luise, Luise . . . Ich habe dich so vermißt.« Ihre Hände legten sich auf Luises Brüste.

Luise fühlte die Lust durch ihre Brustwarzen fließen, die sich erhoben. Sie war nicht so ungeduldig wie Dani, aber auch sie hatte sich auf den Abend gefreut. Sie spürte das Kitzeln von Danis Lippen an ihrem Hals und legte den Kopf zurück.

Dani begrüßte jedes kleine Zeichen, das Luise ihr gab, mit einem hingebungsvollen Seufzer. Wenn es nach ihr gegangen wäre, hätten sie sich längst auf dem Boden gewälzt, aber dafür war Luise nicht zu haben.

»Genug.« Luise hob die Hände und schob Dani von sich. »Laß uns ins Schlafzimmer gehen.«

Als Dani ihr den Vortritt lassen wollte, lachte Luise leicht. »Geh du zuerst. Ich möchte jetzt mal das Vergnügen haben, hinter dir zu gehen.«

»Dann sehe ich dich aber nicht«, protestierte Dani.

»Das ist ja der Sinn der Sache«, erwiderte Luise. »Aber ich sehe *dich*.«

Dani drehte sich um, blieb aber stehen.

»Komm schon.« Luise legte von hinten ihre Hände auf Danis Hüften und zog ihren Po sanft in ihren Schoß. »Sonst kannst du doch nicht schnell genug ins Schlafzimmer kommen.«

Dani seufzte auf. Sie fühlte Luises Hände an ihren Hüften, und sie fühlte die Wärme von Luises Schoß an ihrem Po. Sie wollte sich nicht einen Zentimeter bewegen.

Luise hauchte einen Kuß auf Danis Nacken. »Ich werde es nicht hier mit dir tun, das weißt du«, flüsterte sie. »Ich bestehe auf der Bequemlichkeit des Bettes. Das zumindest schuldest du meinem Alter.«

Dani streckte ihren Po noch weiter heraus und rieb sich an Luise. Sie seufzte leise. Allein die Berührung durch die Kleidung hindurch machte sie bereits wahnsinnig. Sie zitterte.

Luise fühlte, daß Danis Erregung auch von ihr Besitz ergriff. Sie griff nach vorn und knöpfte Danis Hose auf, zog sie ihr herunter. »Du hast es nicht anders gewollt«, flüsterte sie heiser. »Beug dich nach vorn.«

Dani stöhnte tief auf. Sie beugte sich vor.

Luise strich über Danis Po, streichelte ihre Schenkel, spürte das immer stärker werdende Zittern unter ihrer Haut. Langsam tastete sie sich von hinten zwischen ihre Beine und drang leicht ein.

Dani stieß einen spitzen Schrei aus.

Luise beugte sich über Danis Rücken und begann sie zu nehmen. Sie drang nicht tief ein, nur oberflächlich, aber Dani war bereits so erregt, daß sie innerhalb kürzester Zeit kam, schrie, stöhnte, keuchte, sich an der Wand abstützte.

Luise streichelte noch einmal ihren Po. »Okay, ich gehe vor«, sagte sie. »Du bekommst deinen Willen.«

Dani brauchte noch zwei Atemzüge, um wieder zu sich zu kommen. Sie sah Luise nur noch im Schlafzimmer verschwinden und wollte ihr schnell folgen, aber die Hose schlackerte ihr um die Knöchel, und sie wäre beinah gefallen. Schnell zog sie die Hose aus.

Luise knöpfte gerade ihre Bluse auf, als Dani ins Schlafzimmer stürmte. Nun konnte Dani sich endgültig nicht mehr zurückhalten. Luises lange, schlanke Finger, die gelassen ihre Bluse aufknöpften, riefen einen Wirbelsturm in Danis Unterleib hervor. Sie stürzte sich auf sie und warf sie aufs Bett, küssend auf ihr liegend explodierte das Begehren wie ein Blitz in ihrem Kopf. Sie drang tief in Luises Mund ein.

»Dani . . . Dani . . .« Luise versuchte unter ihr die Kontrolle zurückzuerlangen. »Du erstickst mich. Laß mir noch ein bißchen Luft zum Atmen.«

»Entschuldige.« Dani keuchte. »Entschuldige.« Mit einer schnellen Drehung warf sie sich neben Luise rückwärts aufs Bett. »Au!« Sie fühlte plötzlich einen stechenden Schmerz in ihrer Schulter.

Luise drehte sich neben ihr zu ihr um und schaute sie fragend an: »Was ist?«

Dani schüttelte den Kopf, richtete sich auf und hob etwas vom Laken auf. »Was ist das?«

Luise hob die Augenbrauen. »Eine Haarnadel«, sagte sie und griff danach, nahm sie Dani ab. »Tut mir leid. Tat es sehr weh?«

»Wofür benutzt du die?« fragte Dani.

»Ich benutze keine. Meine Haare sind kurz, ebenso wie deine. Frauen mit langen Haaren benutzen sie, um ihr Haar hochzustecken. Ist das in deiner Generation nicht üblich?« Luise lachte.

Dani zögerte, während sie sich auf das Kissen zurücklegte. Dann sagte sie: »Professor Wilke trägt ihre Haare hochgesteckt.«

»Ja, manchmal«, nickte Luise, beugte sich über Dani und begann ihr T-Shirt hochzuschieben, um sie endgültig auszuziehen.

»Hat sie . . . hat sie hier geschlafen?« Dani schluckte. »In deinem Bett?«

Luise verzog ärgerlich das Gesicht. »Das geht dich nichts an«, sagte sie.

Danis Augen wurden feucht. »Ich weiß«, flüsterte sie.

»Dani . . .« Luise wischte ihr eine Träne aus dem Augenwinkel, bevor sie herunterlaufen konnte. »Ist das denn wirklich so wichtig für dich?« Sie streichelte Danis Wange.

»Es ist . . . du . . . sie ist . . .« Dani brachte keinen Satz heraus.

»Es geht hier jetzt nur um uns beide«, flüsterte Luise. »Vergiß alles andere.« Sie hauchte einen zärtlichen Kuß auf Danis Lippen.

»Sie ist . . . wunderschön«, brachte Dani mühsam hervor.

»Ja, ist sie.« Luise seufzte. »Aber das ist kein Kriterium für gar nichts.« Sie lächelte Dani liebevoll an. »Wenn man so jung ist wie du, braucht man sich um die Schönheit anderer Frauen keine Gedanken zu machen. Die Jugend ist unwiederbringlich, und selbst Silvia ist nicht mehr so jung.«

»Das erzählt sie Geri auch immer – genauso wie du mir. Ihr seid beide irgendwie . . . verrückt.« Dani schien ihre Fassung wiederzugewinnen.

»Silvia vielleicht. Ich bin einfach nur alt«, sagte Luise. Sie betrachtete Dani zweifelnd. »Ich hätte mich von deiner Freundin nicht dazu überreden lassen sollen.«

»Mich wiederzusehen?« Dani schluckte.

»Ja«, sagte Luise. »Geraldine und Silvia – das geht ja noch. Aber du und ich?«

»Du bist die schönste Frau, die ich kenne.« Dani richtete sich langsam auf und beugte sich über Luise. »Die klügste. Die interessanteste.« Ihre Augen tasteten Luises Gesicht ab, suchten ihren Blick. »Ich habe noch nie so etwas für jemand empfunden wie für dich.«

»Natürlich nicht«, sagte Luise. »Du hattest noch nicht viel Zeit in deinem Leben für solche Empfindungen.« Sie suchte ebenfalls Danis Augen. »Und ich habe vielleicht nicht *mehr* viel Zeit.« Ihre Stimme wurde rauh. »Also laß uns jetzt nicht noch mehr Zeit verschwenden.«

Ihre Hand umfaßte Danis Po und zog ihn auf sich.

14. Kapitel
NACKTE TATSACHEN

»Nein, also wirklich nicht«, sagte Thea entgeistert. »So ein Dekolleté um fünf Uhr morgens?« Sie starrte das Kleid an, das sie in der Sendung tragen sollte.

»Du hast doch was zu zeigen«, bemerkte Karsten grinsend.

»Ich wußte nicht, daß ich an den Nacktbadestrand gehe«, entgegnete Thea trocken.

»Was heißt hier nackt?« Karsten nahm das Kleid in die Hand. »Da ist doch überall eine Menge Stoff.«

»Soll ich auch noch Strapse tragen?« erwiderte Thea ärgerlich. »Ich bin Journalistin, keine Anziehpuppe aus dem Sexshop.«

»Du bist Moderatorin«, sagte Karsten. »Im Radio kannst du tragen, was du willst, da sieht man dich nicht, aber im Fernsehen bist du dazu da, die Sendung auch optisch zu verkaufen.«

»Dazu brauche ich diesen Firlefanz nicht«, sagte Thea. »Ich überzeuge durch Fachkompetenz.«

»Wie kompetent du auch immer bist, die Hälfte unserer Zuschauer interessieren nur deine Lippen, deine Brüste, dein Po«, entgegnete Karsten hart. »Alles andere kriegen sie gar nicht mit.«

»Du mußt es ja wissen«, sagte Thea mit einem vernichtenden Blick auf ihn.

»Thea...« Karsten schwenkte auf einen etwas sanfteren Tonfall um. »Du siehst umwerfend aus.« Er zögerte. »Und du weißt, daß wir dir diese Summe nicht allein wegen deiner Fachkompetenz zahlen. Auch wenn das ein Pluspunkt ist.«

»So viel Geld ist es auch wieder nicht«, sagte Thea.

»Als Redakteurin hättest du nur einen Bruchteil davon verdient«, sagte Karsten. »Ich glaube, das ist dir klar.«

»Wie soll ich mich also fühlen? Wie eine gutbezahlte Hure?« fragte Thea.

»Also jetzt übertreib mal nicht!« Karsten hob die Hände. »Wir wollen deinen Körper nur ein bißchen ins richtige Licht rücken. Normalerweise seid ihr Frauen doch ganz scharf darauf.«

»Nicht um fünf Uhr morgens, wenn ich Mühe habe, die Augen offenzuhalten«, sagte Thea. Sie seufzte. »Also gut. Aber ich werde eines meiner eigenen Kleider tragen. Das Fähnchen hier könnt ihr euch für eine andere Gelegenheit aufheben.«

»Okay«, sagte Karsten. »Aber wenn du hochgeschlossen erscheinst, fliegst du.«

Thea warf ihm einen weiteren vernichtenden Blick zu und verließ die Garderobe. Draußen fuhr sie sich abgespannt mit der Hand über die Stirn. Sie hatte nicht damit gerechnet, daß es so schlimm werden würde.

Natürlich hatte sie gewußt, daß sie in erster Linie wegen ihres Aussehens engagiert worden war, aber sie war wohl sehr naiv gewesen zu glauben, daß ihr guter Ruf als Journalistin auch dazu beigetragen hatte.

Langsam ging sie den Gang hinunter. Sie mußte nach Hause fahren und sich ein paar Kleider holen. Eins würde nicht genügen. Sie würden das mit dem wenigsten Stoff aussuchen.

»Probleme?«

Es war Al, der sie angesprochen hatte.

Theas Lächeln kehrte zurück. »Nein«, sagte sie. »Ich bin es nur nicht gewohnt, so früh aufzustehen.«

Al schien fasziniert von ihrem Lächeln und blieb stumm.

Thea kannte diese Reaktion bei Männern. »Arbeiten Sie schon lange hier?« fragte sie, um ihn zu einer Antwort zu bewegen.

»Schon 'ne ganze Weile. Ist ein guter Job«, nickte Al.

»Ich habe mich noch gar nicht richtig bei Ihnen bedanken können«, fuhr Thea fort. »Bei meinem Lebensretter.« Ihre Stimme klang warm.

Al schluckte. »Ich bin nur zufällig vorbeigekommen«, sagte er.

»Was für ein Glück für mich«, erwiderte Thea und beobachtete ihn genau.

»Ich muß . . .«, Al wies vage in den Gang, »ein paar Kabel verlegen.« Er ging los.

Thea folgte ihm. Es war merkwürdig, aber dieser Mann zog sie an, obwohl er gar nicht versuchte ihr Avancen zu machen. »Darf ich mitkommen?« fragte sie. Sie lachte leicht. »Ich bin neu hier und kenne mich noch nicht so aus. Alles, was mit dem Fernsehen zu tun hat, interessiert mich.«

Al hielt vor einer Tür und öffnete sie. »Das hier ist auch nicht das, womit Sie sich auskennen müssen«, sagte er und ging auf ein Regal mit Kabeln zu. »Ich verlege die nur. Sie als Moderatorin sind am anderen Ende. Da müssen die Kabel dann einfach funktionieren.«

»Da sehen Sie mal, wie abhängig wir von Ihnen sind«, sagte Thea. Sie merkte, daß sie mit Al flirtete, obwohl sie nicht genau wußte, warum. *Vielleicht die Anspannung,* dachte sie. *Der Streit mit Karsten.* Ein Mann hatte sie gedemütigt, und nun brauchte sie als Ausgleich dafür einen Mann, der sie bewunderte.

»Okay«, sagte Al und drehte sich zu ihr um. »Komm rein.«

Thea war überrascht, folgte aber der Aufforderung, betrat den Kabelraum und schloß die Tür hinter sich.

Al trat auf sie zu und zog sie an sich, küßte sie.

Thea fand auch den Kuß überraschend. Er war anders als sie erwartet hatte. Sie genoß Als Zunge in ihrem Mund und die wachsende Erregung.

Al legte die Hände unter ihren Po und hob sie an, setzte sie auf seine Hüften. Thea schlang die Beine um ihn. Sie fühlte, daß ihre Erregung noch weiter anstieg. Gleich würde er in sie eindringen. Ihre Schamlippen öffneten sich erwartungsvoll.

Al machte einen Schritt auf eine Konsole zu, die an der Wand stand, und setzte Thea darauf ab. Er schob ihr Kleid hoch, griff an ihren Slip und zog ihn ihr herunter.

Thea spreizte weit die Beine, als der Slip auf dem Boden landete, und erwartete, daß Al wieder hochkommen würde, seine Hose öffnen, sie nehmen.

Aber das tat er nicht. Er kniete sich vor sie hin, und seine lange Zunge tauchte tief in ihr nasses Paradies.

Thea stöhnte überrascht auf. Sie hätte nie geglaubt, daß ein Mann wie Al ihr so viele Überraschungen bereiten könnte. Sie hatte ihn wohl unterschätzt. Aber um so besser.

Als Zunge trieb sie fast in den Wahnsinn. Sie stöhnte unterdrückt und versuchte sich zu beherrschen, weil sie nicht wußte, wie dicht die Tür war.

Es dauerte nicht lange, und sie explodierte. Al hatte sie nicht angetrieben, kein Wort gesagt, nur seine Zunge sprechen lassen. Stumme, animalische Befriedigung.

Während Thea noch auf der Konsole keuchte, richtete Al sich auf. »Dreh dich um«, verlangte er heiser. Er griff an ihre Hüften, zog sie von der Konsole herunter und drehte sie auf den Bauch.

Thea hörte immer noch nach Luft schnappend, wie er seinen Reißverschluß öffnete, und klammerte sich am Rand der Konsole fest.

Sie spürte, wie er seine Eichel ansetzte. Im nächsten Moment schrie sie laut auf. »O mein Gott!« Sie hatte das Gefühl, ein Brückenpfeiler hätte sie durchbohrt. Als Männlichkeit mußte gewaltig sein. Sie hoffte nur, daß dieser Raum einigermaßen schalldicht war.

Er stieß noch tiefer in sie, und obwohl sie naß und weit war, fühlte sie einen brennenden Schmerz. Doch es war ein Schmerz, der die Lust erhöhte. Der nächste Stoß ließ ihn tief in ihr anschlagen.

Sie stöhnte unaufhörlich. Sie hatte das Gefühl, ihre Schenkel wären Kilometer voneinander entfernt, weiter gespreizt als je, mit einem gewaltigen Krater in der Mitte, den Al problemlos ausfüllte.

Er stieß in langen, weit ausholenden Stößen in sie, fast gemächlich, er schien keine Eile zu haben.

»O ja...«, stöhnte Thea. »Ja... ja... ja...« Die Krämpfe in ihrem Unterleib begannen, wollten gar nicht mehr aufhören, ebensowenig wie Al, der unerschöpflich schien.

»Komm...«, flüsterte Thea matt. »Bitte... komm... ich kann nicht mehr...« Ihr Innerstes krampfte sich um den harten Stab, quetschte ihn zusammen, als wollte sie die Flüssigkeit aus ihm herauspressen und ihn gleichzeitig nie mehr loslassen.

Al stieß etwas schneller zu, Thea dachte, er würde sich in sie ergießen, da zog er seinen mächtigen Speer mit einem Mal aus ihr heraus.

Thea hörte erneut den Reißverschluß. Verwirrt drehte sie sich um. »Was ist?«

Al stand völlig angezogen vor ihr, als wäre nichts gewesen.

Thea lächelte verstehend. »Du willst etwas anderes?« Sie umfaßte durch den Stoff seiner Hose den immer noch harten Schaft in seinem Schritt und knetete ihn. Gleich darauf ging sie vor ihm in die Knie und griff an seinen Reißverschluß.

»Nein.« Al hielt sie mit festem Griff um ihr Handgelenk auf. »Ich will nicht, daß du mir einen bläst. Laß das.«

Thea blickte erstaunt zu ihm auf. »Was willst du dann?«

»Ich muß jetzt arbeiten«, sagte er. Er griff sich ein paar Kabel und ließ Thea allein auf dem Boden kniend zurück.

Sie erhob sich langsam. Dann beugte sie sich noch einmal hinunter und hob ihren Slip auf. Ihn anzuziehen hatte wohl keinen Sinn. Er war schon naß.

Sie blickte an sich hinunter. Ihr Kleid war zerdrückt, und sie sah vermutlich genauso aus, wie man eben aussah, wenn einen ein Betonpfeiler erfaßt hatte. Sie mußte unbedingt nach Hause, sich waschen und umziehen.

Aber sie hatte ja ohnehin die Kleider holen wollen.

15. Kapitel
MÜTTER

»Carolin.« Rebekkas Mutter kam mit ausgebreiteten Armen auf Carolin zu und lächelte glücklich. »Ich habe es schon gehört.«

Carolin ließ sich umarmen. »Es ist noch nicht soweit«, sagte sie. »Ich warte noch auf das Ergebnis.«

»Du bist jung und gesund«, sagte Angelika Gellert. »Was soll da schon schiefgehen?«

»Mutter . . .« Rebekka schaute sie strafend an.

»Kinder . . .«, seufzte Rebekkas Mutter. »Meine Güte, ihr seid ein junges Paar, und ihr erwartet euer erstes Kind. Seid ihr denn gar nicht ein bißchen aufgeregt?«

»Ich hatte eigentlich schon genug Aufregung«, sagte Carolin und setzte sich aufs Sofa. »Kuchen?« Sie schnitt ein Stück von dem Kuchen ab, der vor ihr auf dem Couchtisch stand.

»Himmel«, sagte Angelika Gellert und setzte sich neben Carolin. »Als ich mit Rebekka schwanger war, hätte ich die ganze Welt umarmen können.«

Es war bestimmt auch einfacher und ganz sicher lustvoller, Rebekka zu produzieren, dachte Carolin, aber sie sagte es nicht. »Ich freue mich ja auch.« Sie lächelte ihre Schwiegermutter an. »Aber es ist noch so ungewohnt.«

»Du gewöhnst dich schon daran.« Angelika Gellert legte den Arm um sie. »Das geht ganz schnell.« Sie streichelte Carolins

Schulter. Es war eindeutig, daß sie die Ankunft ihres Enkelkindes kaum erwarten konnte.

»Hast du gar keine Angst davor, Großmutter zu werden?« fragte Rebekka, während sie den Kuchenteller von Carolin entgegennahm, den die ihr reichte. »Die Zeit der Jugend ist vorbei. Du wirst die Bezeichnung Oma nie mehr als Beleidigung zurückweisen können.« Sie grinste leicht.

Angelika Gellert schüttelte tadelnd den Kopf. »Du wirst es nie begreifen, solange du keine eigenen Kinder hast«, sagte sie. »Und dich auf Enkelkinder freust.«

»Meine Enkel?« fragte Rebekka. »Es ist noch nicht einmal unser erstes Kind auf der Welt.«

»Das kommt schon.« Angelika Gellert drückte liebevoll Carolins Arm. »Das geht ganz von selbst.«

Carolin nahm sich Sahne auf den Kuchen. Angelika Gellert lachte. »Du mußt jetzt für zwei essen, gönn dir das nur. Niemand wagt es, eine Schwangere wegen ihrer Figur anzugreifen. Das habe ich damals sehr genossen.«

»Es wird schon nicht so schlimm werden«, sagte Carolin.

»Na ja, deine Hüften werden nie mehr so mädchenhaft schmal sein nach der Geburt«, sagte Angelika Gellert, »aber das ist es wert.«

Rebekka hob die Augenbrauen. »Ich habe dich nie anders als schlank gekannt. Deiner Figur hat meine Geburt nicht geschadet.«

»Schau dir mal das Hochzeitsbild von mir und deinem Vater an«, sagte Angelika Gellert. »In Größe vierunddreißig habe ich nach der Geburt nie wieder gepaßt.«

»Ich hatte noch nie Größe vierunddreißig«, sagte Carolin, »also ist das kein Problem.«

»Na ja, du bist größer«, sagte Angelika Gellert. »Aber schlank bist du auch. Ihr zwei seht nebeneinander immer aus wie zwei Tannen im Wald.«

»Eine kleinere und eine größere«, sagte Carolin.

»Und demnächst kommt eine noch kleinere hinzu«, ergänzte Angelika Gellert glücklich.

»Du weißt schon, daß das neun Monate dauert, oder?« fragte Rebekka etwas neckend. »Nur falls du es vergessen hast.«

»Ich kann es kaum erwarten, da hast du recht«, wies Angelika

Gellert ihre Tochter zurecht. »Ich hatte die Hoffnung schon fast aufgegeben.«

»Ich bin erst neunundzwanzig«, entgegnete Rebekka entrüstet.

»Ja, aber ich wußte immer, daß du nicht –« Angelika Gellert brach ab. »Ich bin so froh, daß du Carolin gefunden hast.« Erneut drückte sie Carolins Arm.

»Ich auch«, sagte Rebekka weich und lächelte Carolin an.

Carolin drehte nachdenklich ihren Ehering am Finger.

Rebekka beobachtete sie besorgt. »Es wird schon klappen«, sagte sie. »Diesmal klappt es.« Sie ging zu Carolin hinüber und setzte sich neben sie auf die Couchlehne, legte einen Arm um sie. »So etwas passiert nur einmal.«

»Hoffentlich«, sagte Carolin.

»Du wirst es nicht verlieren«, unterstützte Angelika Gellert die Hoffnung mit mütterlicher Gewißheit. »Es passiert oft beim ersten Mal, daß es nicht gleich klappt. Auch ohne das, was ihr alles tun mußtet.«

»Es war schrecklich«, sagte Carolin. »Ich will das nicht noch einmal durchmachen.«

»Natürlich nicht.« Angelika drückte Carolins Schulter, und Rebekka zog sie zu sich heran.

»Du wirst eine wundervolle Mutter sein«, flüsterte sie in Carolins Haar. »Unser Kind wird sich das nicht entgehen lassen wollen.«

»Sprich mit dem Kind«, sagte Angelika Gellert. »Ich habe immer mit Rebekka gesprochen – auch als noch gar nichts zu sehen war.«

Rebekka hob die Augenbrauen. »Daran kann man sich später doch gar nicht erinnern. Ich jedenfalls nicht.«

Angelika Gellert lachte leicht. »Ja, das sieht man.« Sie neckte Rebekka, und die verstand es auch so.

Sie lachte. »Also nützt es doch nichts.«

Angelika Gellert legte den Kopf schief. »Das Kind spürt die Liebe, davon bin ich fest überzeugt«, sagte sie. »Du hast auch gespürt, daß ich dich liebe. Auch wenn du davon nichts mehr weißt.«

Rebekka beugte sich zu ihr. »Ich weiß es«, sagte sie warm und hauchte ihrer Mutter einen Kuß auf die Wange. Sie schaute auf Carolin hinunter. »Aber ich glaube, Carolin muß sich jetzt ausruhen.« Sie strich Carolin über den Arm. »Du siehst sehr müde aus,

Schatz.«

»Ja.« Carolin seufzte. »Ja, das bin ich auch.«

»Dann laß uns gehen.« Rebekka stand auf und reichte Carolin ihre Hand. »Du bist doch nicht böse, Mutter?« Sie schaute ihre Mutter an.

»Selbstverständlich nicht.« Angelika stand ebenfalls auf. »Wir müssen dafür sorgen, daß Carolin alles bekommt, was sie braucht. Sie trägt den Gellert-Erben.«

»Mutter.« Rebekka schaute ihre Mutter strafend an. »Mußte das sein?«

»Tut mir leid.« Angelika schaute Carolin an. »Es war nicht so gemeint. Ich hoffe, du verstehst das.«

»Natürlich«, erwiderte Carolin matt.

Sie verabschiedeten sich von Rebekkas Mutter und fuhren in das neue Haus, das Rebekka nach der Hochzeit gekauft hatte. Carolin hatte sich nicht dagegen wehren können. Obwohl Rebekka vor der Hochzeit gemeint hatte, sie brauche das alles nicht, war sie offenbar der Meinung, daß Carolin es brauchte.

»Leg dich hin«, sagte Rebekka. »Ich mache dir einen Tee.« Als sie mit dem Tee ins Schlafzimmer kam, wo Carolin auf dem Bett lag, setzte sie sich zu ihr. Sie schaute sie beruhigend an. »Diesmal wirst du das Kind nicht verlieren«, sagte sie. »Ganz bestimmt nicht.«

Carolin ließ sich von ihr die Teetasse reichen und nahm einen Schluck. »Woher willst du das wissen?« fragte sie. »Es fühlt sich nicht anders an als beim ersten Mal.«

»Sie waren diesmal noch vorsichtiger«, sagte Rebekka. »Sie haben es schon so oft geschafft, warum soll es ausgerechnet bei dir nicht klappen? Du bist jung und gesund, wie meine Mutter gesagt hat.«

»Ja, das dachte ich auch.« Carolin trank noch einmal. »Vorher.«

»Ich weiß, es war furchtbar für dich«, flüsterte Rebekka. »Das Kind zu verlieren. Für uns alle.«

Carolin gab ein hohles Geräusch von sich. »Ja, für uns alle. Nur daß ich dalag und dachte, daß ich es nicht überlebe. Die Blutungen ... die Schmerzen ...«

Rebekka schluckte. »Ich komme mir so hilflos vor«, sagte sie.

»Das nächste Mal bist du dran«, sagte Carolin. »Endgültig.«

»Du weißt, daß das nicht geht. Nicht zur Zeit. Die Gewerkschaften...« Rebekka zog unglücklich die Stirn kraus.

»Ja, natürlich. Die Gewerkschaften, die Mitarbeiter, die Firma, deine Mutter... es gibt tausend Gründe für dich, es nicht zu tun. Nur daß die für mich alle nicht gelten«, erwiderte Carolin bitter.

»Du wolltest das Kind«, murmelte Rebekka noch unglücklicher. »Ich habe dich nicht dazu gezwungen.«

»Nein, hast du nicht.« Carolin nahm den letzten Schluck und gab ihr die Tasse zurück. »Aber du brauchst einen Erben. Den du selbst nicht bekommen willst.«

»Ich kann doch nichts dafür«, erwiderte Rebekka unglücklich. »Zur Zeit geht es eben nicht. Und die Firma... ohne Erben ist sie zum Untergang verurteilt. Das Werk meiner Familie. Es würde meine Mutter umbringen.«

»Ja, deine Mutter hat heute sehr deutlich gemacht, um was es geht«, sagte Carolin. »Das habe ich gehört.«

»Sie meinte es nicht so.« Rebekkas Unglück wuchs und wuchs. »Du weißt, daß sie dich liebt.«

»Als Mutter ihres Enkelkindes«, sagte Carolin. »Nur diese Funktion habe ich für sie. Ich werde nie ein eigenes Leben haben in ihren Augen. Ich habe für das Kind dazusein, damit es die Firma übernehmen kann.« Sie schaute Rebekka an. »Und wenn es nicht klappt? Wenn ich das zweite auch wieder verliere? Wird sie mich dann immer noch lieben? Oder wird sie dich dann bitten, dir eine andere zu suchen? Am besten eine, die schon Kinder hat, damit sie sicher ist, daß sie als Gebärmaschine funktioniert.« Sie lehnte sich erschöpft in die Kissen zurück. »So habe ich mir das nicht vorgestellt, Rebekka. Ich dachte, es wäre unser Kind. Deins und meins. Und es kann selbst entscheiden, was es werden will.«

»Das konnte ich auch nicht«, sagte Rebekka.

»Eben.« Carolin schaute sie an. »Daran hätte ich mich erinnern sollen.«

16. Kapitel
SWEETY

Luise lag in ihrem Fernsehsessel und war eingeschlafen. Ein Buch über die Lebensweise der Beginen im Mittelalter lag aufgeschlagen in ihrem Schoß. Sie hatte es nicht mehr geschafft, es zu Ende zu lesen.

Das Telefon klingelte.

Verwirrt schlug Luise nach dem dritten Klingeln die Augen auf. Das, was sie gelesen hatte, hatte sie im Traum vor sich gesehen, die Gemeinschaft der Frauen im Mittelalter, und nun mußte sie sich erst einmal wieder im 21. Jahrhundert zurechtfinden.

Das Mobilteil des Telefons lag neben ihr auf dem Tisch. Sie hob es auf und drückte auf den Annahmeknopf. »Ja?« meldete sie sich verschlafen.

»Luise?«

Die Stimme kam ihr bekannt vor, aber sie konnte sie nicht zuordnen. »Ja?« wiederholte sie.

»Luise.« Die Stimme der anderen Frau klang erleichtert und gleichzeitig fast überrascht.

»Ja!« Luise setzte sich verärgert auf. »Wer ist denn da?«

»Hier ist Senta«, sagte die Stimme.

»Senta?« Für einen Moment schien es, als könnte Luise nichts mit dem Namen anfangen. Doch dann wiederholte sie: »Senta...«, und diesmal klang es ungläubig.

»Ja, ich.« Es folgte eine kleine Pause. »Ich weiß, es ist lange her.«

»Lange ist gar kein Ausdruck«, murmelte Luise. Sie kam sich vor, als wäre ihr Mittelaltertraum vielleicht immer noch nicht zu Ende.

»Bist du schon im Bett?« fragte Senta. »Ich weiß, es ist spät. Ich kann auch ein andermal anrufen.«

»Nein, ich bin noch nicht ... im Bett«, antwortete Luise. Sie fuhr sich müde über das Gesicht. »Ich bin nur im Sessel eingeschlafen. Beim Lesen.«

»Das passiert mir in letzter Zeit auch öfter.« Senta lachte. »Das Alter...!«

»So alt bin ich nun auch wieder nicht«, protestierte Luise.

»Nein, ich vergaß ... du bist ja fast ein Jahr jünger als ich.« Senta lachte erneut.

»Senta ...« Luise wiederholte den Namen nochmals so ungläubig, als hätte sie ihn soeben zum ersten Mal gehört.

»Wie geht es dir?« fragte Senta.

Luise richtete sich etwas mehr im Sessel auf. »Oh, gut. Gut. Und dir?« fragte sie zurück.

»Hervorragend«, sagte Senta. »Von allem, was das Alter so mit sich bringt, mal abgesehen. Schlechte Augen, Rückenschmerzen ... Aber das hält mich von nichts ab.« Sie lachte.

»Du tust, als wärst du achtzig«, erwiderte Luise etwas abwehrend.

»Nein, bin ich nicht. Aber auch keine zwanzig mehr.« Senta lachte. Anscheinend lachte sie immer. Sie schien sehr gutgelaunt. »Erzähl mir bloß nicht, du springst immer noch wie eine Zwanzigjährige herum und hättest dich nicht verändert.«

»Nein, natürlich nicht«, sagte Luise. »Wir werden alle älter.«

»Ich bin in Köln«, sagte Senta. »Nach langer Zeit mal wieder. Eventuell kehre ich ganz zurück. Und da dachte ich, ich sollte vielleicht mal alte Kontakte auffrischen. Wie unseren zum Beispiel. Hast du Lust, mal Kaffeetrinken zu gehen?«

»Ich bin den ganzen Tag in der Uni – meistens«, sagte Luise. »Da ist der Kaffee nicht besonders.«

Senta lachte erneut. »Du bist jetzt Professorin, habe ich gesehen«, sagte sie. »Glückwunsch.«

»Da kommst du ein paar Jahre zu spät«, erwiderte Luise leicht säuerlich. »Das bin ich schon lange.«

»Ja, da sieht man mal wieder, wie die Zeit vergeht«, seufzte Senta. »Und wie lange wir uns nicht gesehen haben.« Sie machte eine kleine Pause. »Nach dem amerikanischen Kaffee kommt mir der deutsche Kaffee jetzt himmlisch vor«, fuhr sie fort. »Zehn Jahre Amerika können einem wirklich die Lust auf Kaffee verderben. Also würde ich mir durchaus auch den Kaffee in deiner Uni antun. Er ist sicherlich immer noch Klassen besser als die amerikanische Brühe.« Ihr Lachen wirkte ansteckend.

Langsam begann Luise auch zu lächeln. Senta sprühte nur so vor Leben, und das sprang auf sie über. »Das stimmt«, stimmte sie zu. »Als ich das Jahr in Amerika Professorin war, bevor ich hier in

Deutschland den Ruf erhielt, habe ich das auch festgestellt. Also wenn du Lust hast, komm einfach vorbei.«

»Wo bist du zu finden?« fragte Senta, und Luise beschrieb es ihr.

»Na, dann will ich dich nicht länger von deiner verdienten Nachtruhe abhalten«, sagte Senta. »Schlaf gut, Sweety.« Sie legte auf.

Luise schmunzelte überrascht.

Sweety hatte sie schon lange niemand mehr genannt.

17. Kapitel
BLOND

»**M**oderatorinnen müssen blond sein«, sagte Karsten.

»Ich *bin* blond.« Thea blickte ihn erstaunt an.

»Nicht blond genug. Kannst du da nicht was machen?«

»Ich färbe meine Haare nicht«, sagte Thea. »Es gibt immer noch einen Unterschied zwischen naturblond und einer gebleichten Blondine.«

»Im Intelligenzquotienten, meinst du?« Karsten grinste. Es war klar, daß er das bezweifelte.

»Ein paar Strähnchen«, sagte Thea. »Das ist alles, was ich anbieten kann.«

»Ist gut.« Karsten nickte. »Das reicht. Fürs erste.«

Thea seufzte. »Was noch?« fragte sie. »Bin ich groß genug, dünn genug, braungebrannt genug? Oder muß ich mich auch noch auf die Sonnenbank legen?«

»Das nicht. Du bist ja schließlich blond.« Karsten grinste unverschämt, als er ihre Bemerkung wiederholte. »Und hochhackige Schuhe sind ohnehin Pflicht. So klein bist du nicht. Aber du könntest ein paar Pfund weniger haben, das stimmt.«

»Wie bitte?« Thea starrte ihn an. In der Tat hätte kein Mensch auch nur ein Gramm zuviel an ihr vermutet, eher im Gegenteil.

»Die Kamera macht dich locker zehn Pfund dicker«, erläuterte Karsten ungerührt. »Du wirst schon sehen.«

»Na gut.« Thea knirschte mit den Zähnen. »Abends keine Kohlenhydrate mehr.« Langsam stellte sie ihre Entscheidung, diesen Job angenommen zu haben, ernsthaft in Frage.

»Ich denke, das war's«, sagte Karsten und nickte der vollzählig anwesenden Redaktion zu. »Ihr wißt alle, was ihr zu tun habt. Selbst Thea.« Er grinste Thea erneut unverschämt an. »Heute ist Freitag. Am Montag geht es mit unserer neuen Frontfrau hier los. Und ich hoffe, ihr habt ein paar gute Sprüche für sie.«

»Gute Themen wären mir lieber«, sagte Thea.

»Sprüche sind wichtiger«, behauptete Karsten. »Die meisten Themen interessieren die Zuschauer sowieso nicht.«

Thea hatte in dieser Woche gelernt, daß es sich nicht lohnte, mit Karsten zu diskutieren. Sie mußte sich selbst um interessante Themen kümmern, und das würde sie auch tun. Nicht alle in der Redaktion waren so ignorant wie der eingebildete Leiter.

Die Redaktionsmitglieder verließen teilweise ins Gespräch vertieft Karstens Büro.

Er nahm ein paar Blätter vom Tisch und kam zu Thea herüber. »Gehen wir Kaffeetrinken?« fragte er selbstsicher. Es war eigentlich gar keine Frage, mehr ein Befehl.

»Ich hatte schon genug Kaffee heute«, sagte Thea und stand auf. Sie hielt seinem Blick stand.

»Wir können den Kaffee auch weglassen«, sagte er und legte seine Hand auf ihre Hüfte.

»Und was bleibt dann übrig?« fragte Thea. »Du etwa?« Sie drehte sich um und wollte den Raum verlassen.

Er hielt ihren Arm fest. »Stell dich nicht so an«, zischte er. Sie hatte seinen männlichen Stolz verletzt, und er war wütend auf sie. »Keine von den anderen hat sich so angestellt.«

Thea hatte sich schon eine Weile gefragt, wie viele der weiblichen Redaktionsmitglieder ihren Job der Horizontale verdankten. Jetzt wußte sie es: vermutlich alle. »Laß mich los«, sagte sie kalt. »Ich bin keine von den anderen.« Sie lachte leicht. »Und außerdem bist du mit meinem Äußeren doch sowieso nicht zufrieden. Alles soll ich ändern. Was willst du also von mir?«

Karsten starrte in ihr Gesicht und dann auf ihre Brüste. »Du siehst unglaublich geil aus«, sagte er rauh. »Die Einschaltquoten werden hochschießen. Jeder Mann vor der Mattscheibe wird mit dir schlafen wollen.«

Nur jeder Mann? dachte Thea und paßte für eine Sekunde nicht auf.

Karsten nutzte die Sekunde aus und drückte sie auf den Tisch hinunter. »Nun komm schon . . .«, flüsterte er erregt. Seine Hand versuchte ihren Rock hochzuschieben, während er sich über sie legte.

Das Geräusch eines Rollwagens unterbrach seinen heißen Atem in Theas Gesicht, dem sie auszuweichen versuchte.

»Wo soll der Anschluß hin?« fragte eine harmlos klingende Stimme.

»Was?« Karsten richtete sich irritiert auf, und Thea schlüpfte schnell unter ihm hervor und zog ihren Rock glatt.

Al stand mit einem Wagen voller Kabel vor ihr, schaute sie aber nicht an. Er hielt seinen Blick auf Karsten gerichtet. »Der Internetanschluß«, sagte er. »Sie wollten doch einen.«

»Ich habe schon einen«, antwortete Karsten. Am liebsten hätte er wohl gebrüllt, aber er beherrschte sich mühsam, und so klang es einfach nur laut. »Sie Idiot!« fügte er noch wütend hinzu.

»Dann muß ich mich wohl geirrt haben«, sagte Al. »Ich dachte, das wäre hier.« Er ging rückwärts aus dem Büro hinaus und zog den Wagen mit sich.

Thea folgte ihm. »Du hast mir schon wieder das Leben gerettet«, sagte sie lächelnd, als sie vor der Tür standen.

»Ich kam nur zufällig vorbei«, behauptete Al erneut.

»Danke«, sagte Thea mit warmem Blick, »daß du in den entscheidenden Augenblicken immer in der Nähe bist.«

»Ist mein Beruf«, erwiderte Al. »Kabel gibt es überall.« Er schob den Wagen an und rollte ihn den Gang hinunter. Er schien nicht mehr an Thea interessiert.

»Denkst du, das da eben war meine Schuld?« fragte sie irritiert, während sie neben ihm herging.

»Ich denke gar nichts.« Al wirkte wie eine Statue.

»Du denkst es«, stellte Thea fest. »Sah es so aus?«

»Hab' nicht so genau hingesehen.« Als Gesicht wirkte immer noch maskenhaft.

»Al . . .« Thea schaute ihn an. »Ich wollte nichts von ihm, nur er von mir.«

»Ist deine Sache«, sagte Al.

»Denkst du, ich bin so leicht zu haben?« Thea runzelte die Stirn.

»Hm«, brummte Al, warf einen undefinierbaren Blick auf sie

und schob dann weiter. »Vielleicht warst du ihm auch dankbar. Schließlich hat er dich eingestellt.«

»Meinst du, ich statte meinen Dank immer so ab?« fragte Thea ärgerlich. »Wofür hältst du mich?«

»Ich gehe nur von meinen Erfahrungen aus«, sagte Al.

Thea fühlte Schamesröte ihren Rücken hinaufsteigen. Gleich würde sie in ihrem Gesicht angelangt sein. »Wenn du das denkst, kann ich nichts daran ändern«, erwiderte sie knapp, bog bei der nächsten Kreuzung ab und ging so schnell sie konnte einen Gang hinunter, von dem sie nicht wußte, wohin er führte.

Al sah nicht nur aus wie Rick, er benahm sich auch so. Das hatte ihr gerade noch gefehlt. Hätte sie sich doch nur zurückgehalten. »Warum bin ich so eine blöde Kuh?« flüsterte sie zu sich selbst. »Die sollen mich doch alle in Ruhe lassen.«

Sie hörte Schritte hinter sich. »Thea . . .« Al war plötzlich neben ihr. »Ich war so wütend auf Diestelmeyer, ich hätte ihn umbringen können –«

»Hörte sich eher an, als wärst du wütend auf mich«, entgegnete Thea abweisend.

»Tut mir leid.« Al drückte eine Tür auf und zog Thea mit sich hinein. Es war die Herrentoilette. Schnell dirigierte er sie in die Kabine und schob die Tür mit dem Fuß hinter ihnen zu. Er drückte Thea mit dem Rücken gegen die Wand und küßte sie. »Wahrscheinlich bin ich auch nicht besser als er«, murmelte er rauh. »Ich habe ständig an dich gedacht seit Montag.«

Thea wußte, daß sie ihn hätte abwehren sollen. So wie er sie das letzte Mal dort in dem Kabelraum zurückgelassen hatte, wäre das wohl die richtige Reaktion gewesen. Aber sie konnte nicht. Im Gegensatz zu Karstens Überfall fühlte sie sich in Als Gegenwart sofort erregt – als ob er nur einen Schalter umzulegen bräuchte. »Al . . .«, hauchte sie.

Al zog etwas aus der Tasche und legte es ihr über die Augen.

»Was . . . was machst du?« Thea empfand die plötzliche Dunkelheit gleichzeitig als bedrohlich und erregend. Sie kannte diesen Mann kaum, eigentlich gar nicht. Sie hatten nur einmal miteinander Sex gehabt, und das war auch sehr . . . merkwürdig gewesen. Sie konnte ihm doch nicht einfach so vertrauen. Und trotzdem wollte sie es.

»Hab keine Angst«, flüsterte Al. »So ist es schöner.«

Sie fühlte seine Hände unter ihrem Rock. Er zog ihr den Slip aus. Dann setzte er sie wie das letzte Mal auf seine Hüften, aber diesmal war seine mächtige Waffe bereits in Position.

Thea schrie auf, als er sie vorsichtig auf seinen Speer niedersinken ließ. Sie schlang die Beine um ihn. Tiefer und tiefer drang er in sie ein, und dann nahm er sie im Stehen, dort an der Wand in der Herrentoilette.

Sie stöhnte. Die Männer, die vielleicht jetzt gerade ein gewisses Bedürfnis verspürten und hier hereinkamen, würden sich freuen.

Aber es kam niemand.

Al öffnete ihre Bluse, schob ihren BH nach oben und nahm eine ihrer Brustwarzen in den Mund. Sie war bereits steinhart, und Al biß hinein.

Thea schrie und stöhnte abwechselnd. Sie saß auf einem glühenden Vulkan, und ihre Brustwarzen brannten ebenfalls wie Lava.

Al hielt sie, sein Mund massierte ihre Brüste, seine Hände ihren Po. Mit einem Finger drang er zusätzlich von hinten in sie ein, in das zweite Tor. Thea stöhnte auf wie ein Tier. Sie konnte ihren eigenen Empfindungen nicht mehr folgen, hatte der Gewalt des Augenblicks nichts entgegenzusetzen.

Sie schrie und kam, aufgespießt wie ein totes Wild, aber höchst lebendig und im siebten Himmel schwebend. Sie konnte sich nicht erinnern, wann sie das letzte Mal so etwas erlebt hatte.

Immer noch, auch nach ihrem dritten Orgasmus, war Al in ihr steinhart und nicht ein bißchen geschrumpft. Sie konnte es nicht fassen. »Komm ...«, flüsterte sie, während sie sich in seine Schultern krallte. »Komm ...«

Al hob sie an und setzte sie ab. Er nahm die Augenbinde nicht fort, sondern ließ sie so dort in der Toilette zurück. Sie fühlte den Luftzug der Tür, als er die Kabine verließ.

Schnell riß sie sich die Augenbinde herunter. Sie fiel mit zitternden Knien auf den Toilettensitz nieder. Am liebsten wäre sie ihm gefolgt und hätte ihn angeschrien, was das sollte, aber sie war zu schwach dazu.

Wie beim letzten Mal sammelte sie ihren Slip vom Boden auf. Diesmal zog sie ihn an. Al hatte sie so schnell genommen, daß er noch nicht naß gewesen war.

Sie mußte sich säubern, zurechtmachen ... aber nicht hier in der Herrentoilette. Sie wappnete sich. Wie sah das aus, wenn jetzt gerade ein Mann hereinkam, die Hand schon am Hosenschlitz, weil er sich erleichtern wollte, und ihr dann beim Hinausgehen begegnete?

Sie zog ihren BH über ihre Brüste herunter, knöpfte ihre Bluse zu und zog ihren Rock so weit über ihre Schenkel hinunter, wie es ging. Dann legte sie den Kopf schief und versuchte zu hören, ob jemand kam. Sie schlüpfte schnell hinaus, erst aus der Kabine, dann durch die Tür auf den Gang. Sie atmete erleichtert aus. Kein Mann in Sicht.

Sie betrat die Damentoilette, nahm sich ein paar Tücher, befeuchtete sie und verschwand erneut in einer Kabine, diesmal aber allein.

18. Kapitel
VERLUSTE

»Es tut mir leid«, sagte der Arzt am Telefon. »Die Eizellen sind nicht befruchtet. Sie sind nicht schwanger.«

Carolin saß mit dem Hörer in der Hand da und wirkte wie erstarrt.

»Haben Sie mich verstanden?« fragte er nach.

Carolin räusperte sich. »Ja«, erwiderte sie leise. »Liegt es ... liegt es ... an mir?« Sie fürchtete sich vor der Antwort.

»Eigentlich nicht«, sagte er. »Sie sind fruchtbar. Es muß an der Kombination mit dem Samenspender liegen. Sie passen nicht zusammen. Sie sollten einen anderen auswählen, dann versuchen wir es noch einmal.« Er räusperte sich. »Auf jeden Fall müssen Sie nicht das durchmachen, was Sie letztes Mal durchmachen mußten. Es wird keine Fehlgeburt geben, weil ja noch gar nichts da ist. Betrachten Sie es einmal von der positiven Seite.«

O ja, dachte Carolin sarkastisch, *das ist alles furchtbar positiv.*
»Danke«, sagte sie mühsam. »Das werde ich versuchen.«

»Messen Sie weiterhin Ihre Temperatur«, sagte er, »und sobald Sie wieder empfängnisbereit sind, melden Sie sich. Es wird sicherlich nicht lange dauern, und Sie wissen ja: Aller guten Dinge sind drei.« Er lachte aufmunternd.

O nein! dachte Carolin. »Ich melde mich dann«, sagte sie. »Danke für den Anruf.« Sie legte auf.

Sie ließ den Telefonhörer fallen und stöhnte auf. Langsam sank sie auf der Couch zur Seite und zog die Beine an. Sie mußte es Rebekka sagen. Rebekka und ... Angelika. Sie würden furchtbar enttäuscht sein, und dann ... dann ging das Ganze von vorn los. Die ganze Prozedur ... Und wieder ohne zu wissen, ob es klappen würde.

Wie oft soll ich das noch machen? dachte sie. Sie schauderte. Beim ersten Mal hatte sie sich gefreut, und sie war ja auch schwanger geworden. Es schien vergleichsweise einfach. Die Befruchtungsprozedur hatte sie sich fühlen lassen wie eine Preiskuh, aber sie hatte versucht, das auszublenden.

Mit gespreizten Beinen auf dem Gynäkologenstuhl zu liegen und der Gegenstand wissenschaftlicher Gespräche zu sein, während Männer um sie herumstanden und sie betrachteten, ihre intimsten Teile allen Blicken preisgegeben – das hätte sie sich gern erspart, aber als sie dann schwanger war, hatte sie gedacht, daß es sich gelohnt hätte.

Dann kam die Fehlgeburt, die Schmerzen, die Angst, die Ungewißheit. Wie ein Tier hatte sie dagelegen und geblutet, und es war ihr gewesen, als hätte ihre letzte Stunde geschlagen. Für einen Moment hatte sie wirklich gedacht, sie wäre tot, hatte sich selbst im Bett liegen sehen, blutüberströmt.

Aber sie war zurückgekehrt. Alles in ihr hatte sich gesträubt, das noch einmal zu wiederholen, aber dann hatte sie sich so sehr danach gesehnt, Rebekka glücklich zu machen, ihr das zu geben, was sie sich so sehr wünschte. Und sie hatte die Prozedur zum zweiten Mal über sich ergehen lassen. Diesmal lag sie nur abgestumpft da und fühlte sich wie ein Stück Fleisch in einem Labor, das auf seine Qualität untersucht wurde. Sie hatte sich nicht gefreut, nichts erwartet, mit dem Schlimmsten gerechnet.

Und es war eingetreten.

Sie preßte ihre Fäuste gegen ihre Augen, weil sie spürte, wie die Tränen kamen. *Nein*, dachte sie verzweifelt. *Nein, ich kann das nicht noch einmal tun. Und dann wird es vielleicht wieder nichts. Rebekka muß es tun.* Aber ebenso wie Rebekkas Mutter wußte sie, daß das keine Option war. Rebekka war viel zu sehr eingespannt.

Sie lag noch eine Weile da und weinte still in sich hinein. Dann richtete sie sich auf und griff zum Telefon.

19. Kapitel
MÉNAGERIE

»Warum tust du das?« fragte Anna. »Warum läßt du dich so von ihm behandeln?«

»Ich weiß es nicht.« Thea rang ratlos die Hände. »Ich weiß nur, daß ich nicht anders kann. Er braucht nur mit dem Finger zu schnippen . . .«

»Hast du Angst vor ihm?« fragte Anna.

»Angst?« Thea schüttelte den Kopf. »Nein, Angst nicht. Es ist mehr wie eine Sucht. Kennst du das nicht?«

»Na ja . . .« Anna gab es durch ihr Nicken zu. »Schon.«

»Ja.« Thea nickte ebenfalls. »Du weißt, wovon ich rede. Du hast sie immer noch nicht vergessen.«

»Es ist trotzdem etwas anderes«, sagte Anna. »Sie ist . . . im Koma.« Es fiel ihr schwer daran zu denken, wie Sabrina dort in dem Bett gelegen hatte, so bleich und mit offenen Augen – wie ein waidwundes Tier.

»Aber du wünschst dir, daß sie es nicht wäre und daß du wieder mit ihr schlafen könntest, immer und immer wieder, oder? So geht es mir mit Al.« Thea atmete tief durch. »Ich muß das beenden, es geht nicht anders.«

»Wenn es dir Spaß macht . . .«, sagte Anna. »Warum willst du es dann beenden?« Sie stand auf und goß sich etwas zu trinken ein. »Willst du auch was?«

»Cola Zero«, sagte Thea. »Wenn du hast.«

»Seit wann trinkst du so was?« fragte Anna erstaunt.

»Seit ich abnehmen muß.« Thea seufzte.

»Was? Du?« Anna lachte auf. »Du hast eine Modelfigur.«

»Das denkt die Kamera nicht«, sagte Thea. »Frühstücksfernsehen ist die beste Nulldiät.« Sie lachte leicht. »Im wahrsten Sinne des Wortes. Ich frühstücke nicht mehr.«

»Das«, sagte Anna, kam zu ihr herüber und stellte das Glas Cola vor sie hin, »finde ich ehrlich gesagt viel schlimmer als die Sache mit Al.«

Thea nahm einen Schluck von dem bräunlichen Getränk. »Wieso trinkst du eigentlich so was? Du hast dich doch noch nie für Kalorien interessiert.«

»Anita trinkt es. Sie ist permanent auf Diät. Ich weiß auch nicht, warum«, erwiderte Anna. »Sie braucht genausowenig abzunehmen wie du.«

»Sie ist ein Vollweib. Sie hat nur eine Stelle, an der sie abnehmen könnte«, versetzte Thea amüsiert.

»Zwei«, erwiderte Anna schmunzelnd. »Ich wäre nicht begeistert, wenn sie da abnehmen würde. Aber das begreift sie einfach nicht. Sie denkt immer, sie ist zu dick. Das hat man ihr wohl schon von klein auf eingeredet.«

»Du bist froh, daß sie wieder da ist, nicht?« fragte Thea.

»Ich schreibe ununterbrochen«, sagte Anna. »Ich meine, wenn sie nicht gerade hier ist ...«

»Sie war bei mir«, sagte Thea nachdenklich, während sie das Colaglas in der Hand drehte. »Damals, als ihr getrennt wart.«

»Ja?« Anna blickte sie fragend an.

»Sie war nicht glücklich über ihre Rolle als Muse«, fuhr Thea fort. Sie nahm einen Schluck und schaute Anna an. »Ich wäre das auch nicht an ihrer Stelle.«

»Ist das wirklich schlimmer als mit einem Kabelverleger wilden Sex zu haben?« fragte Anna.

»Das ist nicht fair«, sagte Thea. »Es geht mir um Anita. Und sie hat keinen wilden Sex. Nur mit dir – vermutlich.«

»Ja.« Anna räusperte sich. »Aber ich bin genauso von ihr abhängig wie du von ihm. Die meisten Frauen würden sich wünschen, ich wäre so abhängig von ihnen.«

»Ich bin nicht abhängig von ihm«, widersprach Thea. »Ich habe nur ganz gern endlose Orgasmen ohne irgendwelche Komplikationen.«

»Dann ist ja alles in Ordnung«, sagte Anna. »Was reden wir überhaupt?«

»Denkst du, daß du Anita gegenüber fair bist?« fragte Thea.

»Das war eigentlich das Thema.«

»Ich . . . ich – Ich weiß es nicht.« Anna stand unzufrieden auf. »Meine Therapeutin fragt mich das auch immer.«

»Zu Recht«, sagte Thea. »Wenn du ihr keine Antwort gibst. Wie geht es denn deiner verführerischen Therapeutin?« Thea schmunzelte in ihr Glas. »Hast du sie immer noch nicht flachgelegt?«

»Woher willst du wissen, daß sie verführerisch ist?« erwiderte Anna ausweichend.

»Weil du immer noch bei ihr bist«, sagte Thea. »Sie muß einfach verführerisch sein.« Sie schmunzelte noch mehr.

Anna atmete tief durch. »Ja, ist sie«, sagte sie. »Aber sie ist auch verheiratet und hält anscheinend sehr viel von Treue.«

»Dasselbe traf für Sabrina am Anfang auch zu«, sagte Thea.

Annas Gesichtsausdruck wirkte gequält. »Nicht nur am Anfang«, sagte sie. »Sabrina war nie untreu, glaube ich.« Sie holte tief Luft. »Sie hat in meinen Armen gelegen und mit Chris geschlafen – jedesmal. Und sie hat immer nur Chris geliebt, nie mich.«

»Das ist hart für dich, ich weiß«, sagte Thea, »aber dann hat die Therapie ja wenigstens etwas gebracht, wenn du das begriffen hast.«

Anna seufzte tief auf. »Eigentlich wußte ich es immer. Ich wußte es, wenn sie in meinen Armen seufzte – auch wenn sie dabei nicht Chris' Namen genannt hat.«

»Das hast du dir selbst zuzuschreiben«, sagte Thea. »Warum hast du sie nicht einfach in Ruhe gelassen?«

»Wie war das noch mal mit Al und dir auf der Toilette?« fragte Anna. Sie hob die Augenbrauen.

»Touché!« Thea lachte. »Wir beide geben uns wohl nichts.«

20. Kapitel

PHANTASIE

»**S**chatz.« Tobias flüsterte in ihr Ohr, während er hinter ihr lag.

Céline tauchte aus tiefen Träumen auf. Sie spürte seine Erektion an ihrem Rücken. »Ich bin noch nicht wach«, murmelte sie.

»Gleich bist du's.« Er spreizte ihre Beine und zog ihren Po ein wenig zu sich. Ohne abzuwarten, stieß er in sie.

»Tobias!« Céline stöhnte auf.

»Siehst du?« Er lachte. »Hab' ich doch gesagt.«

Céline seufzte innerlich. Er hielt ihr Aufstöhnen für Erregung. Das tat er immer. Dabei war sie immer noch nicht richtig wach, und sein Stoß hatte sie nur deshalb zum Stöhnen gebracht, weil er sie überrascht und völlig unvorbereitet vorgefunden hatte.

Er stieß weiter, schneller und schneller, ohne zu bemerken, daß sie sich nicht beteiligte. Kaum hatte Céline das Gefühl, sie begann wachzuwerden und hätte sich vielleicht auf ihn einstellen können, keuchte er laut und ergoß sich in sie. Er fiel auf ihren Rücken nieder. »Das hast du toll gemacht, Schatz«, keuchte er in ihr Ohr.

Ich habe überhaupt nichts gemacht. Céline seufzte erneut.

Tobias schlüpfte aus ihr heraus und erhob sich. Er beugte sich über Célines nackten Rücken. »Du machst mich immer so an morgens«, flüsterte er in ihr Ohr. »Wie schaffst du das nur?« Er ging ins Bad.

Als er zurückkehrte, lag Céline immer noch im Bett. »Machst du kein Frühstück?« fragte er, während er seinen Kleiderschrank öffnete und ein – diesmal gebügeltes – Hemd herausholte.

»Gleich«, sagte sie. »Du kannst ja schon mal Kaffee aufsetzen.«

»Ist gut.« Er pfiff fröhlich vor sich hin, während er in die Küche ging. Die Kaffeemaschine konnte er bedienen, das machte ihm nichts.

Céline fühlte, daß sie jetzt langsam wach genug für Sex gewesen wäre. Aber jetzt war es zu spät.

Sie legte ihre Hand zwischen ihre Beine, um Tobias' Flüssigkeit aufzuhalten, die aus ihr herauslief. Sie zuckte zusammen. Ja, jetzt wäre sie wirklich wach genug für Sex gewesen. Sie seufzte.

Ohne darüber nachzudenken, strich sie noch ein wenig über ihre Schamlippen, um das angenehme Gefühl zu genießen, bevor sie aufstehen und Frühstück machen mußte. Sie schloß die Augen.

Ihre Finger bewegten sich von selbst, drangen kurz in sie ein, verteilten die Nässe, die jetzt nicht mehr nur von Tobias kam. Sie seufzte leise. Gleich würde Tobias sicher zurückkommen, weil er wieder einmal die Butter nicht fand oder sonst etwas, sie konnte hier nicht so liegenbleiben.

Aber sie konnte auch nicht aufhören. Tobias hatte fast jeden Morgen seinen Orgasmus, und sie? Sie mußte eine Verführungsorgie veranstalten, damit sie einmal ihren bekam.

Ihre Fingerspitzen strichen über den hochaufgerichteten Kitzler, und sie biß sich auf die Lippen. Die Küche war nicht weit entfernt, Tobias konnte sie hören, wenn die Kaffeemaschine nicht gerade lief. Sie mußte alle Geräusche unterdrücken.

Ihr Stöhnen drang nicht aus ihrer Kehle, es schnürte sie ihr zu. Ihr Kopf fühlte sich an, als würde er gleich platzen. *Schnell!* dachte sie nur. *Schnell. Bevor er kommt.*

Sie brauchte eine Phantasie. Sie mußte sich etwas vorstellen, das sie in Rekordzeit zum Orgasmus brachte.

»Komm ...«, flüsterte eine Stimme in ihr Ohr, und weiche Hände fuhren über ihre Brüste.

Sie riß eine Hand hoch und preßte sie auf ihren Mund. Die weiche Empfindung hatte das Stöhnen lauter werden lassen, und sie konnte es nicht mehr in ihrer Kehle halten.

»Komm ...«, flüsterte die Stimme wieder, Célines Brüste brannten unter den zärtlichen Berührungen, ihre Beine spreizten sich weit. Die zuckenden Hüften wurden immer schneller.

»Küß mich ...«, flüsterte sie in ihre Hand hinein. »Bitte, küß mich ...«

Gleich darauf fühlte sie sanfte Lippen auf ihren, eine zärtlich suchende Zunge in ihrem Mund. Ihre eigene Zunge stieß gegen ihre Hand, die sie aber nicht mehr als Hand empfand, sondern als einen anderen Mund.

»Mhm ... mhm ...« Ihr unterdrücktes Stöhnen paarte sich mit abgerissenem Keuchen. Ihre Finger glitten in wildem Tanz über ihre Perle, die nur noch zitterte.

Endlich fühlte sie die Erlösung, streckte ihre Hüften in die Luft, erstarrte, fiel nieder.

Sie nahm die Hand vom Mund und atmete schwer.

»Das hast du toll gemacht, Schatz«, hörte sie und schaute sich erschreckt um. Tobias?

Nein. Sie schloß beruhigt die Augen, ihr Atem wurde langsamer. Nur noch eine Minute, dann könnte sie zu ihm in die Küche gehen und Frühstück machen.

»Das hast du toll gemacht, Schatz«, wiederholte jemand, aber es war keine männliche Stimme. Sie war tief und erotisch, ja, aber auf keinen Fall männlich.

Ihre geschlossenen Augenlider zuckten. Ein Bild entstand darunter. Sie riß die Augen auf. »Nein . . .«, flüsterte sie.

Wie unter Zwang schloß sie die Augen wieder, und das Bild erschien nun klarer. »Das hast du toll gemacht, Schatz«, wiederholte Anna lächelnd, während sie über ihr schwebte und zärtlich in ihr Gesicht blickte.

Sie war es, dachte Céline entgeistert. *Sie war es, die mich in Sekunden zum Orgasmus gebracht hat.* Sie runzelte verärgert die Stirn. *Es war eine Phantasie – nur eine Phantasie.*

Aber eine sehr lebendige, das mußte sie zugeben.

Sie warf entschlossen die Decke von sich und ging in die Dusche. Das brauchte sie jetzt. Sie wollte die vergangenen Minuten abwaschen. Tobias mußte auf sein Frühstück warten.

21. Kapitel
Gefallen

»Ja . . . ja . . .« Silvia wand sich unter Geraldine und gab sich ihr hin. Oder es sah zumindest so aus.

Geraldine schaute auf sie hinunter, während sie zärtlich ihre Brüste massierte. »Sieh mich an«, flüsterte sie. »Bitte, sieh mich an.«

Silvia öffnete halb die Augen.

»Wer bin ich?« flüsterte Geraldine. »Sag mir, wer ich bin.«

Silvias Augen öffneten sich ein wenig mehr. Die Augenlider flatterten, dann wurden sie ruhig. »Geri«, erwiderte sie nüchtern. Ihre Erregung schien abgeklungen.

Geraldine beugte sich zu ihr hinunter und küßte sie. Dann kletterte sie von Silvia herunter und stand auf. »An wen hast du gedacht, als du gestöhnt hast? Luise, Karla . . . noch jemand anders?«

Silvia atmete tief durch. »Ich bin hergekommen, weil du es so wolltest«, sagte sie. »Ich wollte dir einen Gefallen tun.«

Geraldine riß die Augen auf. »Einen Gefallen? Du schläfst mit mir und nennst es einen Gefallen?«

»Wenn du lieber diskutieren willst, würde ich das ungern nackt tun«, sagte Silvia, stand auf und griff nach ihren Kleidern.

Geraldine umarmte sie von hinten und zog sie an sich. »Ich will nicht diskutieren, ich will dich fühlen, ich will bei dir sein«, flüsterte sie.

Silvia legte sanft eine Hand auf Geraldines Arm, der sie umfangen hielt. »Das genau ist das Problem«, sagte sie seufzend. »Und darüber müssen wir jetzt tatsächlich reden. Aber laß mich mich vorher anziehen.«

»Ja.« Geraldine senkte den Blick und ließ ihre Hand über Silvias nackte Haut streichen, als sie sich von ihr entfernte, bis sie sie nicht mehr spüren konnte.

»Ich würde es begrüßen, wenn du dich auch anziehen würdest«, sagte Silvia. »Und am besten, wir gehen woanders hin.«

Als sie kurz darauf das *Sappho* betraten, nickte Melly ihnen zu. Ihre Augen blickten jedoch auch ein wenig fragend, als sie Silvia ansah.

»Setz dich«, sagte Silvia zu Geraldine und wies auf einen Tisch. »Ich komme gleich.«

Geraldine blickte ihr unglücklich nach, als sie zur Theke ging. Sie sah, wie sie Melly mit einem Kuß auf die Wange begrüßte.

»Wer ist das?« fragte Melly mit einem Blick zu dem Tisch hinüber, an dem Geraldine saß.

»Eine Studentin von mir«, antwortete Silvia.

»Aha.« Melly versuchte keine Reaktion zu zeigen.

»Ja, wir haben eben noch zusammen im Bett gelegen, wenn du es unbedingt wissen willst«, fuhr Silvia ärgerlich auf.

»Ich sage ja gar nichts.« Melly hob die Hände. »Das ist deine Sache.«

Silvia seufzte. »Du hast ja recht. Ich muß das beenden. Sie leidet furchtbar, und langsam ... langsam komme ich mir vor wie Luise.« Sie warf einen kurzen Blick auf Geraldine und sah dann wieder Melly an. »Bringst du uns Kaffee? Ich hätte lieber einen Schnaps, bei dem, was mir bevorsteht, aber ich glaube, das würde im Moment nicht viel nützen.«

»Das nützt nie etwas«, erwiderte Melly und drehte sich zur Kaffeemaschine um.

»Ja, schon gut«, sagte Silvia ärgerlich. »Ich habe langsam das Gefühl, ich bin nur noch von Moralaposteln umgeben.«

»Das Gefühl hatte ich früher mit dir auch«, sagte Melly, während sie den ersten Kaffee auf die Theke stellte. »Es kommt immer darauf an, auf welcher Seite man steht.«

»Wirklich? War ich so schlimm?« fragte Silvia.

»Schlimmer.« Melly lächelte. »Geh zu ihr. Ich bringe euch den Kaffee gleich, wenn der zweite durchgelaufen ist.«

Als wäre sie ein Echo von Melly fragte Geraldine »Wer ist das?«, als Silvia sich zu ihr an den Tisch setzte.

»Meine Schwester«, antwortete Silvia, während sie überlegte, was sie Geraldine sagen sollte.

»Deine Schwester?« Geraldine betrachtete Melly genau, die gerade die Kaffeetassen auf ein Tablett stellte. »Ihr seht euch nicht ähnlich.«

»Sie ist viel jünger als ich«, erklärte Silvia, »vielleicht liegt es daran. Im übrigen sehen wir uns schon ähnlich – wenn man genauer hinsieht.«

»Sie ist viel jünger als du ...«, wiederholte Geraldine, »und ihr seht euch nicht ähnlich ...«

»Geri, bitte ...« Silvia verzog das Gesicht. »Ich habe ganz sicher kein Verhältnis mit meiner eigenen Schwester!«

»*Wenn* sie deine Schwester ist ...«, entgegnete Geraldine zweifelnd.

Melly kam mit dem Tablett herüber.

»Hast du zufällig deine Geburtsurkunde zur Hand?« begrüßte Silvia sie genervt. »Geraldine glaubt nicht, daß du meine Schwester bist. Sie denkt, du wärst meine Geliebte.«

»Aber sicher.« Melly beugte sich zu ihr und gab ihr einen Kuß auf den Mund. »Ich liebe dich.«

»Das war nicht sehr hilfreich«, bemerkte Silvia tadelnd und hob die Augenbrauen.

»Ich *bin* ihre Schwester«, sagte Melly lächelnd, während sie eine der beiden Kaffeetassen vor Geraldine hinstellte und sie ansah. »Das kannst du ruhig glauben. Ich kann dir aber auch meine Geburtsurkunde zeigen.« Sie lachte leicht und ging.

»Glaubst du es jetzt?« fragte Silvia, griff nach der Kaffeetasse und trank einen Schluck.

»Wahrscheinlich stimmt's«, sagte Geraldine. Sie rührte ihren

Kaffee nicht an.

»Wahrscheinlich?« Silvia seufzte. »Geri ... Wenn du sogar meine Schwester für meine Liebhaberin hältst, hast du wirklich ein Problem.«

»Ich halte jede Frau, die ich mit dir sehe, für eine Liebhaberin von dir«, sagte Geraldine, »weil es bei den meisten so ist.«

Silvia öffnete den Mund, um zu protestieren, aber dann schloß sie ihn wieder und lehnte sich in ihrem Stuhl zurück. Zwar war das, was Geraldine behauptete, weit übertrieben, aber ein Körnchen Wahrheit steckte natürlich darin. Und was, wenn sie nicht nur Geraldine so erschien, sondern auch anderen? Dann hatte nicht nur Geraldine ein Problem, sondern auch sie, Silvia.

Sie seufzte. »Bei einigen«, gab sie zu, »nicht bei den meisten.«

»Jede einzelne ist zuviel«, entgegnete Geraldine heftig. »Jede von ihnen nimmt dich mir weg.«

Silvia horchte kurz in sich hinein. Sie wußte, daß es keinen Sinn hatte, sich erneut mit Geraldine zu streiten. Das hatte sie sowieso nie gewollt, aber Geraldine hatte sie dazu gezwungen, und es konnte nicht mehr länger so weitergehen. »Niemand kann mich dir wegnehmen, weil ich dir nicht gehöre«, sagte sie sanft. »Kein Mensch gehört einem anderen.«

Geraldine starrte sie an, dann legte sie den Kopf in die Hände und blieb so eine Weile mit aufgestützten Ellbogen sitzen. »Ich weiß«, flüsterte sie verzweifelt. »Aber ich —« Sie blickte auf. »Ich liebe dich so.«

Silvia empfand das, was Geraldine ihr sagte, fast wie einen Schlag. Liebe war nichts, was sie mit irgendeiner Person teilen wollte — jedenfalls nicht mit einer lebenden. Liebe war eine Bedrohung, die sie schnellstmöglich abwehren mußte, sie konnte nichts mehr damit anfangen. »Du liebst mich nicht, du bist verliebt in mich, das ist ein Unterschied«, sagte sie. »Verliebtheit ist, wenn man jung ist, normal, Liebe kommt erst später.«

»Du denkst, ich weiß nicht, was Liebe ist?« Geraldine starrte sie an.

»Ich denke, du glaubst, daß du es weißt«, versuchte Silvia sie zu beschwichtigen. »Du hast sehr starke Gefühle. Aber die Intensität ist nicht entscheidend. Wenn man jung ist, ist alles intensiv.«

»Ja.« Geraldine stand auf und stützte sich auf den Tisch, um Silvia noch mehr aus der Nähe anstarren zu können. »Ich fühle im Moment sehr intensiv, daß ich dich – hasse.« Ihre Augen glühten wie Feuer.

»Siehst du?« Silvia hob die Hände. »Das habe ich gemeint. Alles kann sich ändern. Es kann sogar ins Gegenteil umschlagen. Diese Möglichkeit besteht immer. Intensität ist eine große Gefahr.«

Geraldine starrte sie immer noch an, dann schüttelte sie den Kopf und setzte sich wieder. »Das *Leben* ist eine Gefahr«, sagte sie düster. »Es endet mit dem Tod.«

»Oh, ich liebe solche Sentenzen!« Silvia lachte. »Das habe ich immer an dir geliebt. Du hast für alles einen Spruch auf Lager.«

»Aber das ist das einzige, was du an mir geliebt hast, oder?« Geraldine schien ruhig, resigniert. »Mehr nicht.«

»Ich ... mag dich, Geri.« Silvia legte ihre Hand auf Geraldines. »Aber das reicht leider nicht aus. Laß uns vernünftig sein und die Sache beenden.«

Geraldine schluckte. »Es wird nie beendet sein«, sagte sie leise. »Du bist die große Liebe meines Lebens.«

»Verdammt, Geri ...« Silvia strich sich über die Augen. »Mach es mir doch nicht so schwer. Es geht einfach nicht. Das mußt du doch einsehen. Es ist am besten, wenn wir uns gar nicht mehr wiedersehen. Geh nach England zurück, studier dort weiter, dort gibt es auch *Gender Studies*, worauf du hier verzichten mußt. Das wäre doch ein großer Vorteil für dich.«

»Welches *gender* soll ich denn studieren, wenn du nicht mehr da bist?« fragte Geraldine. »Ohne dich ist das alles uninteressant.«

»Ich kann es nicht ändern.« Silvia öffnete hilflos die Arme. »Es ist vorbei. Ich will nicht, daß du dich noch weiter quälst. Ich hätte es schon längst beenden sollen – in deinem Interesse.«

»In *meinem* Interesse?« Geraldine lachte bitter auf. »Ja, natürlich, in meinem Interesse.«

Silvia beugte sich vor. »Ja, es ist in deinem Interesse«, sagte sie leise und mitfühlend. »Ich weiß, daß es jetzt wehtut ... sehr weh. Aber das vergeht, ebenso wie Verliebtheit. Und dann bist du frei für jemand anderen. Für eine Frau, die«, sie schluckte, »wirklich für dich dasein kann. Das könnte ich nie sein.«

»Wir könnten uns doch«, Geraldine schaute sie flehend an, »ab und zu einmal treffen. Nur ab und zu. Ich werde nichts von dir verlangen, ich will dich nur sehen.«

Silvia verzog die Mundwinkel. »Das funktioniert nicht«, sagte sie. »Besser, du siehst mich gar nicht mehr.« Sie atmete tief durch und seufzte. »Und jetzt tue ich das, was du immer von mir wolltest: Ich verbiete dir, meine Seminare und Vorlesungen zu besuchen. Ebenso verbiete ich dir mein Zimmer und den Gang davor. Ab jetzt ist das alles Tabuzone für dich.«

»Für mich, aber nicht für andere«, stieß Geraldine erregt hervor. »Alle anderen dürfen kommen und dich sehen, nur ich nicht.« Sie beugte sich vor. »Wer ist die nächste? Wer wird mich ersetzen? Hast du schon jemand im Auge?«

»Geri . . . bitte . . .« Silvia hob eine Hand. »Laß uns aufhören.«

»Ja, laß uns aufhören. Damit du endlich deine Ruhe vor mir hast, vor dem blöden Kind, das die Frechheit hatte, sich in dich zu verlieben!« schrie Geraldine. Sie stand mit einem Ruck auf, so daß ihr Kaffee, den sie die ganze Zeit nicht angerührt hatte, überschwappte. »Aber denk dran: *Every move you make, every smile you fake I'll be watching you!*«

Sie starrte haßerfüllt und verletzt in Silvias Gesicht, drehte sich dann um und stürmte aus dem *Sappho* hinaus.

»Silly? Alles in Ordnung?« Melly kam zu ihr und legte besorgt eine Hand auf ihre Schulter.

Silvia gab einen tiefen Stoßseufzer von sich. »Wohl kaum«, sagte sie, »aber es ist ein Anfang.«

»Sie wird sich schon wieder beruhigen«, sagte Melly. Sie setzte sich zu Silvia an den Tisch. »Und du?«

»Ich bin ganz ruhig«, sagte Silvia. »Aber ich hätte jetzt gern einen Schnaps.«

»Nicht von mir«, sagte Melly.

»Ach, komm, jetzt fang du nicht auch noch an . . .« Silvia warf einen genervten Blick auf sie. »Ich will mich nicht betrinken, ich will nur —«

»Ja? Was?« fragte Melly.

»Bist du wirklich meine Schwester?« Silvia musterte sie gespielt zweifelnd.

»Okay . . .« Melly stand auf und lachte. »Aber nur einen – und du versprichst mir, daß es dabei bleibt.«

22. Kapitel
Teilephilosophie

Thea fühlte den Druck in sich schwinden, als Al sein Teil aus ihr herauszog. Er war wie immer hinter ihr, und er war wie immer nicht in ihr gekommen.

»Warum bringst du es nicht zu Ende?« fragte sie, als sie sich zu ihm umdrehte. »Ich kümmere mich schon um die Verhütung. Du brauchst dich nicht zurückzuhalten.«

Diesmal würde sie ihn nicht so einfach davonkommen lassen, beschämt am Boden kniend oder mit einer Augenbinde daran gehindert, ihm zu folgen.

»Das sagen die Frauen immer«, erwiderte er, »aber ich gehe lieber auf Nummer Sicher.«

»Dann nimm ein Kondom oder laß dich sterilisieren«, sagte Thea, »statt immer direkt danach wegzulaufen. Was meinst du, wie ich mir dabei vorkomme?«

»Wir müssen uns nicht mehr treffen«, sagte er. Er wollte offensichtlich wieder verschwinden.

»Du kommst ja immer zufällig vorbei«, sagte Thea, »wo ich bin.« Seine Reaktion zeigte ihr deutlich, daß ihre Vermutung stimmte: Es war kein Zufall. »Du hast mich beobachtet«, sagte sie. »Vom ersten Tag an.«

»Ich wußte, wer du bist, als du hereinkamst«, sagte er. »Sie hatten ja angekündigt, daß du kommst. Ich wollte nur sehen ... ich war einfach neugierig.«

»Und hast mir dadurch das Leben gerettet, wofür ich dir ewig dankbar sein werde«, bemerkte Thea warm. »Aber ich habe das Gefühl, du willst meinen Dank nur auf eine Art. Und das ist —« Sie zog ihren BH an, diesmal hatte Al sie halb ausgezogen. »Das ist nicht das, was ich möchte.«

»Wir müssen uns nicht mehr treffen«, wiederholte er.

»Ist das die einzige Lösung, die du anbietest?« fragte Thea. Sie knöpfte ihre Bluse zu. »Nichts anderes?« Sie betrachtete sein Gesicht, die schmalen Wangen. Er sah jung aus. »Ich möchte es gern mal wieder in einem Bett tun«, fuhr sie etwas bittend fort. »Willst du mich nicht nach Hause bringen?«

Al schüttelte langsam, fast wie widerstrebend, den Kopf.

»Nein«, sagte er. »Will ich nicht.«

»Was ist los, Al?« Thea, mittlerweile vollständig angezogen, trat auf ihn zu und strich zärtlich über seine Wange, während sie ihn fragend ansah. »Ich weiß, du hast etwas für mich übrig, das spüre ich. Sind dir diese Quickies in irgendwelchen Toiletten, Kabelräumen oder Archivkellern«, sie blickte sich um, denn da waren sie gerade, »denn genug? Mehr willst du nicht?«

»Ich mag es so«, sagte Al. »Ich will keine Beziehung.«

Thea lächelte leicht. »Ich will auch keine Beziehung, ich will nur einmal in einem Bett mit dir schlafen, bei mir zu Hause oder bei dir. Nicht immer zwischen Tür und Angel.« Sie seufzte. »So erregend das auch ist.«

»Eben«, sagte Al. »Es gefällt dir doch. Also warum sollen wir etwas daran ändern?«

»Dann müssen wir es wohl tatsächlich beenden«, sagte Thea, erneut seufzend. »So leid mir das auch tut.«

»Warum . . .?« Al senkte den Blick. »Warum können wir nicht einfach weitermachen wie bisher?« Er schaute sie an. »Wir können es gleich jetzt noch einmal tun. Für mich ist das kein Problem. Willst du dich umdrehen?«

»Warum?« fragte Thea. »Warum willst du mich immer nur von hinten – oder mit einer Augenbinde?« Sie hob leicht ihre Hand und betrachtete sie, als sähe sie sie zum ersten Mal. »Warum sind deine Wangen so weich?« flüsterte sie erstaunt, als hätte sie auf einmal etwas bemerkt, was ihr bisher entgangen war. »Und warum —«, sie griff ihm hart in den Schritt, »ist er immer steif?«

Al drehte sich um, wollte weglaufen. Thea hielt ihn fest. »Zieh dich aus«, sagte sie. »Ich will dich nackt sehen.«

»Nein.« Al schüttelte heftig den Kopf. »Niemals.«

Thea lächelte. *Das war es also.* »Du brauchst dich vor mir nicht zu verstecken«, sagte sie gefühlvoll. »Ich habe nichts gegen Frauen – auch nicht in meinem Bett.«

»Ich . . . ich . . .« Al schluckte. »Ich will nicht, daß du mich als Frau siehst«, flüsterte er – oder besser sie.

»Gut«, sagte Thea. »Für den Moment bestehe ich nicht darauf. Aber ich bin froh, daß wir das geklärt haben.« Endlich konnte sie sich die verwirrende Anziehungskraft erklären, die Al auf sie ausübte. Sie erwartete die Reaktionen eines Mannes – und zum Teil waren sie das auch –, aber etwas war immer anders gewesen. Trotz aller Härte beim Sex sanfter, einfühlsamer ... weiblicher.

Es gab auch sehr weibliche Männer, aber die wirkten doch wieder anders. Und deshalb auch die Verbindung zu Rick, der Eindruck, daß Al und Rick etwas gemeinsam hatten. Das hatten sie auch. Zumindest waren sie beide biologisch Frauen.

»Ich möchte trotzdem gern in einem Bett mit dir schlafen«, sagte sie. »Ich möchte dich anschauen dabei.«

»Ich ziehe mich nicht aus«, flüsterte Al.

»Können wir das entscheiden, wenn wir bei mir sind?« fragte Thea. »Ich würde jetzt gern gehen.«

»Thea ... ich ... ich ... bitte ...« Al hielt sie fest und küßte sie zärtlich.

Auch das war Thea am Anfang schon aufgefallen: diese Zärtlichkeit. Es war kein männlicher Kuß, der nur besiegen wollte. »Was?« flüsterte sie sanft.

»Ich ... ich kann nicht«, flüsterte Al. Sie schluckte. »Bitte, versteh mich doch ...«

Für einen Moment war es Thea, als wäre sie wieder in die Zeit mit Rick zurückversetzt. Al sah ihr so ähnlich. Aber damals war es Thea gewesen, die um Verständnis gefleht hatte. Und Rick hatte es abgelehnt.

»Ich verstehe dich«, wisperte sie. »Du mußt nichts tun, was du nicht willst.«

23. Kapitel
Ein Mal

»**W**as war denn da vorhin los?« Evelyn kam mit fragend gerunzelter Stirn aus der Küche.

»Ach, nichts.« Melly polierte Gläser. »Eine von Silvias Studentinnen wollte wohl etwas mehr von ihr als nur Sex.«

»Silvia hat sich sehr verändert seit Karlas Tod«, sagte Evelyn.

»Ja.« Melly stellte das polierte Glas ins Regal. »Das ist wohl so.« Sie nahm das nächste Glas heraus und rieb es mit dem Tuch ab. »Der Tod verändert alles«, fügte sie nachdenklich hinzu.

»Hast du die Langusten bestellt, oder soll ich das tun?« Evelyn ging hinter Melly zur Kaffeemaschine, stellte eine Tasse unter den Auslauf und setzte die Maschine in Gang.

»Ich habe sie schon bestellt«, bestätigte Melly. »Sie werden heute nachmittag geliefert.«

»Ist gut.« Evelyn drehte sich um und wollte mit ihrem Kaffee in die Küche zurückgehen, da stieß sie leicht mit Melly zusammen, die das nächste Glas ins Regal stellen wollte. Etwas von Evelyns Kaffee schwappte auf Mellys Bluse. »Oh, tut mir leid«, sagte Evelyn.

»Meine Schuld, ich habe nicht aufgepaßt.« Melly stellte das Glas ab. »Am besten, ich wasche es gleich aus.« Sie ging in die Küche.

Evelyn folgte ihr, und als sie die Küche betrat, zog Melly gerade ihre Bluse aus und hielt sie ins Waschbecken. Evelyn schluckte. Sie ging zum Herd hinüber und stellte den Kaffee ab.

Melly wusch den Fleck heraus und drehte sich um. »Ich muß eine andere holen«, sagte sie. »Ich gehe kurz nach oben.«

Evelyn starrte auf Mellys BH, als ob sie noch nie einen gesehen hätte. Mellys Brüste darin hoben und senkten sich gleichmäßig.

»Das hat keinen Sinn, Evelyn.« Melly seufzte. »Du weißt doch, daß ich mich auf nichts einlasse.«

»Ich weiß.« Evelyn schluckte erneut. »Tut mir leid.« Sie drehte sich wieder zum Herd um.

Melly kam zu ihr. »Es tut mir auch leid«, sagte sie sanft und strich über Evelyns Arm.

Evelyn hatte das Gefühl, eine Explosion würde sich in ihr aufbauen. Schnell drehte sie sich um, griff nach Melly, riß sie in ihre Arme und küßte sie.

Melly war überrascht, aber sie wehrte sich nicht. Als Evelyn sie losließ, sagte sie: »Ich will dich als Köchin nicht verlieren, deshalb ist das keine gute Idee.«

»Nur deshalb?« fragte Evelyn.

»Wir könnten nicht mehr zusammenarbeiten«, sagte Melly, »und das fände ich schade. Ich glaube nicht, daß es das wert ist.«

»Wieso können wir nicht zusammenarbeiten und –?« Evelyn schaute sie etwas gequält an.

»*Ein* Mal«, sagte Melly. »Weißt du, was das bedeutet: ein Mal und nie wieder? Und uns dann ständig sehen? Das willst du doch auch nicht, oder?«

»Warum ... warum könnte sich aus dem einen Mal denn nicht mehr entwickeln?« fragte Evelyn. »Das tut es bei anderen doch auch.«

»Weil ich es nicht will«, sagte Melly. »Du wirst mich hassen danach, du wirst kündigen, dann habe ich dich verloren und du mich. Wir lassen es besser so, wie es ist.«

Sie strich Evelyn über die Wange. »Das war ein sehr schöner Kuß«, sagte sie lächelnd und ging nach oben in ihre Wohnung, um die Bluse zu wechseln.

24. Kapitel
Eheleben

»Wir sind fast fünfzehn Jahre verheiratet«, sagte Céline.

Tobias blickte erschrocken von seinem Teller auf. »Habe ich unseren Hochzeitstag vergessen? Tut mir leid.«

»In zwei Monaten.« Céline seufzte. »Aber du hättest ihn auf jeden Fall vergessen. Du wirst es.« Sie schaute ihn an. »Aber darum geht es nicht. Ich bin fünfunddreißig, und ich habe in meinem ganzen Leben nur mit zwei Männern geschlafen. Mit dir, und davor mit Peter.«

»Wir sind verheiratet«, sagte Tobias. »Ich schlafe auch nicht mit anderen Frauen.«

»Ja.« Céline seufzte. »Aber wenn ich mir einige meiner Patientinnen so anhöre, dann komme ich mir vor wie eine Jungfrau. Zwei Männer in fünfunddreißig Jahren – das ist nicht viel.«

»Weißt du ...« Tobias beugte sich vor. »Ich habe mir schon lange einmal überlegt ...« Er fuhr sich nervös über die Lippen. »Ich meine ... es gibt da diesen Club ...«

Céline runzelte die Stirn. »Was für einen Club?«

Tobias räusperte sich. »Diesen ... Swinger-Club. Sie veranstalten regelmäßig Partys ... zum Kennenlernen.«

Céline starrte ihn ungläubig an.

»Ich dachte nur, weil du sagtest –« Tobias hob die Hände. »Ich meine, dort würdest du ... andere Männer kennenlernen. Und es wäre ganz ... normal.«

Céline war wie erschlagen. »Du willst mit mir . . . da hingehen?« Sie schluckte.

Er grinste. »Sie lassen nur Paare rein. Also entweder mit dir oder gar nicht.«

»Es würde dir nichts ausmachen —« Céline konnte es nicht fassen, wie einfach für Tobias anscheinend alles erschien. »Es würde dir nichts ausmachen, wenn ich mit jemand anderem schlafe?« Worüber hatte sie sich eigentlich Sorgen gemacht?

»Im Club«, sagte er, »schläft wohl jeder mit jedem. Dann kann keiner dem anderen Vorwürfe machen. Ich könnte mir das schon vorstellen.« Er biß herzhaft in sein Brötchen.

Céline lehnte sich sprachlos zurück. Sie war ja von ihren Patienten einiges gewöhnt, aber es war schon ein Unterschied, wenn es einem der eigene Ehemann sagte.

»Fünfzehn Jahre sind eine lange Zeit«, fuhr Tobias kauend fort, »das hast du ja selbst schon gesagt. Wieso sollen wir unsere Ehe nicht ein bißchen aufpolieren? Kann uns sicher nichts schaden, mal wieder etwas Schwung reinzubringen.«

»Findest du mich so langweilig?« fragte Céline erschüttert.

»Nein, natürlich nicht«, sagte er sofort, »aber du hast mit dem Thema angefangen. Du hattest nur zwei Männer in deinem Leben.«

»Ja. Ja, stimmt.« Céline war immer noch durcheinander. Alles, was sie ihren Patientinnen in solchen Situationen sagte, funktionierte bei ihr selbst nicht. »Seit wann kennst du diesen Swinger-Club?« fragte sie.

»Ich kenne ihn nicht«, erwiderte Tobias. »Ein Kollege hat mir davon erzählt. Er geht wohl regelmäßig mit seiner Frau da hin.«

Stimmte das wirklich? Céline musterte Tobias' unschuldig wirkendes Gesicht. Vielleicht sagte er die Wahrheit. Vielleicht aber auch nicht. Schließlich konnte man zwar nur als Paar in einen solchen Club gehen, aber das hieß noch lange nicht, daß es die eigene Ehefrau sein mußte, mit der man dort hinging.

»Ich weiß nicht . . .«, sagte sie. »Eigentlich habe ich . . . ich meine . . . es war mehr eine theoretische Überlegung, ich habe nicht an eine praktische Umsetzung gedacht.«

»Wir Männer sind da eben praktischer.« Tobias grinste sie an. »Aber ich finde es gut, daß du es angesprochen hast. Du siehst aus wie fünfundzwanzig, alle beneiden mich um meine junge Frau, du wirst bestimmt der Knaller in dem Club.« Für ihn schien es schon beschlossene Sache zu sein.

»Äh, Tobias ... langsam ...« Céline hob die Hände. »Ich habe nicht gesagt, daß ich da hinwill.«

»Ach, komm, Schatz. Jetzt, nachdem du mich so scharf darauf gemacht hast?« Er stand auf und kam zu ihr. »Sehr scharf, wirklich.« Er steckte eine Hand in ihre Bluse und knetete ihre Brust. »Komm«, flüsterte er, zog sie hoch und drückte sie mit dem Gesicht gegen die Wand. Er schob ihren Rock hoch und ihren Slip herunter. Sein Reißverschluß ratschte, und im nächsten Moment drang er in sie ein. »Denkst du jetzt an einen anderen?« flüsterte er heiß in ihr Ohr. »Denkst du, daß er dich nimmt? Einfach so, von hinten, an der Wand, im Stehen, hier in der Küche?« Sein Atem wurde schneller, seine Bewegungen auch. Es war das zweite Mal an diesem Morgen, daß er kam, bevor Céline auch nur die Chance dazu hatte.

Einem Fremden würde ich das nicht erlauben, dachte Céline, aber gleichzeitig fragte sie sich, warum sie es Tobias erlaubte. Er ging einfach so über ihre Bedürfnisse hinweg, als wenn sie gar nicht zählen würden. Besonders morgens.

»O mein Gott ...«, keuchte Tobias, während er sie immer noch an die Wand preßte. »Ich weiß wirklich nicht, ob ich dich teilen möchte. Du bist so geil.«

»Dann lassen wir es«, sagte Céline, stieß sich von der Wand ab und zwang ihn dadurch, einen Schritt zurückzutreten. »Es muß nicht sein.« Sie zog ihren Slip hoch. Jetzt würde sie noch einmal duschen müssen.

25. Kapitel
Gemischte Gefühle

Carolin saß auf der Toilette und hielt das Stäbchen in der Hand. Langsam verfärbte es sich.

Gott sei Dank! Ihr Gesichtsausdruck zeigte Erleichterung. Doch sofort danach befielen sie gemischte Gefühle. Daß sie schwanger war, hieß noch lange nicht, daß sie das Kind auch behalten würde. Bisher hatte das nie geklappt.

»Doch, diesmal klappt es.« Sie stand entschlossen auf und sprach sich selbst Mut zu. Diesmal war alles anders. Es würde gutgehen, das Kind würde in ihr wachsen und gedeihen, und sie würde es zur Welt bringen. Dann konnte sie endlich den Druck abwerfen, der auf ihr lastete.

Sie wollte Rebekka anrufen, doch dann unterließ sie es. Sie würde etwas Gutes kochen heute abend, zur Feier des Tages. Langsam begann sie zu lächeln. Sie würde einkaufen gehen, und die Vorbereitungen für das Abendessen mit Rebekka stimmten sie fröhlich.

»Was ist denn hier los?« Rebekka kam nach Hause und stellte ihren Aktenkoffer neben der Tür ab. »Du hast doch nicht etwa Leute eingeladen?« Sie stöhnte leicht genervt auf. »Ich bin todmüde. Es war ein furchtbarer Tag.«

»Setz dich, Schatz.« Carolin lächelte. »Nein, ich habe niemand eingeladen. Das ist nur für uns beide. Ich wollte es mal wieder ein bißchen festlich gestalten, das hatten wir lange nicht.«

Rebekka schaute sie mißtrauisch an. »Nur für uns?«

»Ja.« Carolin kam zu ihr und schmiegte sich in ihren Arm. »Nur für uns«, flüsterte sie, suchte Rebekkas Lippen und küßte sie.

»Es riecht köstlich«, sagte Rebekka danach und lächelte. »Oder bist du das?«

»Ich weiß nicht«, sagte Carolin etwas neckend. »Das mußt du entscheiden.«

»Du bist so gutgelaunt heute«, bemerkte Rebekka leicht erstaunt. »Ist irgendwas?«

»Bin ich denn sonst nicht gutgelaunt?« fragte Carolin.

»Nicht so«, sagte Rebekka.

In der Tat hatte sie das Gefühl, daß Carolin seit der Fehlgeburt nie mehr gutgelaunt gewesen war, was Rebekka auch verstand. Aber es quälte sie selbst, daß Carolins Versuche schwanger zu werden sie so belasteten. Carolin hatte extra ihren Job aufgegeben, um sich auf die Geburt vorbereiten zu können, und nun . . .

»Ich freue mich, daß es dir gutgeht«, fuhr sie lächelnd fort. »Ist das Essen schon fertig?«

»Du bist so prosaisch.« Carolin löste sich von ihr und schaute sie strafend an.

»Ich habe Hunger«, entschuldigte Rebekka sich verlegen. »Ich habe seit dem Frühstück nichts mehr gegessen.«

»Wie gut, daß ich dich wenigstens dazu überredet habe«, sagte Carolin. »Ich müßte dich am Tag besser unter Kontrolle haben. Sonst fällst du mir noch völlig vom Fleisch.«

»Bin ich dir zu dünn?« fragte Rebekka überrascht.

Carolin fuhr ihr mit einer Hand über den Po. »Geht gerade so«, sagte sie. »Deine Muskeln retten dich.«

Rebekka schloß die Augen, als Carolin ihren Po streichelte. »Mhm...«, machte sie genießerisch.

»Erst essen«, befahl Carolin spitzbübisch lächelnd. »Der Nachtisch kommt später.«

»Wieso kann man den Nachtisch nie zuerst bekommen?« fragte Rebekka ein wenig schmollend, während sie sich setzte. »Das habe ich mich als Kind schon gefragt.«

Carolin lachte. »Das fragt sich jedes Kind.« Sie ging in die offene Küche hinüber und begann die Teller zu füllen. »Vorfreude ist die schönste Freude. Wahrscheinlich deshalb.« Sie stellte einen Teller vor Rebekka hin und den anderen auf ihren Platz. »Machst du den Wein auf?«

Rebekka erhob sich und nahm den Wein aus dem Kühler, der auf dem Tisch stand. Sie schaute stirnrunzelnd auf das Etikett. »So ein Wein? Ist wirklich nichts Besonderes? Sonst schimpfst du mich doch immer aus, wenn ich so etwas Teures kaufe.«

»*Du* bist das Besondere«, sagte Carolin, hauchte einen Kuß auf Rebekkas Lippen und setzte sich.

Rebekka schenkte den Wein ein und setzte sich dann ebenfalls. »Dann auf... was auch immer«, sagte sie und hob ihr Glas.

Carolin stieß mit ihr an. »Auf dich und mich«, sagte sie leise. »Ist das nicht besonders genug?«

»Ja.« Rebekkas Blick wurde warm, während sie Carolin betrachtete. »Das ist etwas so Besonderes, wie ich es nie für möglich gehalten hätte.«

»Ich wüßte nicht, was ich täte, wenn ich dich nicht gefunden hätte«, sagte Carolin und begann zu essen.

»Du wärst immer noch im Verlag«, sagte Rebekka. »Vermißt du es?«

Carolin schüttelte langsam den Kopf. Dann lachte sie. »Vielleicht vermisse ich meine Tabellen ein bißchen. Das habe ich gern gemacht. Aber die Manuskripte nicht. Das habe ich gehaßt.«

»Ich weiß«, sagte Rebekka. »Meine Mutter versteht das bis heute nicht.«

»Sie liest eben gern«, sagte Carolin. »Aber sie macht sich keine Gedanken darüber, wie die Manuskripte aussehen, die abgelehnt werden – und die auch jemand lesen muß, ich zum Beispiel. Oder wieviel Arbeit in einer Veröffentlichung steckt.«

»Niemand macht sich Gedanken über die Arbeit, die andere tun«, erwiderte Rebekka nachdenklich.

»Was ist?« Carolin schaute sie an.

»Ach, die Gewerkschaften ...« Rebekka seufzte. »Immer dasselbe. Jetzt haben sie schon die halbe Firma, aber es ist ihnen immer noch nicht genug. Unter paritätisch verstehen sie: Ich habe die Verantwortung und das Risiko, und sie bekommen nur das Geld. Natürlich ohne Abzüge und am liebsten jedesmal mehr. Egal ob die Firma das abwirft oder nicht.«

»Sie sind eben keine Unternehmer«, sagte Carolin, »wie du.«

»Ja.« Rebekka seufzte. »Sie wollen gerade einmal acht Stunden am Tag arbeiten, nicht an Feiertagen, nicht an Wochenenden, Urlaub, Krankenversicherung – aber sie machen sich keine Gedanken darüber, wo das alles herkommt. Dafür soll ich sorgen. Natürlich ohne Achtstundentag und Wochenenden. Ich brauche so was ja nicht. Ich darf gern vierundzwanzig Stunden am Tag und sieben Tage die Woche arbeiten. Ich bin ja die ausbeuterische Unternehmerin.«

»Du bist ja auch eine Ausbeuterin«, sagte Carolin, »du beutest dich selbst aus.«

Rebekka schaute sie an. »Und ich beute dich aus«, sagte sie etwas bekümmert. »Du kochst, kümmerst dich um den Haushalt, sorgst für mich – und ich habe nur Zeit, wenn die Gewerkschaften und alles andere mich lassen. Die meiste Zeit bist du allein.«

Carolin atmete tief durch. »Ja, das stimmt«, sagte sie. »Ich hatte gehofft, daß wir mehr Zeit füreinander haben.«

Rebekka stand auf, kam zu Carolin herüber, beugte sich über sie und lächelte. »Wenn das Baby da ist, werde ich mir mehr Zeit nehmen, versprochen.« Sie strich zärtlich über Carolins Bauch.

Carolin zitterte leicht bei Rebekkas Berührung. »Dann werde vermutlich *ich* keine Zeit mehr haben«, sagte sie leicht lachend.

»Was dafür spricht«, sagte Rebekka und zog Carolin hoch, »daß wir die Zeit, die wir jetzt noch haben, nutzen.«

»Ich habe noch drei Gänge!« protestierte Carolin.

»Ich will den Nachtisch zuerst«, flüsterte Rebekka, suchte Carolins Lippen und drang in ihren Mund ein. »Alles andere kann warten.«

26. Kapitel
Neue Perspektiven

»Du willst wirklich nach England zurückgehen?« fragte Dani.

»Ja.« Geraldine biß die Zähne zusammen. »Es hat keinen Sinn mehr, daß ich hierbleibe.«

»Tut mir so leid.« Dani legte mitfühlend eine Hand auf Geraldines Arm. »Ich hätte mir gewünscht, daß es anders für dich läuft. Gerade weil du so viel für mich getan hast.«

»Wart's nur ab«, knirschte Geraldine. »Lange geht das auch nicht mehr gut.«

»Komm, hör auf.« Dani zog etwas irritiert ihre Hand zurück. »Es muß doch nicht bei allen schieflaufen, nur weil es bei dir schiefgelaufen ist.«

»Entschuldige bitte, aber gegen Luise ist Silvia ein Küken«, bemerkte Geraldine hart. »Und *sie* fand schon, daß sie zu alt für mich ist.«

Dani atmete tief durch. »Du bist sauer«, sagte sie. »Das verstehe ich. Aber deshalb mußt du es doch nicht an mir auslassen.«

»Sorry.« Geraldine wirkte leicht zerknirscht. »Ich halte es bald nicht mehr aus hierzusein. Ich darf sie nicht sehen, und wenn ich sie zufällig treffe, hier in der Cafeteria oder auf einem Gang oder sonstwo, geht sie mir aus dem Weg. Sie spricht kein Wort mehr mit mir.«

Dani schluckte. Geraldines Beschreibung erinnerte sie an die Zeit nach ihrem ersten Mal mit Luise, als Luise sich ähnlich verhalten hatte. Sie konnte sich vorstellen, wie sehr Geraldine litt, denn ihr war es damals genauso gegangen.

»Geraldine?« Eine Studentin sprach sie an. »Entschuldigung«, sagte sie. »Ich will nicht stören, aber wegen des Schlüssels . . .«

»Du kannst ihn morgen haben«, erwiderte Geraldine. »Ich gebe ihn Dani hier«, sie wies auf Dani, »sobald ich ausgezogen bin. Du kannst ihn dir bei ihr abholen.«

»Gibst du mir deine Nummer?« Die Studentin schaute Dani an und zog ihr Handy heraus. »Dann rufe ich dich an.«

Dani fühlte sich etwas überrumpelt. »Ähm, ja«, erwiderte sie und sagte ihre Handynummer auf.

»Okay, danke.« Die Studentin tippte die Nummer ein und lächelte. »Dann weiß ich ja Bescheid. Bis morgen dann.« Sie lief eilig davon.

»Es wäre ganz nett gewesen, wenn du mir vorher gesagt hättest, daß ich den Schlüssel für deine Nachmieterin übernehmen soll«, sprach Dani Geraldine etwas unwillig an.

»Tut mir leid. Hab' ich vergessen.« Geraldine atmete tief durch. »Das geht doch, oder? Ich fahre heute noch ab, und ich kann die Übernahme nicht machen. Mit dem Studentenwerk habe ich alles geklärt, sie wissen, daß Nicola in mein Zimmer einzieht.«

»Na gut«, seufzte Dani, »jetzt ist es ja sowieso zu spät.« Sie schaute Geraldine mit einem etwas schiefen Lächeln an. »Ich werd' dich vermissen, Highlander.«

»Wer weiß?« sagte Geraldine. »Vielleicht fahren wir ja wirklich noch mal zusammen in die Highlands. Ich fahre auf jeden Fall jetzt dahin. Es ist so ruhig dort, daß man —«, sie schaute abwesend in die Luft, »alles vergessen kann.«

27. Kapitel
ZEIG MIR DEINE . . .

Anita war unterwegs, um Stoff für einen Stuhl zu besorgen, den Rick reparierte.

»Die Rechnung geht dann wie immer an Rick«, sagte sie zu der Verkäuferin und nickte ihr zu, während sie die Tüte mit dem zugeschnittenen Polsterstoff aufnahm.

»Ist gut.« Ihre Kollegin nickte. »Alles klar. Bis zum nächsten Mal.« Sie lächelte und wandte sich einer anderen Kundin zu.

Anita ging zur Tür und trat auf die Straße hinaus. Sie schaute sich um und überlegte, ob sie noch einen Kaffee trinken sollte, sie war seit dem frühen Morgen unterwegs.

Plötzlich legte sie den Kopf schief. Den Rücken vor dem Schaufenster dort drüben kannte sie doch.

Sie zögerte, dann drehte sie sich um und machte ein paar Schritte in die entgegengesetzte Richtung. Erneut blieb sie stehen. »Ich sollte das nicht tun«, murmelte sie, aber dann ging sie zurück und auf den Rücken vor dem Schaufenster zu. »Hallo«, sagte sie, als sie dort angekommen war.

Marlene zuckte zusammen, wandte den Kopf und erkannte sie. »Hallo«, sagte sie auch.

Anita schaute ins Fenster. »Ich hab' den MP3-Spieler«, sagte sie. »Der ist gut.«

»So was brauche ich momentan nicht«, erwiderte Marlene. »Aber mein DVD-Ding ist kaputtgegangen, und ohne bin ich ziemlich aufgeschmissen.«

»Ich weiß.« Anita konnte sich nicht enthalten zu lächeln. Sie musterte Marlene ein wenig genauer. »Du siehst gut aus«, sagte sie.

»Bin ein bißchen im Streß«, sagte Marlene, »aber ansonsten ... ja ... geht mir ganz gut.« Sie räusperte sich. »Und dir?«

»Kann auch nicht klagen.« Anita zuckte die Schultern. »Ich bin gerade für Ricks Kunden unterwegs.« Sie hob die Tüte mit dem Stoff.

»Arbeitest du nicht mehr im Kaufhaus?« fragte Marlene.

»Doch.« Anita nickte. »Aber heute ist mein freier Tag.«

Marlene schaute sie an. »Und da läßt Rick dich arbeiten?«

Anita lachte ein wenig. »Sie läßt mich nicht arbeiten, ich mache es freiwillig. Es macht mir Spaß.«

»Ah«, sagte Marlene.

»Ich wollte gerade Kaffeetrinken gehen«, sagte Anita.

»Hm.« Marlene wirkte etwas brummig. »Ich muß nach Hause, hab' nicht mehr viel Zeit. Aber –«, sie schaute Anita an, »wenn du willst, kannst du mitkommen, und wir trinken da Kaffee.«

Anita hob leicht die Augenbrauen. »Ich glaube, nicht«, sagte sie.

»Oh, ich —« Marlene schien leicht konfus. »So war das nicht gemeint. Ich habe jetzt eine Kaffeemaschine, so eine moderne mit allem Drum und Dran. Der Kaffee schmeckt wirklich gut. Besser als in den meisten Cafés.« Hatte Carmen zumindest behauptet. Marlene war ausgewiesenermaßen keine Expertin für Kaffee.

»Wirklich?« fragte Anita. Sie konnte sich Marlene nicht mit einer solchen Maschine vorstellen, daran hatte ihr noch nie etwas gelegen. Eher an einem Faß Bier. Wenn sie sich dafür eine Zapfanlage gekauft hätte, hätte Anita es besser verstanden. »Ich weiß nicht«, sagte sie.

»Verstehe«, sagte Marlene. »Du denkst, ich tue dir was. Und du hast ja recht. Du hast nicht die besten Erfahrungen mit mir gemacht.«

Anita blickte sie erstaunt an. Das waren ja ganz neue Töne. »Könnte man so sagen«, erwiderte sie vorsichtig.

»Wenn ich hoch und heilig verspreche, nichts zu tun, kommst du dann mit?« fragte Marlene. Sie schien auf einmal sehr daran interessiert, Anita nicht wieder aus den Augen zu verlieren.

Anita wußte nicht, was sie dazu trieb, aber es war ihr ja schon immer schwergefallen, Marlene etwas abzuschlagen. »Ist gut«, sagte sie seufzend, doch als sie Marlene folgte, dachte sie: *Was bin ich nur für eine blöde Kuh? Warum tue ich das?*

Aber sie konnte nicht anders.

»Hallo«, sagte Marlene zu Carmen, die auf dem Sofa saß und las.

Anita blickte sehr erstaunt. Sie hatte nicht erwartet, daß noch jemand in der Wohnung war, davon hatte Marlene nichts gesagt.

»Das ist Anita, das ist Carmen«, stellte Marlene mit einer Handbewegung vor.

Carmen legte das Buch hin und stand auf. »Hallo«, sagte sie. »Ich gehe dann mal.«

Marlene hob die Hand. »Brauchst du nicht. Anita wollte nur . . . einen Kaffee trinken.«

Carmen sah mindestens genauso erstaunt aus wie Anita, als sie hereingekommen war. Aber dann sagte sie: »Ich kann uns einen machen.«

»Hm.« Marlene nickte.

Carmen verschwand in die Küche.

Anita erholte sich von ihrer Überraschung und schaute sich um. »Da hat sich aber einiges verändert hier«, stellte sie fest. »Neue Möbel und –«, sie schaute sich noch mehr um, »irgendwie alles.«

»Das ist Carmen«, sagte Marlene. »Sie hat ein bißchen ... umdekoriert.«

Anita schmunzelte. »Ich bin auch nicht davon ausgegangen, daß du das warst.«

Carmen kam mit dem Kaffee zurück, stellte drei Tassen auf den Tisch. »Wollt ihr Kuchen?« fragte sie. »Ich habe welchen gebacken.«

Anita war erneut verwirrt. »Ähm, ja«, sagte sie dann. »Kuchen liebe ich.«

Carmen ging wieder in die Küche.

»Sie ist sehr nett«, sagte Anita zu Marlene gewandt.

»Hm, ja«, erwiderte Marlene wortkarg.

Anita seufzte. »Daran hat sich aber nichts geändert. Du läßt sie alle Arbeit allein machen.« Sie schüttelte den Kopf und ging zu Carmen in die Küche. »Kann ich dir helfen?« fragte sie und schaute sie neugierig an.

»Nimm die Teller«, sagte Carmen. »Ich nehme den Kuchen.«

Sie gingen gemeinsam ins Wohnzimmer zurück.

»Sehr schön hast du das hier gemacht«, sagte Anita mit einem Blick in die Runde zu Carmen, als sie am Tisch saßen und den Kuchen aßen. »Das sah das letzte Mal, als ich hier war, noch ziemlich schlimm aus.«

»Ja«, sagte Carmen, »aber so kann ich nicht leben.«

Anita lachte leise. »Ich auch nicht«, sagte sie.

»Ich habe nie von Carmen verlangt, daß sie das tut, alles hier saubermacht und so«, warf Marlene ein. »Sie wollte es so.«

»Wenn ich hier leben müßte, würde ich das auch machen«, sagte Anita und schaute Carmen mit einem Blick an, der zu sagen schien: *Wir verstehen uns.*

»Ein paar Sachen hat Len gedübelt«, erwiderte Carmen mit großzügiger Ehrlichkeit.

Anita hob die Augenbrauen. »Netter Name, Len«, sagte sie. Sie lächelte Marlene kurz an. »Paßt viel besser zu dir.«

»Ja, das hat Katharina ganz gut gemacht«, sagte Carmen. »Sie hat Marlene in Len umbenannt.«

Anita seufzte innerlich. So viel, wie sie gedacht hatte, hatte sich wohl doch nicht geändert. Marlene hatte immer noch an jedem Finger zehn. Und Carmen schien nichts dagegen zu haben.

Carmen blickte auf die Uhr. »Wir müssen los, Len.«

Marlene nickte. »Ja.« Sie warf einen kurzen Blick auf Anita. »Tut mir leid, daß es so hektisch ist. Aber ich sagte ja, ich bin ein bißchen im Streß.«

»Sagtest du.« Anita stand auf. Sie lächelte Carmen an. »Danke für den Kuchen – und den Kaffee«, sagte sie. »Er war wirklich so gut, wie Marlene . . . Entschuldigung, Len . . . versprochen hatte.« *Das zumindest war eine wirkliche Überraschung*, dachte sie. *Es war kein Trick. Es gab tatsächlich Kaffee, nicht Sex. Und eine Frau in der Wohnung . . .*

Carmen lachte leicht. »Die Kaffeemaschine war das erste, was Len kaufen mußte, als ich hier eingezogen bin. Ohne kann ich nicht leben.«

»Das haben wir gemeinsam«, sagte Anita. »Wenn ich den ganzen Tag im Kaufhaus bin, brauche ich den literweise.«

»Du bist Verkäuferin?« fragte Carmen.

»Ja.« Anita nickte.

»Harter Job«, sagte Carmen und warf einen merkwürdig interessierten Blick auf Anitas Brüste, der aber nichts Erotisches hatte, eher etwas Abschätzendes.

Was will sie von mir? dachte Anita. *Hat Marlene ihr einen Dreier versprochen, oder was?* Ihre Laune sank. So harmlos war Marlenes Einladung dann wohl doch nicht gewesen. »Ich muß gehen«, sagte sie. »Ich habe noch einiges für Rick zu tun.« Sie nickte Carmen und Marlene zu und verließ die Wohnung.

Carmen brachte den Kuchen in die Küche und stellte ihn in den Kühlschrank. Als sie zurückkam, ging sie zur Garderobe und griff nach ihrer Jacke. Marlene und sie mußten zum Set. Der Dreh begann gleich. Sie zog die Jacke an und drehte sich zu Marlene um, die bereits auf sie wartete. »*Sie* ist es also«, bemerkte sie schmunzelnd.

Marlene schaute sie unwillig an. »Sie ist wer?«

Carmen lächelte wissend, beantwortete die Frage aber nicht. »Warum hast du ihr nicht gesagt, wer ich bin? Sie dachte offensichtlich, wir sind ein Paar.«

»Sie ... wir haben uns nur zufällig getroffen«, erwiderte Marlene, als ob das die Sache erklären würde.

»Und sie ist mit dir nach Hause gekommen, ohne zu wissen, daß ich hier bin?« Carmen schnalzte mit der Zunge, während sie die Wohnungstür öffnete und hinausging.

»Ich habe ihr einen Kaffee angeboten«, entgegnete Marlene abwehrend.

»Das hat sie nicht geglaubt«, sagte Carmen. »Keine Frau würde das glauben – bei dir.«

»Aber es war doch so«, beharrte Marlene. »Wir haben Kaffee getrunken. Das war alles, was sie wollte.«

Carmen verzog die Lippen. »Ich habe ihre Blicke gesehen«, sagte sie. »Auf dich und auf mich. Sie hatte sich auf etwas anderes eingestellt.«

Marlene stieg ins Auto. »Quatsch«, sagte sie. »Als sie das dachte, hat sie abgelehnt. Erst später dann –«

Carmen ließ den Wagen an. Marlene hatte immer noch keinen Führerschein. »Du weißt genau, daß das nicht stimmt. *Deine* Blicke habe ich nämlich auch gesehen.« Sie fuhr los.

»Machst du mir eine Szene?« fragte Marlene brummig. »Eben hast du noch behauptet, wir wären kein Paar.«

»Ich mache dir keine Szene.« Carmen lachte. »Wie käme ich dazu? Aber Anita –« Sie brach ab. »Katharina wäre begeistert, wenn du sie ihr vorstellen würdest. Ihre Brüste ...«

»Sie ist Verkäuferin«, sagte Marlene abweisend.

»Ist das alles Natur?« fragte Carmen. »Sah so aus.«

»Ja, ist es.« Marlene brummte immer mehr.

»Wow«, sagte Carmen. »Das würde ich mir wünschen. Dann könnte ich einiges mehr verdienen.«

Marlene fuhr auf. »Sie wird keine Pornos drehen! Das hat sie gar nicht nötig.«

»Oh, danke«, sagte Carmen.

»War nicht so gemeint«, brummte Marlene.

»Ihre Brüste sind wirklich toll. Vielleicht sollte ich mir solche machen lassen«, fuhr Carmen fort. »Aber aus Silikon sehen sie natürlich nicht so gut aus.«

»Du hast doch jetzt schon Silikon«, sagte Marlene.

»Na ja, aber lange nicht so viel.« Carmen lachte. »Da müßte ich noch einiges drauflegen!« Sie warf einen neugierigen Blick auf Marlene. »Was war mit euch?«

»Was soll schon gewesen sein?« Marlene rutschte etwas in den Sitz. Dann richtete sie sich plötzlich auf. »Paß auf!«

Carmen seufzte. »Du bist eine furchtbare Beifahrerin, weißt du das? Ich weiß, du bist Berufsfahrerin, aber bis jetzt sind wir immer angekommen, wenn ich gefahren bin.«

»Mehr oder weniger«, sagte Marlene.

»Kümmer' dich mal endlich um deinen Führerschein«, sagte Carmen. »Dann kannst du fahren, und ich meckere herum.« Sie warf erneut einen neugierigen Blick auf Marlene. »Weiß Anita, was du jetzt machst?«

»Nein.« Marlene brummte erneut. »Sie hat nicht gefragt.«

»Ihr wart mal zusammen, oder?« fragte Carmen.

»Kurz«, sagte Marlene.

»Und sie hat dich verlassen«, stellte Carmen fest, ohne zu fragen. Sie wußte es.

»Wir haben uns getrennt«, sagte Marlene.

»Aber nicht, weil du es wolltest«, entschied Carmen. »So wie du sie heute angesehen hast...«

»Ich konnte ja nicht die ganze Zeit an die Decke starren«, sagte Marlene, »und große Möpse mag ich eben.«

»Da hast du aber die meiste Zeit gar nicht hingeschaut«, sagte Carmen. »Hat mich auch überrascht.«

»Sie hat geile Titten, das ist alles«, brummelte Marlene. »Mehr ist da nicht.«

Carmens Mundwinkel zuckten. »Nein, mehr ist da nicht«, sagte sie.

28. Kapitel
FORTSCHRITTE

»Na, man sieht ja noch nicht viel«, sagte Rick zu Carolin, während sie im *Sappho* über Milchshake und Bier saßen.

»Als ob du dich da auskennen würdest«, erwiderte Carolin. »Am Anfang sieht man eben nichts.«

»Sei doch nicht so giftig«, wehrte Rick sich. »Woher soll ich das wissen?«

»Entschuldige.« Carolin starrte in ihr Glas.

»Was ist los, Süße?« fragte Rick. Es war offensichtlich, daß Carolin etwas auf der Seele lag. »Eheprobleme?«

Carolin atmete tief durch. »Dafür bist du auch nicht gerade eine Expertin«, sagte sie.

»Also ja«, schloß Rick daraus. »Was ist mit Rebekka?« *Kann es denn nicht ein Mal gutgehen?* fragte sie sich stumm. *Die beiden sind doch wirklich das perfekte Paar.* Aber dann dachte sie an Chris und Sabrina . . .

»Ach, nichts«, sagte Carolin. »Sie arbeitet viel.«

»Wie schon immer«, sagte Rick. »Ich dachte, das hätte sich nach der Umstrukturierung geändert.«

»Zu Anfang ja«, sagte Carolin. »Aber jetzt . . . ist es fast noch schlimmer als vorher. Die faulen Gewerkschaften laden ihr alles auf. Sie ist irgendwie wie die Königin von England: Einerseits ist sie der Boss, aber andererseits dann doch nicht. Dennoch muß sie sich ständig um alles kümmern.«

»Unangenehm«, sagte Rick. »Aber zumindest hat sie ihr Unternehmen behalten.«

»Ja«, sagte Carolin. »Aber manchmal wünschte ich, sie hätte es nicht.«

»Sie begreift nicht, daß man sich um eine Ehe auch kümmern muß«, vermutete Rick. »Besonders um die Ehefrau.«

Carolin seufzte. »Ich hätte es wissen müssen«, sagte sie. »Menschen ändern sich nicht. Sie ist wunderbar, aber . . . ein Arbeitstier.«

»Freut sie sich auf das Kind?« fragte Rick.

»Ja, sehr.« Carolin lächelte. Dann verschwand das Lächeln. »Sie und ihre Mutter.«

»Du verstehst dich nicht mit deiner Schwiegermutter?« Rick lachte. »Da könntest du mit anderen Ehefrauen einen Club gründen.«

»Ach, so schlimm ist Angelika eigentlich gar nicht«, sagte Carolin. »Wir verstehen uns ganz gut, aber sie . . . sie sieht mich eben mehr als die Mutter ihrer Enkelkinder als als Rebekkas Frau. Oder als selbständiges Wesen.«

»Vielleicht solltest du wieder arbeiten gehen«, schlug Rick vor.

»Dann kann sie nicht darüber hinwegsehen, daß du selbständig bist. Eventuell begreift sie es dann.«

»Jetzt, wo ich schwanger bin, wäre es wohl keinem Arbeitgeber gegenüber fair, eine neue Stelle anzunehmen«, sagte Carolin, »nur um dann nach kurzer Zeit in Mutterschaftsurlaub zu gehen.«

»Man merkt, daß du mit einer Unternehmerin verheiratet bist«, schmunzelte Rick. »Die meisten werdenden Mütter machen sich darüber wohl kaum Gedanken.«

»Hätte ich früher vielleicht auch nicht getan«, sagte Carolin, »aber Schwangerschaften kommen ein Unternehmen teuer zu stehen. Ich kann verstehen, wenn viele Unternehmer keine jungen, gebärfähigen Frauen mehr einstellen wollen. Rebekka hat schon oft darüber gestöhnt, aber sie macht es trotzdem. Aus Solidarität.«

»Ja, wenigstens wir Frauen müssen da zusammenhalten«, sagte Rick, »das stimmt schon. Und sie kann es schlecht anderen verwehren, wenn ihre eigene Frau schwanger ist.«

»Das auch«, sagte Carolin.

Rick lehnte sich zurück. »Also das ist das einzige Problem? Daß sie zu viel arbeitet und ihr euch zu wenig seht?«

Carolin zögerte kurz. »Ja«, sagte sie dann. »Das ist das einzige Problem. Aber es ist schlimm genug.«

»Natürlich«, sagte Rick. »Aber dem ließe sich doch abhelfen, wenn du für sie arbeiten würdest ... ich meine, für das Familienunternehmen, das gehört dir ja auch.«

»Wir haben Gütertrennung«, sagte Carolin. »Mir gehört gar nichts.«

»Oh«, sagte Rick.

»Rebekka wollte mich schützen«, sagte Carolin, »als das Unternehmen auf dem absteigenden Ast war. Deshalb habe ich nichts damit zu tun. Dann kann mir auch niemand auf die Pelle rücken, wenn dann plötzlich irgendwo Millionen Schulden sind, die abgezahlt werden müssen.«

»Und hat sie Millionen Schulden?« fragte Rick.

»Kredite«, sagte Carolin. »Natürlich. Jedes Unternehmen braucht die.«

»Die sind aber normalerweise durch den Wert des Unternehmens abgedeckt«, sagte Rick. »Das verstehe ich nicht unter Schulden.«

»Ich weiß, was du meinst«, sagte Carolin. »Nein, im Moment läuft die Firma gut.«

»Du hast dich doch schon immer für Zahlen interessiert«, sagte Rick. »Das hat dir an deinem ganzen früheren Job am besten gefallen. Warum fragst du Rebekka nicht mal nach einem Job in der Buchhaltung oder als«, sie schmunzelte, »Assistentin der Geschäftsleitung?«

Carolin schmunzelte auch, obwohl sie sich eigentlich gar nicht so fühlte. »Darüber haben Rebekka und ich schon mal gesprochen«, sagte sie. »Aber wir waren beide der Meinung, daß wir . . .«, sie räusperte sich, »daß wir uns dann vielleicht nicht so gut auf die Arbeit konzentrieren könnten.«

»Und wenn?« fragte Rick. »Was macht das? Schiebt ihr halt mal den einen oder anderen Quickie zwischendurch ein. Auf jeden Fall seht ihr euch dann.«

»Rick!« Carolin sah entgeistert aus.

»Ach komm«, sagte Rick. »Das habt ihr doch sicher schon mal getan . . . wenn du Rebekka im Büro besucht hast oder so . . .«

»Na ja . . .« Carolin wurde leicht rot. »Ja . . . stimmt schon.«

»Also . . .«, sagte Rick. »Frag sie doch einfach. Mehr als nein sagen kann sie nicht.«

29. Kapitel
Unternehmensführung

»Nein«, sagte Rebekka. »So geht das nicht.«

Der Sprecher der Gewerkschaft schaute sie an. »Sie müssen das bewilligen, Frau Gellert, sonst treten wir in Streik.«

»Streik.« Rebekka gab ein hohles Geräusch von sich. »Damit drohen Sie immer. Aber ist Ihnen schon mal aufgefallen, daß ein Streik auch Sie treffen würde? Sie sind Mitinhaber des Unternehmens. Alles, was das Unternehmen verliert, verlieren Sie auch.«

Er wollte antworten, aber dann klappte er den Mund wie ein Fisch auf dem Trockenen wieder zu.

»Ja«, sagte Rebekka. »Das sind die Folgen unserer Vereinbarung. Die *Sie* wollten . . .«

»Die Gellert-Konten gehen uns nichts an«, sagte er stur. »Das sind Ihre.«

»Es sind diejenigen des Unternehmens ... *unseres* Unternehmens«, sagte Rebekka. »Wenn es immer noch nur meins wäre, wäre es etwas anderes. Aber das hat sich geändert.« Sie beugte sich vor. »Dafür habe ich Ihre Arbeitsplätze gerettet?« fragte sie. »Habe die Übernahme abgewehrt und mit meinem Privatvermögen gehaftet? Damit Sie mir jetzt so kommen? Wir ziehen doch alle am selben Strang.«

»Sie sind —«

Rebekka unterbrach ihn und stand auf. »Ich bin die kapitalistische Ausbeuterin, und Sie sind die armen Arbeitnehmer, wollten Sie das sagen?« Sie kam hinter ihrem Schreibtisch hervor. »Die Zeiten haben sich geändert, Herr Jankowski. Ihr geliebter Karl Marx würde sich im Grab umdrehen, wenn er sehen könnte, wie gut es den Arbeitnehmern heutzutage geht und was wir Unternehmer schuften müssen. Er würde DAS KAPITAL umschreiben.«

»Sie haben doch nie im Leben —«

Aber er kam wieder nicht weiter. »Doch, ich habe DAS KAPITAL gelesen«, sagte Rebekka. »Haben Sie's?«

Manfred Jankowski schnappte nach Luft. »Ähm ...«, sagte er.

»Das steht nicht drin«, sagte Rebekka. »Aber eine Menge anderer interessanter Sachen. Sie sollten es wirklich mal lesen.« Sie ging hinter ihren Schreibtisch zurück und setzte sich. »Wenn sonst nichts ist, würde ich unsere Besprechung jetzt gern beenden. Ich habe noch viel zu tun.« Sie schlug einen Ordner auf, der auf ihrem Schreibtisch lag. »Leider nehmen Sie mir davon ja nichts ab.« Sie blickte hoch, und ihr Blick verabschiedete ihn.

Er hatte dem nichts entgegenzusetzen und ging.

Rebekka griff nach dem Telefon. Sie ließ es eine Weile klingeln, dann meldete sich der Anrufbeantworter: »Gellert Residenz!« Darauf folgte ein Lachen von Carolin.

Nur allein deshalb hatte es sich schon gelohnt anzurufen. Rebekka lächelte. »Schatz, bist du da? Nimmst du ab?« Sie wartete noch ein paar Sekunden, aber Carolin meldete sich nicht. Rebekka legte auf.

Wie schade, daß Carolin nicht da war. Sie hätte jetzt so gern ihre Stimme gehört – nicht nur auf dem Anrufbeantworter.

Rebekka lehnte sich zurück. Sie konnte es gleich noch einmal auf dem Handy versuchen. Aber für den Moment genoß sie es einfach, an Carolin zu denken. Sie lächelte erneut. Wie sich ihr Leben verändert hatte, seit sie Carolin kannte, seit sie die Liebe ihres Lebens gefunden hatte.

Sie schloß die Augen. Carolin, das Baby ... alles lief so gut. Sie bedauerte nur, daß sie so wenig Zeit hatte. Sie wußte, daß sie Carolin vernachlässigte, und sie hoffte, das würde sich einmal ändern.

Apropos vernachlässigen ... Sie hob erneut den Hörer ab und wählte Carolins Handynummer. Aber auch dort meldete sich nur die Sprachnachricht des Anrufbeantworters, diesmal ohne Carolins Lachen.

»Wo bist du nur, Liebling?« fragte Rebekka in die Luft hinein. »Ich versuche nicht zu spät nach Hause zu kommen«, fügte sie hinzu. »Ich liebe dich.« Sie legte zum zweiten Mal auf.

»Frau Gellert, Ihre Sitzung ...« Ihre Sekretärin stand mit drängendem Blick in der Tür.

»Ja.« Rebekka betrachtete das Bild von Carolin auf ihrem Schreibtisch noch einmal sehnsüchtig und nahm es in sich auf. Carolins unvergleichlich warme Augen, ihr wundervolles Lächeln ... Sie atmete tief durch.

»Ich komme«, sagte sie dann, nahm ihre Aktentasche und ging hinaus.

30. Kapitel
VERSEHEN

»**D**as ist nett, daß ich mir den Schlüssel bei dir abholen kann«, sagte Nicola. »Geraldine war irgendwie ganz durch den Wind. Ich habe sie kaum zu fassen gekriegt. Ich dachte schon, ich muß unter einer Brücke schlafen.« Sie lachte.

Dani empfand eine merkwürdige Spannung in Nicolas Gegenwart, und ihr Lachen machte sie irgendwie ... unsicher. Obwohl es ihr gefiel. In letzter Zeit hatte Geraldine nicht mehr viel gelacht, und Dani wäre ihr am liebsten aus dem Weg gegangen, was sie aber aus Freundschaft natürlich nicht tun konnte.

Sie hatte sich auf alle möglichen Feten geflüchtet, um andere Leute lachen zu sehen. Und zu Luise, die auch gern lachte. Allerdings waren sie bei ihr ja dann meistens mit anderen Dingen beschäftigt ...

Sie fühlte ein Ziehen im Bauch und lächelte. Sie würden sich heute abend sehen, und sie freute sich jetzt schon darauf.

»Ich sehe, du bist in Gedanken ganz woanders.« Nicola lachte erneut. »Ich will dich nicht stören. Danke für den Schlüssel!« Sie hielt den Schlüssel hoch, immer noch lachend, und lief schnell davon. Sie schien nie langsam zu gehen.

»Was für ein Wirbelwind«, sagte Dani zu sich selbst und lachte etwas erstaunt. Da sie selbst eher ruhig war, fühlte sie sich von Leuten, die so herumwirbelten, leicht überfordert. Auch Luise war so: immer in Bewegung.

Der erneute Gedanke an Luise ließ sie erzittern. Geraldine konnte erzählen, was sie wollte. Luise war nicht Silvia.

Sie ging in ihr Zimmer zurück. »Ach, verdammt, das habe ich jetzt vergessen.« Geraldine hatte noch ein paar Sachen dagelassen, die zum Zimmer gehörten und die sie versehentlich mitgenommen hatte. Dani hatte sie Nicola eigentlich mit dem Schlüssel mitgeben wollen.

»Ach, ich kann sie ihr ja bringen. Ist ja nicht viel.« Dani nahm den Plastikbeutel auf. »Am besten gleich. Sonst vergesse ich es wieder.«

Dani wohnte ebenfalls im Studentenwohnheim, aber nicht im selben Haus, in dem Geraldine gewohnt hatte. Es war ein Stück weiter den Weg hinunter.

Ob sie wohl jetzt da ist? fragte sie sich, als sie schon unterwegs war. Konnte ja sein, daß Nicola noch etwas erledigen mußte. Dani schüttelte den Kopf. Dann würde sie ihr die Tasche eben vor die Tür stellen, war auch nicht schlimm.

Sie kam in Haus 24 an und ging hinein. Die Tür zu Geraldines ehemaligem Zimmer stand einen kleinen Spalt offen. *Ah, sie ist da,* dachte Dani erleichtert.

Sie ging auf die Tür zu, klopfte kurz und drückte sie dann auf. »Nicola? Ich habe hier noch –«

Zwei Körper drehten sich gemeinsam zu ihr um. Nicola lag im

Arm einer großen Frau, die sich über sie gebeugt hatte. Sie hatte sie wohl gerade geküßt.

Dani schluckte. Sie fühlte, wie sie rot anlief. »Sorry, ich wollte nicht ... stören«, stotterte sie, ließ den Plastikbeutel fallen und rannte davon.

31. Kapitel
Friseur

»Du bist schon da?« Carolin trat ins Wohnzimmer, wo Rebekka im Sessel saß und Musik hörte. Carolin war sehr erstaunt.

»Ich habe mehrmals versucht dich anzurufen«, sagte Rebekka. »Da schaffe ich es mal, früher nach Hause zu kommen, und dann bist du nicht da.« Sie verzog das Gesicht. »Schicksal.«

»Ich war beim ... Friseur«, sagte Carolin hastig. »Da hatte ich das Handy abgeschaltet. Man kann da nicht telefonieren, es ist zu laut.«

Rebekka musterte ihre Frisur. »Merkwürdig, daß Friseure es immer hinkriegen, daß man hinterher genauso aussieht wie vorher«, sagte sie.

»Ich habe zu viel Zeit«, sagte Carolin. »Ich gehe zu oft. Da können die Haare gar nicht nachwachsen.« Sie ging auf Rebekka zu und setzte sich auf ihren Schoß. »Tut mir leid, Liebling.« Sie gab ihr einen Kuß. »Hätte ich das Ding doch nur angelassen.«

»Ist ja nicht schlimm.« Rebekka lächelte sie an und umarmte sie. »Jetzt bist du ja da.« Sie zog Carolin noch mehr zu sich heran und schmiegte sich an sie. »Ich habe dich so vermißt«, flüsterte sie. »Immer, wenn das Telefon klingelte und du nicht drangingst ...«

Carolin fühlte schwere Schuldgefühle in sich aufsteigen. »Sonst ist es immer an«, sagte sie. »Und ausgerechnet heute ...«

»Schicksal, wie ich schon sagte.« Rebekka lachte leicht. »Auf die Art bin ich dazu gekommen, mal wieder Musik zu hören. Ich wußte gar nicht mehr, wie entspannend das ist.«

»War es wieder so schlimm?« Carolin schaute sie besorgt an.

»Ach, immer dasselbe«, sagte Rebekka. »Reden wir nicht darüber. Das verdirbt uns nur den Abend, und den will ich doch mit

meiner süßen, bezaubernden Frau genießen.« Sie lächelte zärtlich.
»Warst du auf einem Flirtkurs?« fragte Carolin. »Du bist doch sonst nicht so verschwenderisch mit Komplimenten.«
»Wirklich nicht?« fragte Rebekka schuldbewußt. »Ich sollte dir das eigentlich jeden Tag sagen.«
»Muß nicht sein«, erwiderte Carolin. Sie küßte Rebekka erneut. »Es ist so schön, daß du da bist«, flüsterte sie. »So eine schöne Überraschung.«
Rebekkas Hände begannen über Carolins Körper zu wandern. »Ich habe mich furchtbar nach dir gesehnt. Ich habe dein Bild in meinem Büro abgeküßt.«
»Ach du meine Güte!« Carolin lachte. »Dann sollten wir vielleicht doch einmal über Ricks Vorschlag reden.«
»Ricks Vorschlag?« Rebekka schaute sie verständnislos an.
»Na ja, eigentlich ist es das, worüber wir auch schon mal gesprochen haben. Daß ich mit dir arbeiten könnte. Für dich.« Carolins Augen blitzten keck. »Unter dir.«
»Du mußt nicht arbeiten«, sagte Rebekka. »Du bist meine Frau, und du bist«, sie schaute auf Carolins Bauch, auch wenn man noch nichts sah, »schwanger.«
»Ich habe noch Monate, bis mich das beim Arbeiten stören wird«, sagte Carolin. »Und wer weiß, ob es überhaupt so schlimm ist. Viele Frauen arbeiten bis zum Schluß.«
»Nicht, wenn sie Mutterschaftsurlaub in Anspruch nehmen können«, erwiderte Rebekka seufzend.
»Ja, diese schrecklichen sozialen Errungenschaften . . .«, entgegnete Carolin lachend. »Ich weiß, das kostet dich eine Menge Geld.«
»Und Nerven.« Rebekka seufzte. »Dauernd neue Mitarbeiterinnen suchen, sie einarbeiten, dann werden sie schwanger, und das Ganze geht von vorn los. Das kostet mehr Geld als es einbringt. Ich denke ernsthaft darüber nach, nur noch über Fünfzigjährige einzustellen. Und ich verlange einen Beweis, daß sie die Wechseljahre hinter sich haben.« Sie lachte. »Nein, tue ich natürlich nicht.«
»Aber ich bin deine Frau. Ich würde dich nichts kosten«, sagte Carolin. »Und du weißt schon, daß ich schwanger bin.« Sie schmunzelte.

»Du würdest mich nichts kosten?« fragte Rebekka. »Du willst umsonst arbeiten?« Sie schüttelte den Kopf. »Das geht nicht. Auf keinen Fall.«

»So meinte ich es nicht«, sagte Carolin. »Ich gehe davon aus, daß du mir ein normales Gehalt zahlen würdest. Aber ich würde nach der Geburt nicht aussteigen. Ich kann das Kind ja ins Büro mitbringen. Ich bin überzeugt, der Boss erlaubt das.« Sie schmunzelte erneut und hauchte einen Kuß auf Rebekkas Lippen. »Wenn ich ganz lieb zu ihr bin ...«

»Du willst das also wirklich tun: für mich arbeiten?« fragte Rebekka etwas zweifelnd.

»Warum nicht?« fragte Carolin zurück. »Es ist ein Familienunternehmen, oder? Und wir sind Familie.« Sie schaute Rebekka an. »Du könntest unser Kind dann auch öfter sehen«, fügte sie hinzu. »Ich fürchte, ansonsten lernt dich das Kind kaum kennen, so wenig, wie du zu Hause bist.«

Rebekka runzelte die Stirn. »Ich habe meinen Vater kaum gesehen als Kind, das stimmt«, erinnerte sie sich. »Aber das Kind ins Büro mitbringen? Ist das denn gut? Für das Kind, meine ich.« Sie blickte Carolin fragend an.

»Ich könnte das Kind dann problemlos stillen«, sagte Carolin. »Sonst müßte ich dafür jedesmal nach Hause fahren – oder jemand müßte es mit Milchpulver aus der Dose füttern.« Sie verzog das Gesicht.

»Meine Mutter könnte das tun«, sagte Rebekka sofort.

Carolin atmete tief durch. »Ich weiß«, sagte sie. »Sie wäre begeistert. Aber es ist mein Kind. Unseres.«

»Es ist ihr Enkelkind«, sagte Rebekka.

»Rebekka ...«, seufzte Carolin und stand von Rebekkas Schoß auf. »Laß uns bitte nicht wieder darüber diskutieren. Ich bin die Mutter. Darf ich nicht einmal entscheiden, wie mein Kind aufwachsen soll?«

Rebekka schaute sie an.

»Okay, okay ...« Carolin hob die Hände. »Das war die falsche Frage.« Sie musterte Rebekka mit unglücklichem Blick. »Ich will mich nicht fühlen wie Kaiserin Sissi, Schatz. Ich bringe das Kind zur Welt, und danach nimmt es mir die Schwiegermutter weg.«

»Ich bin nicht der Kaiser von Österreich«, erwiderte Rebekka lächelnd. »So schlimm wird es schon nicht werden.«

»Du bist die Generaldirektorin des Gellert-Konzerns«, seufzte Carolin. »Das ist schlimm genug.«

Rebekka stand auf und trat auf sie zu. »Bitte ...«, flüsterte sie, während sie Carolins Augen suchte, »laß uns nicht mehr darüber reden. Wir haben noch so viel Zeit, das zu entscheiden.« Sie legte ihre Hände unter Carolins Brüste und hob sie leicht an. »Sie sind schwerer geworden ... größer ...«

Carolin seufzte erneut. »Ja, sie wachsen«, sagte sie. »Ich muß mir ständig neue BHs kaufen.«

Rebekka fuhr sich mit der Zunge über die Lippen. »Sie sind wundervoll«, flüsterte sie.

Carolin lachte leise, während sie fühlte, wie Rebekkas Hände an ihren Brüsten warme Ströme durch ihren Körper fließen ließen. »Gib's zu, das war der einzige Grund, warum ich schwanger werden sollte: damit du das hast. Waren sie dir vorher zu klein?«

»Nein«, erwiderte Rebekka heiser, »aber jetzt ...« Sie begann Carolins Bluse aufzuknöpfen.

Carolin seufzte auf, als Rebekka ihr die Bluse von den Schultern streifte. »Laß uns ins Schlafzimmer gehen«, wisperte sie.

»Gleich.« Rebekka öffnete ihren BH und zog ihn ihr aus, drehte sie zum Sessel und drückte sie rückwärts auf ihn hinunter. Sie öffnete Carolins Hose, zog sie herunter und spreizte ihre Beine.

Carolin fühlte ihre Brustwarzen steinhart werden. Auch sie schienen größer geworden zu sein, und nun schwollen sie noch mehr an. Sie stöhnte auf. »Liebling ...«

Rebekka liebkoste ihre Brüste, ließ ihre Zunge über die Brustwarzen gleiten, bis Carolin fast schrie.

»Bitte ...«, flehte sie. »Bitte ...« Ihre Hüften zuckten im Sessel.

»Ja.« Rebekka glitt mit ihrem Mund tiefer, hinterließ eine feuchte Spur auf Carolins Bauch, küßte ihre Leisten und ließ endlich die Schamlippen in ihren Mund gleiten.

Carolin stöhnte tief auf. »O mein Gott ... Schatz ... das ist so schön ... so schön ...«

»Du sollst alles bekommen, was du willst«, flüsterte Rebekka zärtlich. »Du bist das Wichtigste auf der Welt für mich.« Sie drang tief in Carolin ein.

Carolin fühlte, wie naß und geschwollen ihre Schamlippen waren, wie sie sich um Rebekka schlossen, wie sie beide sich vereinigten. Ihre Liebe zu Rebekka wuchs mit jedem Moment, jeder Sekunde, jeder Minute, bis sie sie endlich hinausschrie.

Rebekka glitt an ihr nach oben. »Ich liebe dich«, flüsterte sie rauh, während sie Carolins Gesicht betrachtete.

Carolin schlug die Augen auf. »Ich liebe dich«, hauchte sie. Rebekkas zärtliche Augen brachten sie fast zum Schmelzen. »Ich werde dich immer lieben.«

32. Kapitel
Erstsemester

Dani stand in der Schlange zum Kaffeeautomaten. Nach der Mittagspause war es immer besonders schlimm, da wollten alle einen Kaffee.

»Dani?«

Sie drehte sich um und wäre am liebsten davongelaufen.

»Ich ... ich ... tut mir leid«, sagte Nicola mit schuldbewußt verzogenem Gesicht. »Ich habe dich erschreckt.«

Dani schluckte. »Nein«, erwiderte sie schwach und wenig überzeugend. »Ich warte nur auf Kaffee.« Das hatte zwar nichts miteinander zu tun, aber irgend etwas mußte sie ja sagen.

»Ich meine ... nicht jetzt«, sagte Nicola leise. »Neulich.«

Dani schluckte erneut. »Schon in Ordnung«, sagte sie. »War meine Schuld. Ich hätte nicht einfach so hereinkommen sollen.«

»Ich hätte abschließen sollen«, sagte Nicola, »aber sie ... war gerade gekommen.«

»Schon gut«, sagte Dani und rückte in der Schlange vor. Konnte Nicola nicht endlich damit aufhören? Es war so schon peinlich genug.

»Du hast bestimmt noch nie – Ich meine, du warst bestimmt überrascht, daß es kein Mann war«, sagte Nicola.

»Das geht mich nichts an«, sagte Dani. Konnten die da vorn denn nicht schneller machen? Sie wollte ihren Kaffee und verschwinden.

»Hast du Probleme damit?« fragte Nicola. »Willst du jetzt nichts mehr mit mir zu tun haben?«

Wie bitte? Dani starrte sie an. *Aber natürlich. Nicola dachte ...*
»Nein«, sagte sie. »Wie kommst du denn darauf?«

»Könnte ja sein.« Nicola zuckte die Schultern. »So was gibt's.«

»Mag sein«, sagte Dani. Endlich war sie am Kaffeeautomaten angekommen und konnte ihre Münze hineinstecken. Sie wählte Kaffee mit Zucker, und die Maschine begann zu arbeiten. Sie ratterte fürchterlich.

Dani dachte darüber nach, daß es ihr noch nie unnatürlich erschienen war, was Luise und sie taten, aber es gab sicherlich Leute, die es so sahen. Und offenbar hatte Nicola schon mit denen zu tun gehabt. »Es ist alles in Ordnung«, sagte sie zu Nicola und zog ihren Kaffeebecher heraus, um Platz für den nächsten in der Schlange zu machen. »Vergiß es.«

Nicola folgte ihr, während Dani mit ihrem Kaffee einen Platz suchte. Die Cafeteria war voll um diese Zeit, also setzte sie sich auf ein Mäuerchen.

Nicola blieb vor ihr stehen. »Ich hätte es dir vielleicht sagen sollen«, sagte sie.

Dani schüttelte den Kopf und trank einen Schluck. »Warum? Was geht mich das an? Ich habe nur den Schlüssel für dich aufgehoben, mehr nicht. Wir kennen uns doch überhaupt nicht.«

Nicola setzte sich neben sie und schob die Hände unter ihre Oberschenkel, als wäre ihr kalt. »Ich kenne hier noch überhaupt niemanden«, sagte sie. »Ich bin im ersten Semester.«

Dani lächelte. »Du lernst schnell Leute kennen. Ging mir auch so. Am Anfang ist es etwas verwirrend, aber das legt sich.« Sie bemerkte erstaunt, daß sie auf einmal die ältere war. Bisher war sie immer die jüngere gewesen, das Küken. Aber die Rolle hatte Nicola jetzt. Sie lächelte noch mehr. »Wenn du Fragen hast, kannst du ruhig zu mir kommen«, sagte sie. »Kein Problem.«

Nicola schien erleichtert. »Danke«, sagte sie. Sie blickte zu Boden. »Meine Eltern ...«, sie schluckte, »meine Eltern akzeptieren es nicht. Ich könnte es ihnen nie sagen.«

»Was?« Dani fragte automatisch, bevor sie es bemerkte. »Oh, das ...«, fügte sie schnell hinzu.

»Ja.« Nicola schaute sie von der Seite an. »Du bist die erste, die ... die anscheinend keine Probleme damit hat«, sagte sie mit einem merkwürdig scheuen Lächeln, das gar nicht zu ihrer Wirbelwindpersönlichkeit paßte.

»Nein, habe ich nicht«, sagte Dani, und sie dachte darüber nach, daß sie es ihrer Mutter auch immer noch nicht gesagt hatte. Luise war so plötzlich in ihr Leben getreten – und dann war es ja auch nicht einfach zu erklären. Als sie einmal darüber nachgedacht hatte, was sie ihrer Mutter sagen sollte, war ihr aufgefallen, daß Luise und ihre Mutter dasselbe Geburtsjahr hatten. Sie konnte sich kaum vorstellen, was ihre Mutter dazu sagen würde. Also hatte sie das Gespräch erst einmal aufgeschoben.

»Das ist schön«, sagte Nicola. Ihr Lächeln wurde etwas weniger scheu. »Können wir mal etwas zusammen unternehmen? Kannst du mir die wichtigsten Sachen hier an der Uni zeigen?«

Dani schmunzelte. *Dann fangen wir doch gleich mal mit dem Wichtigsten an,* dachte sie. *Professor Bosch und Professor Wilke sind lesbisch ... und vermutlich sind sie nicht die einzigen.* Sie räusperte sich, um das nicht tatsächlich zu sagen. »Kann ich machen«, sagte sie statt dessen. »Es gibt aber auch Einführungen.«

»Mit dir wäre es aber ... persönlicher«, sagte Nicola. »So eine Einführung kann ich ja zusätzlich machen.«

»Ist gut«, sagte Dani, »aber nicht jetzt. Ich muß ins Seminar. Die Mittagspause ist vorbei.« Sie stand von der Mauer auf. »Ich rufe dich an, wenn ich Zeit habe.«

»Okay.« Nicola stand ebenfalls auf und lächelte sie an.

Dani lächelte kurz zurück und ging ins Seminargebäude. *Sie hat wirklich ein irres Lächeln,* dachte sie. *Ihre Freundin ist zu beneiden.*

»Du bist aber früh dran.«

Dani zuckte zusammen. Dann lächelte sie Luise an, die auf dem Gang von hinten zu ihr aufgeschlossen hatte. »Ich konnte es eben nicht mehr erwarten«, sagte sie. Ihr Herz klopfte bis zum Hals. Sie hätte Luise am liebsten geküßt und umarmt, aber das ging hier natürlich nicht.

Luise schmunzelte. »Wir sehen uns doch nachher«, sagte sie.

»Bis dahin könnte die Welt untergehen«, bemerkte Dani.

Luise lachte leicht. »Du bist immer so melodramatisch.« Sie ließ wie zufällig ihre Hand über Danis Seite streichen. »Ich werde versuchen, die Welt nicht während meines Seminars untergehen zu lassen«, versprach sie.

Danis Seite brannte, wo Luise sie berührt hatte. Sie biß sich auf die Lippen.

Luise bog in den Seminarraum ein, und während sie nach vorn zum Dozentenpult ging, suchte Dani sich einen Platz in der Ecke. Sie hatte festgestellt, daß es nicht gut war, wenn sie zu nah bei Luise saß, dann konnte sie sich nicht konzentrieren.

Ein paar Minuten später begann Luise ihr Seminar, und Dani versuchte ihren Ausführungen zu folgen, während sie sich wünschte, ihre Lippen zu küssen.

33. Kapitel
Zimmerverwechslung

Melly betrat den Raum mit einem kurzen Blick, der alles umfaßte. Es war eine halbprivate Party im Haus eines stadtbekannten Schwulen. Der Anlaß war Wohltätigkeit, aber deshalb war Melly nicht hier. Sie würde auch etwas für das AIDS-Projekt spenden, doch in erster Linie suchte sie eine Frau für diese Nacht, in der sie nicht alleinsein wollte.

Der Raum, eher eine Eingangshalle, war brechend voll, denn es war bereits spät.

»Daß du auch noch kommst...« Der Gastgeber, ein älterer Mann, trat auf sie zu, einen zarten Jüngling im Arm, der ihm sicherlich die Nacht versüßen würde.

»Ich kann nicht schon um zehn Uhr zumachen«, erwiderte Melly entschuldigend. »Das würde die Stammgäste verschrecken.«

Er lachte. »Ich liebe arbeitende Frauen!«

Melly hob die Augenbrauen. »Es haben nicht alle geerbt wie du.«

»Ach was.« Mit der typisch schwulen Handbewegung, die alle Schauspieler verwendeten, wenn sie einen Schwulen darstellten, winkte er ab. »Ihr seid einfach alle so arbeitsgeil. Kann ich nicht verstehen. Wo das Leben doch so viel Schöneres zu bieten hat.« Er lächelte den jungen Mann neben sich an und kniff ihm in den Po.

Der Junge lächelte zurück und schmiegte sich an ihn. Ob es ihm gefiel oder nicht war nicht auszumachen.

»Ja«, sagte Melly. »Auf der Suche nach etwas Schönem bin ich auch. Da stimme ich dir zu.«

Der Gastgeber grinste. »Schau dich um«, sagte er. »Du bist herzlich eingeladen. Wenn ich eine Frau wäre, würde ich sagen, es ist einiges an interessantem Material da.« Er winkte ihr erneut übertrieben schwul zu und schwenkte mit seinem Jüngling davon.

Melly ging zum Buffet und nahm sich ein Glas Champagner. Sie fühlte sich etwas ausgebrannt. Die letzten Tage war sie kaum zum Schlafen gekommen, und eine innere Unruhe hatte sie erfaßt. Sie kannte das. Es war ein Zeichen dafür, daß sie eine Frau brauchte.

Manchmal ergab sich ja etwas von selbst, aber das war nicht der Fall gewesen, und im *Sappho* war sie sowieso vorsichtig geworden. Es war sinnvoller, an einem anderen Ort zu suchen.

»Hallo.« Eine Frau stand plötzlich neben ihr, die sie vorher nicht bemerkt hatte.

»Hallo.« Melly musterte die Frau aufmerksam. Sie mußte erst einmal abschätzen, was sie wollte.

»Du bist die Wirtin vom *Sappho*, oder?« fragte die Frau und nahm einen Schluck aus ihrem Champagnerglas. Sie trug ein luftiges Cocktailkleid, das ihre Figur vorteilhaft hervorhob.

Eine Figur, die Melly gefiel. »Hm«, nickte sie. »Bin ich.«

»Ich bin ab und zu da«, sagte die Frau, »aber es ist immer so voll, daß du mich wohl nicht bemerkt hast.«

»Dann warst du wohl an den vollsten Abenden da«, sagte Melly. »Es ist nicht immer voll.«

»Ich komme nur zum Tanzen«, sagte die Frau. »Dann ist es immer voll.«

»Das stimmt«, sagte Melly. »Und in der Dunkelheit bekomme ich nicht jeden Gast mit.«

Die andere musterte Melly. Sie brauchte nichts zu sagen. Ihr Blick war eindeutig. Sie drehte sich um und ging langsam auf die Treppe zu, die nach oben in die Schlafzimmer führte. Melly folgte ihr.

Oben angekommen stieß die Frau eine der Türen auf. Sie kannte sich offenbar gut aus. Sie ging hinein, und Melly betrat hinter ihr den Raum, schloß die Tür hinter sich und lehnte sich dagegen.

Die Frau vor ihr drehte sich um. »Magst du irgend etwas Besonderes?« fragte sie.

Melly fand es komisch, daß sie das fragte, bevor sie sich überhaupt berührt hatten. »Ich glaube, nicht«, antwortete sie. »Ich bin ziemlich normal.«

»Ach, wirklich?« Die andere hob amüsiert die Augenbrauen.

Melly lächelte. Sie stieß sich von der Tür ab und ging auf die Frau zu. »Wollen wir reden?« fragte sie. »Oder . . .?«

Die Frau legte einen Arm um Mellys Nacken und zog sie zu sich heran. »Oder«, sagte sie. Sie küßte Melly und drängte sie zum Bett.

Melly stolperte leicht und fiel auf die Matratze. Die andere Frau nutzte die Chance und legte sich auf sie. Sie griff nach Mellys Handgelenken und hielt sie über ihrem Kopf fest. »Ich habe mich schon oft gefragt, wie du im Bett bist«, raunte sie. »Du wirkst immer so kühl, so überlegen. Bist du so?« Sie senkte ihre Lippen auf Mellys und küßte sie.

Melly holte mit ihren Hüften Schwung und drehte sich mit der anderen um, bis sie unter ihr lag und Melly nun ihre Handgelenke festhalten konnte. »Manchmal«, lächelte sie und küßte sie erneut.

Ihre Münder verschmolzen miteinander, als wären sie in einen Hochofen getaucht. Es war offensichtlich, daß sie beide nicht lange warten wollten.

»Komm«, flüsterte die andere erregt, als die Verschmelzung sich für einen Augenblick löste. »Fang schon an . . .«

Melly griff unter ihr Kleid, die andere hob ihre Hüften an, und Melly zog ihr den Slip aus.

Die andere griff an Mellys Top und schob es hoch, tastete nach ihren Brüsten.

Melly seufzte leise auf, zog sich das Top über den Kopf und öffnete schnell selbst ihren BH, um ihn ebenfalls auszuziehen. Ihr Oberkörper war nackt, als sie sich nun wieder zu der anderen hinunterbeugte. Ihre Hand glitt erneut unter das Kleid, zwischen die bloßen Schenkel, auf die feuchte Mitte.

Die andere fuhr sich mit der Zunge über die Lippen, starrte auf Mellys Brustwarzen. Dann nahm sie eine in den Mund. »Mhm . . .«, machte sie, während sie das harte Steinchen mit ihrer Zunge hin und her rollte.

Melly schloß die Augen und legte den Kopf zurück. Heißes Feuer zog durch ihre Brüste in ihren Bauch. Ihre Finger tasteten sich tiefer zwischen die Schenkel der anderen, drangen ein.

Sie zuckte stöhnend zusammen, weil ein plötzlicher Schmerz sie durchfuhr, die andere hatte ihr heftig in die Brustwarze gebissen.
»Du Teufel . . .«, flüsterte sie und schaute auf die andere hinunter.
Erregt funkelnde Augen antworteten ihr. »Magst du es nicht?«
»Ich werde dir zeigen, was ich mag.« Melly griff erneut nach ihren Handgelenken und hielt sie über ihrem Kopf fest, beugte sich zu ihr hinunter, küßte sie heftig.
»Ja . . .« Die andere stöhnte in ihrem Mund, ihre Hüften stießen unter Melly nach oben. »Komm . . . zeig's mir . . .«
Melly ließ ihre Hände los und schob den Rock des Kleides bis über ihre Taille. Sie betrachtete den nackten Bauch, die glitzernden Härchen.
Langsam öffnete die andere ihre Schenkel immer weiter, bis angeschwollenes Fleisch sichtbar wurde. Sie lächelte.
Ein Geräusch ließ Melly aufblicken. Die Tür hatte sich geöffnet. Bevor sie sich darüber ärgern konnte, daß sie nicht abgeschlossen hatten, hörte sie eine entsetzt stammelnde Stimme: »Ich habe nur die . . . Toilette gesucht.« Die Tür fiel wieder zu.
Die Frau, die unter Melly im Bett lag, schmunzelte amüsiert. »Deine Freundin?«
Melly starrte noch immer die Tür an. Sie räusperte sich. »Schlimmer«, sagte sie. »Meine Köchin.«
»Oh«, sagte die andere. Sie lachte leicht. »Na, hoffentlich ist dann jetzt nicht das Essen versalzen.« Sie griff an Mellys Nacken und zog sie zu sich herunter. »Ich hoffe, das hält dich nicht davon ab weiterzumachen«, wisperte sie rauh. Sie drehte Melly auf den Rücken und begann ihre Hose zu öffnen.
Melly ließ sich von ihr ausziehen und versuchte Evelyns entgeistertes Gesicht zu vergessen, das plötzlich in der Tür erschienen war.

34. Kapitel
HANDSCHUHE

»Entschuldigung?«
Anita zuckte zusammen. »Oh, tut mir leid.« Sie schaute etwas verlegen auf die Kundin, die mit fragendem Blick vor ihr stand.

Die ganze Zeit war nichts losgewesen, und sie hatte hinter ihrem gläsernen Verkaufstisch vor sich hingeträumt. Schnell schlüpfte sie in den einen ihrer Schuhe, den sie gerade eben unter dem Tisch ausgezogen hatte, um ihre Füße auszuruhen.

Die Kundin lächelte leicht. »Ich würde gern ein paar von diesen Abendhandschuhen sehen. Haben Sie da verschiedene Farben?«

»Ja. Ja, natürlich.« Anita zog die Schublade auf, in der die Handschuhe lagen, und nahm drei Paar heraus. »Diese hier sind ganz klassisch, weiß, silbergrau und schwarz.« Sie legte die Handschuhe auf den Tisch. »Aber wir haben auch noch andere Farben. Welche Farbe hat denn das Kleid?«

Die Frau zögerte und betrachtete die verschiedenen Handschuhe sehr genau, ohne etwas zu sagen.

Anita wies auf die edel glänzenden silbergrauen Handschuhe, die fast wie träge, schöne Schlangen auf dem Tisch lagen. »Diese hier würden gut zu Ihnen passen.«

Die Frau lachte leicht. »Sie sind nicht für mich. Sie sind für eine . . . Freundin.«

»Oh«, sagte Anita und betrachtete die Frau genauer. Sie war etwa Mitte fünfzig, sehr gutaussehend und sehr gepflegt. Keinesfalls die Art Kundin, die Anita normalerweise bediente. Aber sie verkaufte auch äußerst selten lange Abendhandschuhe.

»Was denken Sie?« fragte die Frau. »Welche gefallen Ihnen am besten?«

»Die schwarzen«, erwiderte Anita spontan.

Die Frau lächelte. »Die würden gut zu Ihren blonden Haaren passen«, sagte sie. »Würden Sie sie einmal anziehen?«

Anita lächelte auch. Sie nahm einen der schwarzen Handschuhe und zog ihn über ihre Finger und den Rest des Stoffes bis über ihren Oberarm hinauf.

»Reizend«, sagte die Frau, während sie Anitas Arm, der nun in dem langen Handschuh steckte, betrachtete.

»Die sind äußerst exklusiv«, sagte Anita, während sie mit den Fingern der anderen Hand sanft über den Stoff an ihrem Arm fuhr. Er fühlte sich höchst angenehm an, samtig und weich. »Normalerweise verkaufen wir so etwas Teures gar nicht.«

»Da habe ich ja Glück gehabt«, sagte die Frau. »Packen Sie sie bitte ein?«

Anita nickte, zog den Handschuh wieder aus und packte ihn zusammen mit dem anderen in einen länglichen Karton. »Geschenkpapier?« fragte sie.

»Ja, bitte.« Die Frau lächelte erneut. »Wenn Sie welches haben.«

»Natürlich«, sagte Anita, maß mit einem geübten Blick die Größe des Papiers ab und verpackte den Karton ansprechend mit einer kleinen Schleife.

»Sie können das gut«, sagte die Frau, die ihr dabei zugesehen hatte. »Ich bin bei so etwas ein hoffnungsloser Fall. Wenn ich es selbst verpackt hätte, sähe es aus, als hätte ich es gerade aus dem Müll gezogen.« Sie lachte sehr sympathisch.

»Es ist sicherlich auch nicht Ihr Beruf«, erwiderte Anita lächelnd. »Ich mache das jeden Tag.« Sie reichte der Frau den Karton. »Ich hoffe, die Handschuhe gefallen Ihrer Freundin. Sie sind wirklich sehr schön.«

»Ja, das finde ich auch«, sagte die Frau, aber sie sah Anita an, nicht den Karton.

»Sie müssen noch zur Kasse«, fuhr Anita etwas verwirrt fort und reichte ihr den Zettel. »Da drüben.«

Die Frau nahm das Päckchen, nickte Anita zu und ging.

Wie ihre Freundin wohl aussieht? fragte Anita sich. Sie stellte sich eine elegante ältere Dame vor, die teure Abendkleider trug, zu denen diese Handschuhe passen würden. Jemand wie Thea, aber mindestens zwanzig, wenn nicht dreißig Jahre älter.

Na ja, in diesen Kreisen werde ich wohl nie verkehren, dachte sie. *Das ist Oberklasse, die oberste Liga. Daß sie überhaupt hier hereingekommen ist ...* Sie wunderte sich.

»Haben Sie Gimmicks?«

Heute wurde Anita ständig von ihren Kunden aus ihren Gedanken gerissen. »Wie bitte?«

»Gimmicks. So was Billiges zum Verschenken. Sie wissen schon, kostet nicht viel, aber sieht nett aus.« Der junge Mann, der vor ihr stand, sah auch wirklich nicht nach Geld aus.

»Für eine Frau?« fragte Anita. »Oder für einen Mann?«

Er lachte. »Für ein Mädel natürlich!«

»Und was ist der Anlaß?« fragte Anita. »Hat sie Geburtstag?«

»Ne, weiß ich nicht. Ich kenn' sie ja noch gar nicht richtig.« Er schien etwas verwirrt.

Anita lächelte. »Das heißt, Sie wollen Eindruck bei ihr schinden, um sie kennenzulernen, aber nicht viel dafür ausgeben?« Sie zog eine Schublade auf. »Ich glaube, da habe ich genau das Richtige für Sie.«

35. Kapitel
GEHALTSERHÖHUNG

»Guten Morgen.«

Evelyn drehte nur kurz den Kopf zu Melly, als sie die Küche betrat, dann starrte sie wieder in ihre Pfanne. »Morgen«, murmelte sie undeutlich.

»Evelyn . . .« Melly kam auf sie zu und blieb hinter ihr stehen.

»Bitte sag nichts.« Evelyn rührte weiter das Gemüse um. »Du brauchst nichts zu sagen. Es war meine Schuld. Tut mir leid, daß ich euch gestört habe.«

Melly legte leicht eine Hand auf ihre Schulter. Evelyn zuckte zusammen. »Ich wußte nicht, daß du auch dort hingehen wolltest.«

»Es hätte wohl kaum einen Unterschied gemacht, wenn du es gewußt hättest«, sagte Evelyn, nahm die Pfanne und ging damit zur Spüle hinüber. »Mit mir wärst du nicht in dieses Schlafzimmer gegangen.«

»Ich habe dir gesagt, warum.« Melly seufzte. »Ich kannte sie vorher nicht, und ich werde sie nie mehr wiedersehen. Ich kenne noch nicht einmal ihren Namen.«

»Sehr romantisch«, sagte Evelyn.

»Mit Romantik hat das nichts zu tun«, sagte Melly. »Und das weißt du auch. Ich gehe keine romantischen Beziehungen ein.«

»Warum?« fragte Evelyn.

»Das ist meine Sache.« Melly trat zu ihr. »Was wirst du jetzt tun?« fragte sie leise.

Evelyn gab ein hohles Geräusch von sich. »Was habe ich für eine Wahl? Weitermachen natürlich.«

»Du hast nicht vor zu kündigen?« Melly schien erleichtert.

»Ach, darum geht es.« Evelyn drehte sich um. »Du hast Angst, deine Köchin zu verlieren.«

»Ja«, sagte Melly ehrlich. »Du bist sehr wertvoll für mich. Viele Kunden kommen nur deinetwegen. Die Qualität deiner Menüs hat sich herumgesprochen.«

Evelyn wollte etwas erwidern, jedoch dann überlegte sie es sich und schaute Melly an. »Dann sollte ich vielleicht eine Gehaltserhöhung verlangen«, sagte sie.

»Wenn ich es mir leisten kann, gern.« Melly zuckte die Schultern.

»Zahlst du auch in Naturalien?« fragte Evelyn.

Melly drehte die Augen zur Decke. »Evelyn . . .« Sie seufzte und wandte ihren Blick zu Evelyn zurück. »Ich sage dir jetzt, was ich auch schon Rick gesagt habe: Ich bin nichts für euch. Ihr verlangt etwas von mir, das ich nicht geben kann. Ich würde euch nur unglücklich machen.«

»Es käme auf den Versuch an«, sagte Evelyn.

»Nein.« Melly schüttelte den Kopf. »Glaub mir, das käme es nicht.« Sie blickte Evelyn ernst ins Gesicht. »Ich würde es sehr bedauern, wenn du gehst, aber wenn ich dich nicht halten kann, kann ich nichts machen. Zehn Prozent Gehaltserhöhung – in bar – kann ich dir anbieten, mehr nicht.«

Evelyn wandte sich von ihr ab und stützte sich auf die Spüle. »Das brauchst du nicht«, sagte sie müde. »Ich komme sehr gut mit meinem Gehalt aus.«

»Wir machen es trotzdem so«, sagte Melly. »Das hätte ich schon längst tun sollen in Anerkennung deiner Kochkünste.« Sie zögerte. »Und es wäre am besten, wenn du vergißt, was du gesehen hast.« Sie drehte sich um und ging ins Lokal zurück.

»Das könnte ich nie«, murmelte Evelyn, während sie sich noch immer auf der Spüle abstützte, als hätte sie keine Kraft sich zu erheben.

Wieder und wieder erschien vor ihrem inneren Auge Mellys Bild, wie sie mit nackten Brüsten auf der anderen Frau gesessen hatte.

Sie griff nach einem Teller, holte aus und zerschmetterte ihn mit gewaltigem Schwung auf dem Boden.

Melly konnte den ohrenbetäubenden Krach drüben an der Theke kaum überhört haben, aber sie kam nicht wieder herein.

36. Kapitel
Geschenke

Anita spürte kaum mehr ihre Füße, als sie abends nach Hause kam. Damenschuhe mit Absatz waren nun einmal nicht dazu geeignet, acht Stunden darauf zu stehen. Und flache Schuhe durfte sie im Kaufhaus nicht tragen.

Sie stöhnte leise, als sie die Treppen zu ihrer Wohnung hinaufstieg. Ein warmes Fußbad war alles, was sie jetzt noch wollte.

Auf dem Absatz vor ihrer Wohnungstür angekommen stutzte sie. Ihre Nachbarin hatte wohl freundlicherweise ein Päckchen für sie angenommen. Sie war wirklich sehr nett.

Anita bückte sich. Das Flurlicht ging aus. Sie machte sich nicht die Mühe, es wieder anzuschalten, das Schlüsselloch fand sie auch ohne Licht.

Sie schloß auf und stieß die Wohnungstür auf, ging hinein. Drin legte sie das Päckchen immer noch im Dunkeln auf die Garderobe. Dann zog sie die Schuhe aus und seufzte erleichtert auf. Endlich.

Sie ging ohne Schuhe ins Bad und zog die kleine Fußbadewanne unter dem Badezimmerschrank hervor. Sie freute sich schon auf das sprudelnde Wasser und die Massage.

Während sie heißes Wasser in das Fußbad laufen ließ, zog sie sich bis auf die Unterwäsche aus und warf ihren Morgenmantel über. Sie nahm die kleine Wanne und ging ins Wohnzimmer. Aufseufzend ließ sie sich in den Sessel fallen und tauchte ihre Füße ins Wasser. Noch einmal beugte sie sich vor und schaltete die Massagefunktion ein.

Sie genoß das sanfte Vibrieren, die leicht genoppte Oberfläche der Massagebereiche an ihren Fußsohlen, das warm sprudelnde Wasser, den angenehmen Duft des entspannenden Badezusatzes.

Ihr Stöhnen hätte man leicht für etwas anderes halten können als nur für das Ergebnis einer Fußmassage.

Nachdem sie sich im Sessel zurückgelehnt und die Augen geschlossen hatte, wäre sie fast eingeschlafen.

Als es ihr immer schwerer fiel, gegen den Schlaf anzukämpfen, stellte sie die Fußbadewanne ab, stand gähnend auf und ging ins Schlafzimmer. Sie versuchte noch ein wenig zu lesen, aber schon bald fielen ihr die Augen endgültig zu.

»Was ist das denn?« Während Anita morgens vor dem Spiegel stand und ihre Haare frisierte, fiel ihr Blick hinunter auf die Garderobenbank. Sie runzelte die Stirn und nahm das Päckchen, das sie gestern in der Dunkelheit mit hereingebracht hatte, auf. »Das kann doch wohl nicht wahr sein.«

Sie öffnete das Päckchen, und ihr Verdacht bestätigte sich: Es war der schmale Karton, den sie selbst verpackt hatte – die langen, schwarzen Abendhandschuhe.

Das einzige, was ihr unbekannt vorkam, war die Karte, die darangeheftet war.

Ich würde gern mit Ihnen essen gehen – Tonia Haffner

Sie strich mit den Fingern über die seidige Oberfläche der Handschuhe und schüttelte lächelnd den Kopf. Damit hatte sie nun wirklich nicht gerechnet.

»Ist mein Geschenk angekommen?«

Anita hörte die Stimme in ihrem Rücken und schluckte unauffällig. Sie hatte gerade neue Accessoires in die Regale einsortiert, als sie angesprochen wurde. Sie drehte sich um. »Ja«, sagte sie.

»Ich dachte, wo Sie es so wundervoll verpackt haben, sollten Sie auch die Nutznießerin sein«, erklärte Tonia Haffner lächelnd.

»Das ist – Danke«, sagte Anita. »Aber die sind viel zu teuer für mich. Und ich habe auch gar kein Kleid, das dazu paßt.«

»Dem kann man sicherlich abhelfen«, entgegnete Tonia zuversichtlich. »Haben Sie die Karte gelesen?«

Anita nickte. »Natürlich.«

»Und?« Tonia blickte sie fragend an.

Anita wußte nicht, was sie sagen sollte. Sie hatte darüber nachgedacht, seit sie die Karte gelesen hatte, aber sie war zu keinem Entschluß gekommen. »Frau Haffner ...«

»Tonia«, lächelte Tonia Haffner. »Nennen Sie mich Tonia.« Sie wartete darauf, daß Anita etwas sagen würde, aber Anita blieb stumm. »Wie wäre es, wenn ich Sie am Freitag um acht zum Essen abholen würde?« fragte Tonia Haffner. »Ihre Adresse kenne ich ja jetzt.«

Anita fragte sich, woher, aber sie wagte nicht, laut zu fragen.

»Einverstanden?« fragte Tonia nach und lächelte freundlich.

»Ich ... Frau Haffner ... Tonia ...« Anita versuchte ihre Hände nicht allzu auffällig zu ringen, aber sie wußte nicht, wie sie sonst die Spannung abbauen sollte, die sie erfaßt hatte.

»Bin ich dir zu alt?« fragte Tonia direkt. »Du kannst es ruhig sagen. Ich verstehe das.«

Anita begann leicht zu lächeln. »Nein«, sagte sie weich. »Das ist nicht das Problem.«

»Was dann?« Tonia schaute sie an. »Hast du Angst vor mir?«

Anita musterte scheu ihr Gesicht. »Ein wenig«, erwiderte sie nach einer Weile ehrlich. »Du schüchterst mich ein.«

Tonias Mundwinkel verzogen sich etwas spöttisch. »Ja, ich habe diese Wirkung auf manche Leute.« Sie trat auf Anita zu. »Aber ich wünschte mir, nicht auf dich«, fügte sie leise hinzu und schaute ihr in die Augen.

Anita versank in Tonias Blick, und sie spürte, daß da etwas in Tonia war, das sie ungeheuer anzog. Tonias Augen waren gleichzeitig intelligent und warm, und es war eine Tiefe in ihnen, die sie noch bei keinem Menschen gesehen hatte. »Ich ... Ist gut«, flüsterte sie.

»Schön.« Tonia lächelte und trat einen Schritt zurück. Dann warf sie einen Blick auf das Regal hinter Anita. Sie ging um Anita herum und zog einen Seidenschal heraus. »Würde der nicht wunderbar zu den Handschuhen passen?« fragte sie.

Anita ahnte schon, was kommen würde. »Tonia ... bitte ...«, sagte sie. »Nicht noch mehr Geschenke.«

»Mach dir darüber keine Gedanken.« Tonia legte ihr den Schal um den Hals und warf einen abschätzenden Blick auf ihr Werk. »Perfekt«, sagte sie. Sie fuhr mit einem Finger leicht über Anitas Wange. »Ich werde an der Kasse Bescheid sagen. Sie sollen das auf meine Rechnung setzen.«

Anita legte eine Hand auf den Schal an ihrem Hals. »Jetzt ist aber Schluß«, sagte sie.

»In Ordnung. Genug für heute.« Tonia lachte gutgelaunt und strich noch einmal über Anitas Wange. »Ich freue mich auf Freitag.«

Sie winkte Anita zu und ging.

37. Kapitel
Fernbeziehung

»**K**omm her.« Die große Frau klopfte auf ihre Schenkel.

Nicola ging zu ihr hinüber und setzte sich auf ihren Schoß. Sie küßte sie zärtlich. »Schön, daß du da bist«, sagte sie leise.

»Du hättest dir ruhig einen Studienort suchen können, der etwas näher liegt«, sagte die große Frau. »Es ist schon ganz schön weit zu fahren.«

»Wir wechseln uns ja ab«, sagte Nicola. »Ein Wochenende du, ein Wochenende ich.«

»Und unter der Woche sehen wir uns gar nicht.« Die große Frau schien verstimmt.

»Jan.« Nicola küßte sie erneut. Sie sprach den Namen englisch aus, wie den Anfang des Namens Janet. »Unter der Woche haben wir uns vorher auch nicht so viel gesehen. Das wäre jetzt nicht anders. Du mußt arbeiten, und ich muß studieren.«

»Wir haben uns am frühen Abend gesehen«, widersprach Jan.

»Und dann mußte ich zu meinen Eltern nach Hause.« Nicola seufzte. »Ist es jetzt nicht viel besser, wo du hier übernachten kannst?« Sie schmiegte sich an Jans Brust. »Den ganzen Abend, die ganze Nacht, den ganzen Morgen, den ganzen nächsten Tag?« Sie flüsterte.

»Ein bißchen besser schon«, gab Jan zu. Sie streichelte Nicolas Rücken, dann wanderten ihre Hände nach vorn auf Nicolas Brüste.

Nicola seufzte leise auf. Dann plötzlich zuckte ihr Kopf hoch, und sie sprang von Jans Schoß, als hätte eine Feder sie hochgeschnellt. »Abschließen!« stieß sie hervor, rannte zur Tür und drehte den Knopf herum. Sie lachte. »Damit die arme Dani nicht wieder den Schock ihres Lebens kriegt.«

»Dani?« Jan schien sich nicht zu erinnern.

»Du weißt doch ... Sie kam herein, als ich gerade das Zimmer bezogen hatte und du hier warst.« Nicola kehrte auf Jans Schoß zurück.

»Ach die«, sagte Jan. »Ich habe sie gar nicht richtig gesehen.«

»Aber sie dich.« Nicola lachte etwas verlegen. »Sie hat das natürlich nicht erwartet ... ich meine ... daß du eine Frau bist.«

»Ist sie so 'ne Zicke, die Probleme damit hat?« fragte Jan.

»Nein, gar nicht.« Nicola schaute Jan etwas irritiert an. »Sie ist keine Zicke. Sie ist sehr nett, und sie hat überhaupt keine Probleme damit.«

»Na gut«, brummte Jan. »Will ich ihr auch geraten haben.«

»Du bist unmöglich.« Nicola lachte leicht. »Du kannst Leute doch nicht dafür verprügeln, weil sie erwarten, daß ein Mädel mit einem Jungen zusammen ist. Das ist normal.«

»Für mich nicht«, sagte Jan. Sie begann Nicola auszuziehen.

Nicola seufzte auf, als Jans Hände ihre nackte Haut berührten, aber sie warf sicherheitshalber noch einmal einen Blick zur Tür, und fast bildete sie sich ein, Danis Gestalt dort zu sehen.

38. Kapitel
FREITAG

»Was für hübsche Handgelenke du hast ...« Tonia streichelte Anitas Hände über die Handgelenke bis zum Unterarm hinauf, während sie ihr gegenüber am Tisch des Restaurants saß.

Anita lachte überrascht auf. »Das hat mir noch nie jemand gesagt.« Sie fühlte ihre Haut unter Tonias Fingern kribbeln.

»Ich fürchte, ich weiß, was die meisten Leute sagen«, bemerkte Tonia mit einem kurzen Blick auf Anitas Brüste.

Anita senkte den Kopf.

»Ich mache lieber unerwartete Komplimente«, lächelte Tonia sie an. »Dasselbe zu sagen wie alle anderen finde ich wenig einfallsreich. Daß du schöne Brüste hast, weißt du, das brauche ich dir nicht extra zu sagen.«

Anita fühlte Röte in ihr Gesicht steigen. Aber die schummrige Beleuchtung des Lokals schützte sie für den Moment vor Entdeckung.

»Ich bin dir zu direkt, entschuldige«, sagte Tonia. »Aber ich hasse es, um den heißen Brei herumzureden.«

»Schon in Ordnung«, erwiderte Anita leise. »Ich bin auch für die Wahrheit.«

Tonia griff erneut nach ihrer Hand und streichelte ihr Handgelenk.

Anita erschauerte. Sie wußte nicht, was sie machen sollte. Tonia verwirrte sie maßlos. Auf einmal fühlte sie etwas an ihrem Handgelenk, das vorher nicht dagewesen war.

Tonia befestigte den Verschluß der teuren, goldenen Uhr und schaute sie an. »So ein schönes Handgelenk braucht etwas, um es zu schmücken«, sagte sie lächelnd.

»Tonia ... wirklich ... das geht nicht ...«, stotterte Anita. Sie warf einen Blick auf die Uhr. »Diamanten? Das ist viel zu teuer.«

»Oh, die kriegt man doch mittlerweile im Sonderangebot«, erwiderte Tonia lässig. »Mach dir keine Gedanken.« Sie lachte leicht. »Sehr charmant von mir«, fügte sie selbstironisch hinzu. »Als ob du mir keine teuren Diamanten wert wärst.« Sie beugte sich vor. »Du bist es mir wert«, sagte sie leise. »Du bist ein echter Diamant, und deshalb passen sie zu dir.«

Anita schluckte. Sie griff an ihr Handgelenk und öffnete den Verschluß der Uhr, nahm sie ab. »Das kann ich nicht annehmen«, sagte sie und reichte Tonia die Uhr. »Wir kennen uns doch überhaupt nicht.«

»Ich hatte gehofft, das ändert sich heute abend«, erwiderte Tonia. Sie nahm die Uhr nicht zurück und blickte Anita in die Augen. »Bitte behalt sie. Sie würde zu keiner anderen Frau passen. Ich habe sie extra für dich ausgesucht.«

»Oh, das ... bitte ...« Anita war überfordert. »So etwas Teures ... das ist ...«

»Hab keine Angst«, sagte Tonia leicht lächelnd. »Du mußt es nicht bezahlen. Auf keine Art.«

Anita wurde endgültig rot.

»Laß uns über etwas anderes reden«, fuhr Tonia aufgeräumt fort. »Wenn du keine Abendhandschuhe verkaufst, was machst du dann so?«

Anita mußte sich erst fangen und schluckte. »Ich ... ich helfe manchmal einer Freundin, die ... die Möbel restauriert«, sagte sie dann.

»Du siehst nicht aus wie jemand, der stundenlang einen Hammer schwingt«, bemerkte Tonia lachend.

»Nein.« Anita lachte auch. »Das macht Rick. Sie ist Schreinerin. Aber ich helfe bei den Stoffen, eigentlich nur beim Aussuchen, ich berate die Kunden.«

»Das kannst du hervorragend«, raunte Tonia und sah Anita tief in die Augen.

Anita schaute weg. Sie konnte Tonias Blick nicht mehr ertragen. Er machte sie so schwach, daß sie sich fragte, wie sie den Abend überstehen sollte.

»Willst du wirklich keinen Wein?« fragte Tonia. Sie hatte am Anfang des Abends einen Wein aus der Karte ausgesucht, von dem Anita gar nicht wissen wollte, was er kostete.

»Nein.« Anita schüttelte den Kopf. »Lieber nicht.« Sie trank Wasser, denn sie erinnerte sich nur zu gut an die Gelegenheiten, bei denen Alkohol zum Abendessen zu Dingen geführt hatte, die sie nicht mehr kontrollieren konnte. Das wollte sie heute vermeiden.

»Gut.« Tonia nickte. »Erzähl mir mehr von Rick. Ihr seid gut befreundet?«

»Ja.« Anita nickte. »Sie ist ... meine beste Freundin, könnte man wohl sagen.«

»Wart ihr mal zusammen?« Tonias Blick schien nur interessiert.

Anita schluckte. »Ja«, sagte sie. »Kurz.«

»Aber es hat nicht geklappt?« Tonia legte den Kopf schief und nahm einen Schluck Wein.

»Sie ... ich ... es war eine schwierige Zeit«, erwiderte Anita leise.

Tonia merkte, daß sie nicht darüber sprechen wollte und wechselte das Thema. Sie fand weniger Verfängliches, und so klang der Abend entspannt aus.

Als Tonia sie nach Hause fuhr, fragte Anita sich, wie es weitergehen würde. Allerdings war Tonia die ganze Zeit sehr zurückhaltend gewesen. Mit Worten war sie frech, aber körperlich war sie Anita nie zu nah gekommen. Bis auf das Streicheln ihres Handgelenks war nichts geschehen, aber das konnte sich ja noch ändern. Würde es.

Anita seufzte.

»Was hast du?« Tonia blickte vom Steuer zu ihr herüber. Sie fuhr, wie es zu erwarten gewesen war, einen sehr teuren Wagen. Sie glitten wie auf Schienen und fast lautlos dahin.

»Nichts.« Anita lächelte scheu zu ihr hinüber. »Ich bin etwas müde. Es war eine harte Woche.«

»In deinem Beruf ist wahrscheinlich jede Woche hart«, sagte Tonia. »Ich kann mir das kaum vorstellen.«

»Man gewöhnt sich daran«, sagte Anita. »Ich mache das ja nun schon ein paar Jahre. Nur die Beine ...« Sie streckte ihre Beine im geräumigen Fußraum des Beifahrersitzes aus. »Die merkt man schon.«

Tonia warf kurz einen Blick nach unten und schmunzelte. »Und dabei hast du so schöne Beine.«

Anitas Mundwinkel zuckten mutwillig. »Soll ich dir etwas über Krampfadern bei Verkäuferinnen erzählen?«

Tonia lachte. »Nie im Leben«, sagte sie. »Dafür bist du viel zu jung.«

»Es wird kommen«, sagte Anita. »Das kann man gar nicht verhindern, wenn man den ganzen Tag steht.«

»Und du hast nie darüber nachgedacht, etwas anderes zu machen?« fragte Tonia.

»Ich wüßte nicht, was.« Anita zuckte die Schultern. »Es ist mein erlernter Beruf.«

»Du kannst etwas Neues lernen«, sagte Tonia. Sie stellte den Wagen vor Anitas Haus ab und stieg aus.

Anita stieg ebenfalls aus und ging zur Tür. »Ich bin nicht sehr gut im Lernen«, sagte sie.

Tonia lächelte leicht. »Das bezweifle ich.«

»Meine Lehrer nicht«, sagte Anita. »Sie haben es mir immer wieder gesagt.«

Tonia schaute sie an. »Manche Leute sollten einfach ihren Mund halten«, sagte sie.

Anita wartete auf irgendein Zeichen von Tonia, was nun geschehen sollte. Aber sie tat nichts. Also zog Anita ihren Schlüssel heraus und schloß auf. Sie betrat den Hausflur und drehte sich um.

Tonia stand immer noch an derselben Stelle vor dem Haus, an der sie sie verlassen hatte.

»Willst du nicht hereinkommen?« fragte Anita.

»Nein.« Tonia schüttelte den Kopf.

Anita musterte sie erstaunt.

»Ich bin die nächste Woche geschäftlich unterwegs und erst zum Wochenende wieder da«, sagte Tonia. »Wenn du Zeit hast, würde ich mich freuen, wenn wir am Freitag wieder zusammen essen könnten.«

Anita schaute sie ungläubig an. Sie war unfähig etwas zu sagen.

»Oh, wir können ein anderes Restaurant aussuchen, wenn es dir nicht geschmeckt hat«, fügte Tonia schnell hinzu. »Es gibt ja genug.« Sie räusperte sich. »Oder wenn du lieber ins Kino gehen möchtest oder so etwas . . . du mußt es nur sagen.«

Was willst du von mir, Tonia? dachte Anita, aber sie sagte es nicht. Sie war sehr verwirrt. »Essen . . . wäre nett«, erwiderte sie. »Das Restaurant ist mir egal.«

»Dann hole ich dich wieder ab. Um acht«, sagte Tonia. Sie ging zu ihrem Wagen. »Ich freue mich.« Sie lächelte.

Anita schaute ihr nach, wie sie einstieg und davonfuhr. Dann griff sie an die Uhr an ihrem Handgelenk, betrachtete sie nachdenklich. Sie schüttelte den Kopf. Tonia war ihr einfach unbegreiflich.

Später, als sie im Bett lag, starrte sie an die dunkle Decke und versuchte sich an Dinge zu erinnern, die Tonia gesagt hatte.

Hatte irgend etwas darauf hingedeutet, daß sie mit Anita nur einen netten Abend verbringen wollte, ohne weitere Konsequenzen?

Nein. Sie hatte mit Anita geflirtet, ihr immer wieder Komplimente gemacht, war ihr – zumindest mit Worten – sehr nah gekommen.

Aber körperlich . . . körperlich schien sie das nicht vorzuhaben. Sie machte teure Geschenke, aber sie erwartete keine Gegenleistung dafür.

Das war Anita im ganzen Leben noch nicht passiert.

Sie lächelte und schlief ein, und diese Nacht verwöhnte sie mit süßen Träumen.

39. Kapitel
HAUSSEGEN

»Wir könnten das hier auf diesem Konto verbuchen, und dafür diesen Beleg dem anderen Konto gutschreiben«, sagte Carolin, während ihr Finger über die Spalten der Tabelle fuhr. »Das ergibt eine Steuerersparnis von ...« Sie tippte etwas ein. »Siebenunddreißig Prozent«, fuhr sie fort. »Oder anders ausgedrückt —«

»Hör auf!« Rebekka lachte und gab ihr einen Kuß. »Ich dachte wirklich, ich kenne mich gut mit den Zahlen aus, ich kannte sie schon auswendig, aber auf was für Gedanken du kommst ...« Sie warf einen kopfschüttelnden Blick auf Carolin. »Warum habe ich dich nicht schon vor Jahren eingestellt?«

»Weil du es da vorgezogen hast, dich mit Frauen herumzutreiben, die nur dein Geld wollten und denen deine Steuerersparnis schnurz war«, antwortete Carolin trocken. »Es sei denn, du hast die Ausgaben für diese Damen damals von der Steuer abgesetzt.«

Rebekka runzelte die Stirn. »Ich habe keine Ahnung«, sagte sie. »Darüber habe ich mir nie Gedanken gemacht.«

»Deshalb wurde es Zeit, daß du unter die Haube kommst«, schmunzelte Carolin. »Als Junggesellin warst du eine Katastrophe.«

»War ich«, stimmte Rebekka zu, beugte sich über Carolin und schaute ihr tief in die Augen. »Ich bin dir so dankbar, daß du mich aus diesem unmöglichen Zustand errettet hast.«

»Gern geschehen«, sagte Carolin. »Wie wär's ...« Sie warf einen Blick auf die Uhr. »Sollen wir mal Schluß machen? Wir sind schon wieder die letzten.«

»Da ich jetzt nicht mehr allein hier im Büro bin«, sagte Rebekka, »ist mir das eigentlich egal. Ich könnte auch die ganze Nacht mit dir hierbleiben.«

»Aber ich nicht«, sagte Carolin. »Auch wenn noch nicht viel zu sehen ist, aber ich bin eine werdende Mutter.« Sie erhob sich. »Ich und das Kind – wir brauchen unseren Schlaf.«

Rebekka strich zärtlich über Carolins Bauch. »Davon will ich euch auf keinen Fall abhalten.« Sie schaute auf ihren Schreibtisch. »Ihr könnt ja schon mal gehen, ich komme dann nach.«

»Das könnte dir so passen.« Carolin griff in ihren Nacken und zog sie zu sich heran. »Es ist spät genug, und ich habe noch etwas anderes mit dir vor.« Sie küßte Rebekka verführerisch.

»Liebling ...« Rebekka setzte zum Protest an.

»Ja, Liebling?« Carolin hob die Augenbrauen. »Wolltest du etwas sagen?«

Rebekka lachte. »Nein, gar nichts. Ich widerspreche dir nie, das weißt du doch. Das wage ich gar nicht.«

»Das will ich auch gehofft haben«, sagte Carolin. »Und jetzt komm. Erst kaufst du ein großes Haus, und dann sind wir nie zu Hause, weil wir unsere Tage und Nächte im Büro verbringen.«

»Du wolltest es so«, verteidigte Rebekka sich. »Ich war ja dagegen.«

»Ja, wer weiß«, sagte Carolin, »was du allein hier so spät in deinem Büro alles getrieben hast. Weshalb du nicht wolltest, daß ich komme...« Ihre Augen blitzten keck. »Da ist es mir schon lieber, wenn ich dich unter Kontrolle habe.«

Rebekka schmunzelte. »Es war wirklich schwierig, alles Verdächtige rechtzeitig verschwinden zu lassen, bevor du kamst«, sagte sie, »wo mein Büro doch schon jahrelang als einschlägiges Matratzenlager genutzt wurde.«

»Tu nicht so harmlos«, sagte Carolin. »Ich war schließlich auch ab und zu hier. Da hätte ich eine Matratze manchmal schon angenehm gefunden.« Sie lächelte. »Weshalb wir jetzt auch sofort nach Hause gehen, weil ich nämlich schon die ganze Zeit Lust darauf habe, dich zu vernaschen, aber dabei bequem in unserem eigenen Bett liegen möchte.«

»Wenn ich gewußt hätte, was der Ehestand für Auswirkungen auf dich hat...«, neckte Rebekka sie. »Nur noch im eigenen Bett... und bequem...«

»Paß bloß auf«, warnte Carolin, »sonst wird es gleich sehr unbequem für dich.«

Rebekka trat schnell auf sie zu und nahm sie in den Arm. »Ich liebe dich«, sagte sie mit einem zärtlichen Blick in Carolins Augen. »Ich liebe dich so sehr, daß ich mir überhaupt nicht mehr vorstellen kann, ohne dich zu sein. Tag und Nacht.« Sie küßte Carolin liebevoll.

»Wenn ich dich nicht so sehr lieben würde, würde ich mir das alles nicht antun«, sagte Carolin. »Bis Mitternacht im Büro...«

Rebekka lachte. »Familienunternehmen, erinnerst du dich? Das hast du jetzt davon.« Sie ließ Carolin los, ging zum Schreibtisch und packte ihre Tasche.

»Ja, ich wußte definitiv nicht, was das bedeutet«, seufzte Carolin und packte ebenfalls ihre Sachen ein. »Du hättest mich ruhig mal warnen können.«

»Habe ich«, erwiderte Rebekka. »Mehr als einmal. Aber du wolltest ja nicht hören.«

»Schuldig im Sinne der Anklage«, gab Carolin zu. »Ich wollte nicht nur zwischen fünf und sechs Uhr morgens mit dir zusammensein. Also hatte ich die Wahl: entweder das hier«, sie machte eine das Büro umfassende Geste, »oder eine Phototapete mit deinem Gesicht drauf, damit ich nicht vergesse, wie du aussiehst.«

»Du kannst dich immer noch für die Phototapete entscheiden«, sagte Rebekka, als sie hinausgingen, »wenn dir das hier zu anstrengend ist.«

Carolin streckte schnell die Hand aus und kniff sie in den Po. »Ich werde dir gleich zeigen, was anstrengend ist...«

»Au!« machte Rebekka. Aber ihre Mundwinkel zuckten, als sie Carolin ansah. »Ich glaube, wir sollten uns wirklich beeilen, nach Hause zu kommen. Langsam machst du mich wahnsinnig.«

»In welcher Beziehung?« fragte Carolin mit keckem Augenaufschlag.

Rebekka griff nach ihr, drückte sie gegen die Wand und küßte sie leidenschaftlich. »In *der* Beziehung«, sagte sie, als sie sie wieder losließ. »Ich wußte ja schon, daß es schwierig wird, den ganzen Tag mit dir zusammenzusein, aber es ist noch schwieriger, als ich dachte.«

»Laß doch einfach ein Schlafzimmer ans Büro anbauen«, schlug Carolin vor, »dann brauchen wir gar nicht mehr nach Hause zu gehen. Wir verkaufen das Haus.«

»Keine schlechte Idee«, sagte Rebekka schmunzelnd. »Das machen wir.« Sie reichte Carolin die Hand. »Aber vorläufig haben wir das Haus ja noch. Also laß es uns nutzen.«

Und wie zwei Teenager gingen sie händchenhaltend hinaus.

40. Kapitel
Blauer Montag

»Blauer Montag?« fragte Dani. »Du siehst so mitgenommen aus.« Sie setzte sich zu Nicola an den Tisch.

»Ich hatte nicht viel Schlaf.« Nicola fuhr sich durch die Haare.

»Jan war da.« Sie blickte Dani erschrocken an. »Oh, entschuldige, ich sollte das nicht erwähnen, wenn es dir peinlich ist.«

»Warum sollte es mir peinlich sein?« Dani schüttelte den Kopf. »Jan ist ... diejenige, die ich mit dir gesehen habe?« fragte sie. »Deine Freundin?«

»Ja.« Nicola lächelte weich. »Wir haben uns vor ein paar Monaten kennengelernt. Zuerst war es ... nur Freundschaft, aber jetzt —«

»Hab' ich gesehen«, sagte Dani. Sie schmunzelte. »Tut mir leid, daß ich euch so erschreckt habe. Ich habe das echt nicht erwartet.«

»Klar«, sagte Nicola. »Aber ich kann keinen Mann aus ihr machen.«

Dani schaute sie an. Das ging so wirklich nicht weiter. »Nicola, ich muß dir etwas sagen —«, setzte sie an, aber in diesem Moment betrat Luise den Vorlesungssaal. Nicola studierte Geschichte, ebenso wie Dani, und die Vorlesung, die Luise hielt, fand nur alle paar Semester statt, so daß hier alle möglichen Studenten teilnahmen, vom ersten bis zum letzten Semester.

»Ich begrüße Sie, meine Damen und Herren, an diesem wundervollen Montagmorgen«, begann Luise schmunzelnd, während ihre Augen die aufsteigenden Reihen absuchten, bis sie Dani gefunden hatte und kurz bei ihr verweilte. Ihr Lächeln wurde tiefer. »Freuen Sie sich auch so sehr wie ich, daß Sie endlich wieder arbeiten dürfen nach dem faulen Wochenende?«

Gequältes Stöhnen antwortete ihr.

»Ich sehe, wir sind uns einig«, sagte Luise. »Aber das nützt uns allen nichts. Wir sind hier um zu arbeiten. Sie, um zu studieren, und ich, um Ihnen etwas beizubringen. Also fangen wir an.«

»Ist sie immer so dynamisch?« stöhnte Nicola. Sie saß zum ersten Mal in Luises Vorlesung.

»Ja.« Dani schmunzelte. »Meistens.«

»O Gott.« Nicola schien schon jetzt von Luises Energie erschlagen.

»Du bist doch auch ein ganz schöner Wirbelwind«, wunderte Dani sich. »Ich dachte, du würdest das mögen.«

»Aber nicht am Montagmorgen um acht ...«, stöhnte Nicola. »Ich bin nämlich kein Morgenmensch.«

»Dann wird dir diese Vorlesung nicht viel Spaß machen«, sagte

Dani. »Die Zeit ändert sich ja das ganze Semester nicht.«

»Das war schon in der Schule schlimm«, sagte Nicola. »Die ersten Stunden morgens ... und besonders montags ...«

»Dani?« fragte Luise von unten herauf. »Würden Sie uns vielleicht an Ihrer Unterhaltung teilhaben lassen? Falls sie mit dem Thema dieser Vorlesung zu tun hat?« Sie hob die Augenbrauen.

Danis Mundwinkel zuckten. »Tut mir leid, Professor Bosch. Wir wollten nicht stören.«

»Verdammt, was hat sie gegen dich?« flüsterte Nicola gedämpft neben ihr und hielt sich die Hand vor den Mund.

Dani hätte fast gelacht, aber sie wollte Luise nicht noch einmal stören. »Gar nichts«, flüsterte sie zurück. »Aber wir sind jetzt besser still und hören zu.«

Später, als Nicola und Dani in der Cafeteria saßen, ging Luise an ihnen vorbei, die sich gerade ebenfalls einen Kaffee geholt hatte. Sie warf Dani kurz einen Blick zu und lächelte. Dani lächelte zurück.

»He«, sagte Nicola und schaute Dani erstaunt an.

»Selbst he.« Dani grinste.

»Hättest du mir das nicht gleich sagen können?« fragte Nicola.

»Wollte ich vorhin, aber da hat Luise ... Professor Bosch uns unterbrochen.«

Nicola blickte Luise hinterher, die fast schon die Treppe hinunter verschwunden war. »Sie?« Ihre Stimme klang ungläubig.

»Ja, sie.« Dani lächelte.

»Dagegen bin ich ja harmlos«, sagte Nicola.

»Luise ist auch harmlos«, erwiderte Dani erneut grinsend. »Wenn wir allein sind.«

»O Mann ...« Nicola schien es immer noch nicht fassen zu können. »Wenn das meine Eltern wüßten ... Die würden mich sofort von der Uni nehmen.«

»Deine Eltern sind wohl ziemlich komisch«, sagte Dani und nippte an ihrem Kaffee.

»Sie ... sie sind eben ein bißchen altmodisch«, meinte Nicola etwas unglücklich. »An sich sind sie nett, aber das ... das könnte ich ihnen nie sagen.«

Dani lächelte. »Ich habe es meiner Mutter auch noch nicht gesagt. Ich bin wohl ein ziemlicher Spätzünder, weil ... ich habe erst mit Luise —« Sie brach ab. »Mein Problem ist aber glaube ich ein anderes als deins«, fuhr sie fort. »Grundsätzlich würde meine Mutter es bestimmt akzeptieren, aber Luise und sie ... sind gleich alt.«

Nicola hob die Augenbrauen und schaute noch einmal zur Treppe hin, auch wenn Luise nicht mehr da war. »Das sieht so aus«, sagte sie.

»Du siehst ...« Dani hob die Hände. »Vor mir brauchst du wirklich keine Angst zu haben. Wir sitzen alle im selben Boot.«

»Na, ich weiß nicht ...« Nicola schaute sie zweifelnd an. »Eine Professorin ... an so was würde ich mich nie ranwagen.«

»Das wäre aber schade für die Professorinnen«, entgegnete Dani spitzbübisch. »Findest du nicht? Es gibt nämlich noch mehr davon ... ich meine, die für uns in Frage kommen.«

Nicola hob die Hände. »Hör bloß auf! Ich will es gar nicht wissen. Eine reicht mir schon.«

Dani lachte. »Mir auch«, sagte sie. »Aber falls du doch mal Interesse hast ... brauchst du nur zu fragen.«

»Ich habe Jan«, sagte Nicola. Ihr Gesicht wurde weich. »Da brauche ich keine Professorin.«

41. Kapitel
UNBEZAHLBARE GESELLSCHAFT

Anita hatte sich die ganze Woche über auf den Freitag gefreut und war erstaunt, wie unbeschwert die Zeit vergangen war. Selbst ihre Füße hatte sie nach einem ganzen Tag Stehen im Kaufhaus kaum gespürt.

Heute war sie so schnell nach Hause geeilt, wie sie konnte, um zu duschen und sich für den Abend mit Tonia fertigzumachen. Sie hatte sich ein neues Kleid gekauft, das sicherlich weit unter Tonias Preisvorstellungen lag, für ihre eigenen Verhältnisse jedoch nicht billig war. Auch wenn das Kaufhaus ihr Rabatt gab.

Sie hatte das Kleid passend zu dem Schal ausgesucht, den Tonia ihr geschenkt hatte. Die Abendhandschuhe konnte sie zwar nicht dazu tragen, denn es war kein Abendkleid, aber der Schal würde es tun, um Tonia zu zeigen, daß sie ihre Geschenke schätzte.

Sie legte die Uhr an und betrachtete sie lächelnd. Sie hatte sie seit letztem Freitag nicht getragen, denn für die Arbeit im Kaufhaus war sie unpassend. Ihre Kolleginnen hätten sich sehr gewundert. Jede Verkäuferin wußte, was so etwas wert war.

Sie drehte sich in dem neuen Kleid vor dem Spiegel und fuhr über ihre Hüften. Sie war zufrieden mit sich.

In diesem Moment klingelte das Telefon. Tonia! Anita sprang hin und nahm ab. Sie wunderte sich selbst, wie sehr sie sich freute. »Ja?«

»Hallo, wie geht's dir?« fragte Marlenes Stimme.

Anita mußte sich erst zurechtfinden, denn das hatte sie nicht erwartet. Sie schraubte die Geschwindigkeit ihres rasenden Herzens mit Gewalt herunter. »Marlene«, sagte sie. »Oh, Verzeihung, Len.«

Marlene lachte. »Ist egal. Was tust du gerade? Hast du was vor?«

»Ich?« Anita war überrascht. »Wieso?« fragte sie.

»Ich würde dich gern einladen«, sagte Marlene. »Ins Kino oder so. Hast du Lust?«

»Äh . . .« Anita fühlte sich überrumpelt. »Ich bin schon verabredet«, sagte sie dann. »Zum Essen.«

»Oh«, sagte Marlene. »Na ja, es ist Freitagabend. Hätte ich mir denken können.«

»Tut mir leid«, sagte Anita.

»Wenn du mal Zeit hast, ruf mich doch mal wieder an«, sagte Marlene. »Würde mich freuen.«

Und was sagt deine Freundin dazu? dachte Anita. *Geht sie dann wieder spazieren?* »Ich . . . ja . . . vielleicht«, sagte sie.

»Bis dann«, sagte Marlene.

»Bis dann.« Anita legte auf. Sie warf einen Blick auf die Uhr an ihrem Handgelenk. Gleich acht.

In diesem Moment hörte sie die Türklingel. Sie nahm ihren Mantel, zog ihn aber nicht an. Mit dem Schlüssel in der Hand verließ sie die Wohnung und lief die Treppe hinunter.

»Bezaubernd«, sagte Tonia lächelnd, als Anita aus der Haustür trat. »Was für ein hübsches Kleid.«

»Gefällt es dir?« Anita drehte sich lachend vor ihr. »Ich habe es extra für heute gekauft.«

»Es ist hinreißend«, sagte Tonia, aber es war zweifellos Anita, auf die sich ihre Bemerkung bezog. Sie öffnete die Beifahrertür ihres Wagens. »Darf ich bitten?« fragte sie lächelnd.

Anita stieg ein, und Tonia schloß die Tür hinter ihr, ging um den Wagen herum und setzte sich auf den Fahrersitz. »Ich habe im *O Portuga* reserviert«, sagte sie. »Ich hoffe, du magst portugiesisches Essen.«

»Ich habe keine Ahnung«, sagte Anita. »Meistens koche ich selbst.«

»Du kochst bestimmt gut«, sagte Tonia und schaute sie lächelnd an.

»Passabel«, sagte Anita. »Wenig exotisch. Mehr Hausmannskost.«

»Wie verführerisch«, sagte Tonia, meinte aber offensichtlich nicht das Essen, sondern Anita, die sie dabei ansah. Sie stellte die Automatik des Wagens auf Fahren.

»Tonia?«

»Hm?« Tonia wandte leicht den Kopf vom Rückspiegel zu Anita.

Anita beugte sich zu ihr und hauchte einen Kuß auf ihre Lippen. »Danke«, sagte sie.

»Wofür?« Tonia schien nicht auf den Kuß eingehen zu wollen. Sie fuhr los. »Wir haben doch noch gar nicht gegessen.«

Anita betrachtete Tonia von der Seite, während sie fuhr. »Was ist los?« fragte sie. »Was mache ich falsch?«

»Falsch?« Tonia blickte kurz zu ihr und lachte. »Wie kommst du denn darauf?«

»Du hast mich nicht einmal berührt zur Begrüßung«, sagte Anita, »und mein Kuß scheint dir egal zu sein.« Sie seufzte. »Es tut mir leid, wenn ich jetzt vielleicht eingebildet klinge, aber das ist mir noch nie passiert.«

Tonia verzog die Mundwinkel. »Das klingt nicht eingebildet, sondern sehr ...«, sie warf einen Blick auf Anita, »nachvollziehbar.«

Anita versuchte den Ausdruck auf ihrem Gesicht zu ergründen, bevor sie sich wieder der Straße zuwandte. »Aber es ist dir trotzdem egal«, sagte sie. »Warum hast du mich dann eingeladen?«

Tonia wandte wieder kurz den Blick zu ihr. »Weil du eine berauschende junge Frau bist«, sagte sie.

Die Antwort machte Anita erst einmal sprachlos. Das, was Tonia sagte und was sie tat, paßte einfach nicht zusammen. »Warum . . . warum faßt du mich dann nicht an?« fragte sie ratlos.

»Das ist alles, was du kennst, nicht wahr?« fragte Tonia. Sie bog in den Parkplatz zum Restaurant ein.

»Na ja . . .« Anita dachte an Ricks Zurückhaltung am Anfang, aber das war etwas anderes gewesen. Ansonsten . . . ja, ansonsten konnte sie Tonia nur zustimmen. »Du hast mich angemacht«, fuhr sie etwas hilflos fort, »um mit mir essen zu gehen?«

»Warum nicht?« Tonia stieg aus. »Was ist daran so merkwürdig? Deine Gesellschaft ist . . . unbezahlbar.«

»Bis auf die Geschenke, die du mir machst«, sagte Anita. Sie gingen ins Restaurant.

»Das hat nichts miteinander zu tun«, sagte Tonia. »Ich mache einfach gern Geschenke.«

Der Oberkellner führte sie zu ihrem reservierten Tisch und rückte ihnen die Stühle zurecht, als sie sich setzten.

»Tonia, ich bin . . .«, Anita versuchte Tonias Augen einzufangen, »eine einfache Verkäuferin. Und du bist . . .«, sie musterte Tonias teure Kleidung, ihre Ringe, die Perlenkette um ihren Hals, »was du bist. Was willst du von mir, wenn es nicht . . . das ist?«

»Wie ich schon sagte: deine Gesellschaft«, wiederholte Tonia. Sie ließ sich vom Kellner die Weinkarte reichen. »Heute auch keinen Wein?« Sie blickte Anita fragend an.

Anita zögerte. »Später vielleicht«, sagte sie dann.

»Gut.« Tonia suchte einen Wein für sich aus und gab dem Kellner die Karte zurück. »Es tut mir leid, daß ich dich so verwirre«, sagte sie bedauernd zu Anita. »Das wollte ich nicht.«

»Ich . . .« Anita hob die Hände. »Ich bin vielleicht einfach nur zu dumm, um es zu verstehen«, sagte sie. »Das passiert mir öfter.«

»Nein.« Tonia sah sie mit einem Blick an, den man nur als zärtlich bezeichnen konnte. »Du bist wundervoll. Bitte denk nicht mehr darüber nach. Laß uns den Abend genießen.«

»Darf ich dich fragen, was du die ganze Woche gemacht hast?« fragte Anita. »Oder ist das geheim?«

»Nein, gar nicht.« Tonia lachte leicht. »Im Gegensatz zu dir habe ich die meiste Zeit gesessen. In irgendwelchen Sitzungen. Aufsichtsratssitzungen vor allem. Nicht besonders aufregend.«

Anita hob die Augenbrauen. »Für mich klingt es schon so. Ich habe Gimmicks verkauft. Das ist wirklich nicht besonders aufregend.«

»Gimmicks?« Tonia schaute sie fragend an.

Anita lachte. »Ja, so habe ich zuerst auch geguckt. Das ist so ungefähr das Gegenteil von deinen Geschenken. Billige Sachen, die nach mehr aussehen als sie sind.«

»Ah«, sagte Tonia. »Ja, davon verstehe ich wirklich nichts.«

Anita legte ihren Arm mit der Uhr auf den Tisch. »Nein«, sagte sie. »Das ist eine Sache, von der du absolut nichts verstehst.«

»Wenn ich einer Frau ein Geschenk mache«, sagte Tonia, »möchte ich sie nicht dadurch entwerten, daß es nichts kostet. Es soll ihr zeigen, wie sehr ich sie oder ihre Gesellschaft schätze.«

Anita schaute erneut auf die Uhr an ihrem Arm. »Ich kann mir nicht vorstellen, was an meiner Gesellschaft *so* wertvoll sein soll.«

»Du bist einfach nur . . . bezaubernd«, sagte Tonia weich. »Und das ist, wie ich schon einmal erwähnte, unbezahlbar.«

Anita schüttelte den Kopf. »Ich verstehe es immer noch nicht. Aber das muß ich wohl auch nicht.«

»Nein, mußt du nicht.« Tonia lächelte sie an. »Ich hoffe nur, daß ich den Zauber deiner Gesellschaft noch oft genießen kann.«

42. Kapitel
IDEEN

»**W**as ist denn mit Evelyn los?« fragte Silvia. »Sie sieht aus, als wäre ihr eine furchtbare Laus über die Leber gelaufen.« Sie nippte an dem Cappuccino, den Melly ihr gerade auf die Theke gestellt hatte.

Melly hob die Augenbrauen. »Ich glaube, ich habe einen Fehler gemacht«, sagte sie. »Ich hätte sie gehen lassen sollen.«

»Gehen lassen?« Silvia runzelte die Stirn. »Sie wollte kündigen?«

»Ich hätte es tun sollen.« Melly seufzte. »Hast du auch manchmal das Gefühl, daß deine One-night-stands dich verfolgen?«

»Du hast mit ihr geschlafen?« fragte Silvia.

Melly atmete tief durch. »Nicht mit ihr. Mit einer anderen. Aber sie kam dabei herein.«

Silvia prustete vor Überraschung den Schaum von der Tasse. »Das habe ich bis jetzt noch nie zustandegebracht«, sagte sie leicht lachend. »Sehr schlau.«

»Ja, mach dich nur lustig über mich«, sagte Melly ärgerlich. »Bei allem, was du schon angestellt hast . . .«

»Okay.« Silvia hob die Hand. »Ich entschuldige mich. Und deshalb ist sie jetzt sauer?«

»Sie wäre halt gern anstelle der anderen gewesen«, sagte Melly.

»Oh.« Silvia nickte. »Das Problem kenne ich.«

»Kann ich mir vorstellen.« Melly schaute Silvia an. »Ich sollte mir ein Beispiel an dir nehmen und sie nach England schicken.«

Silvia hob tadelnd die Augenbrauen. »Das ist nicht immer die Lösung des Problems. Aber es wäre sicherlich einfacher für sie, wenn ihr euch nicht mehr seht. Vor allem nicht jeden Tag bei der Arbeit.«

»Ja.« Melly seufzte tief auf. »Aber sie ist so eine gute Köchin . . .«

»Dann mußt du dich entscheiden«, sagte Silvia. »Gute Küche oder Seelenfrieden.«

»Ich weiß.« Melly stützte ihren Kopf in die Hände. »Aber ich mag sie. Wirklich.«

Silvia schaute sie ernst an. »Ich mochte Geraldine auch. Aber manchmal geht es eben einfach nicht.«

»Du hast nichts verloren, als Geraldine ging«, sagte Melly, »aber ich würde den Stern als Restaurant verlieren, den ich noch nicht einmal habe.« Sie blickte auf komische Art unglücklich drein.

»Du hast keine Ahnung, was ich verloren habe«, sagte Silvia.

»Tut mir leid«, erwiderte Melly. »Aber . . .« Sie legte ihre Hand auf Silvias. »Mir kommt es so vor, als ob es dir besserginge. Oder täusche ich mich da?« Sie schaute Silvia fragend an.

»Woran machst du das fest?« fragte Silvia.

»Du wechselst deine Bettgefährtinnen nicht mehr so oft«, sagte Melly. »Entschuldige, wenn ich das so direkt sage, aber das ist mir aufgefallen.«

»Ich habe jetzt denselben Rhythmus wie du, meinst du?« Silvia schien gereizt.

»Silly ...« Melly schaute sie an. »Ich mache dir keine Vorwürfe. Ich bin deine Schwester, und ich habe wirklich genug eigenes, was man mir vorwerfen könnte. Siehe Evelyn.«

Silvia schloß kurz die Augen. Dann öffnete sie sie wieder und schaute Melly an. »Es geht mir nicht besser«, sagte sie. »Ich bin einfach nur müde.«

»Dann ruh dich doch aus«, sagte Melly und nahm jetzt Silvias beide Hände in ihre eigenen. »Kannst du nicht ein Freisemester beantragen oder so etwas? Wegfahren? Ausspannen? Einfach nichts tun?«

»Die Arbeit ist das einzige, was mich vor zu vielen Gedanken bewahrt«, sagte Silvia. »Wenn ich die auch noch aufgebe, habe ich nichts mehr, was mich davon abhält.«

»Ja.« Melly betrachtete mitfühlend ihr Gesicht. »In gewisser Weise verstehe ich das. Aber wie wäre es denn mit einem Forschungsprojekt? Wegfahren und trotzdem arbeiten? Würde das nicht vielleicht helfen?«

»Momentan habe ich nicht einmal eine Idee, worüber ich forschen könnte«, sagte Silvia erschöpft. »Mir ist eigentlich alles ziemlich egal.«

»Ach komm ...« Melly blickte sie auffordernd an. »Dir fällt schon was ein. Gib dir mal ein bißchen Mühe.«

Silvia verzog das Gesicht. »Du benimmst dich schon wieder wie die große Schwester.«

»Wollten wir das nicht lassen – kleine Schwester, große Schwester?« sagte Melly. »Wir sind füreinander da, weil wir Schwestern sind. Du bist alles, was ich noch habe.«

Silvia schaute sie wehmütig an. »Ja, du hast recht.« Sie drückte Mellys Hand. »Ich mache mir Gedanken. Versprochen.« Sie glitt vom Barhocker. »Dein Cappuccino ist der beste in der Stadt.« Sie lächelte leicht. »Ich komme wieder.«

»Na, das will ich doch hoffen«, erwiderte Melly mit einem aufmunternden Gesichtsausdruck.

Silvia ging, und Melly schaute ihr nachdenklich hinterher.

43. Kapitel
Gegenleistung

»Ich möchte heute nicht ins Restaurant«, sagte Anita. »Ich möchte zu Hause essen. Bei dir.«

»Bei mir?« Tonia schaute sie überrascht an.

»Ich kann etwas kochen, wenn du möchtest«, schlug Anita vor, »aber ... mich würde interessieren, wie du wohnst.«

»Du mußt nicht kochen.« Tonia räusperte sich. »Wir können uns etwas bestellen.«

Anita war überrascht, daß Tonia so schnell nachgab. Sie hatte mit mehr Widerstand gerechnet. »Also?« fragte sie. »Wir fahren jetzt zu dir?«

»Ja.« Tonia schaute sie an. »Wir fahren zu mir.« Sie fuhr los.

»Schönes Haus«, sagte Anita. Sie schaute sich in der großen Diele um, es war fast schon eine Art Eingangshalle.

Tonia nahm ihr den Mantel ab und legte ihn achtlos auf einen Stuhl. »Ich habe es voll möbliert gekauft«, sagte sie. »Leider habe ich nicht deine Begabung fürs Einrichten, für Stoffe und so etwas.« Sie wies auf eine Doppeltür, die aus der Diele in einen großen Raum führte. »Bitte.«

Anita ging vor, betrat das Wohnzimmer. Erneut blieb sie stehen. »Es ist trotzdem schön«, sagte sie. Sie ließ ihren Blick durch den Raum schweifen. »An der einen oder anderen Ecke könnte es vielleicht noch ein bißchen etwas Persönliches vertragen.«

Tonia lachte. »Ich liebe Frauen, die sich mit so etwas auskennen.« Sie wies auf eine große, wandbreite Glastür, dahinter lag ein beleuchteter Swimmingpool in der Dunkelheit des Gartens. »Wollen wir hinausgehen?« fragte sie Anita. »Oder möchtest du lieber hier drinbleiben?«

Anita war für einen Moment überfordert, also fuhr Tonia etwas hektisch fort: »Zuerst einmal bestellen wir Essen.« Sie ging zum Telefon und nahm es ab. »Einen besonderen Wunsch?« fragte sie Anita.

»Nein.« Anita schüttelte den Kopf. »Etwas Leichtes. Ich esse normalerweise abends nicht.«

»Das hast du bis jetzt noch nie erwähnt«, erwiderte Tonia erstaunt.

Anita lächelte leicht. »Wir saßen immer schon im Restaurant, bevor ich etwas hätte sagen können.«

Tonias Blick streifte Anitas Figur. »Was ist das? Größe vierunddreißig?«

»Wenn ich ein Kleid finde, das mir obenherum paßt, ja«, sagte Anita.

Tonia warf erneut einen Blick auf sie. »Ich kann mir vorstellen, daß das schwierig ist.« Sie wählte eine Nummer. »Auf jeden Fall bestelle ich jetzt etwas. Ich habe nämlich Hunger.«

Anita zog die Glastür auf und ging in den Garten hinaus, während Tonia telefonierte. Tonia kam ihr nach, nachdem sie die Bestellung aufgegeben hatte. »Ist chinesisch in Ordnung?« fragte sie. »Ich glaube, das ist leicht.«

»Ja.« Anita nickte. Sie lehnte sich an die Brüstung, die den Swimmingpool umgab, und blickte auf die Lichter der Stadt in der Entfernung. »Es ist schön hier«, sagte sie leise.

Tonia lehnte sich neben sie, ohne sie zu berühren. »Ich komme selten dazu, es zu genießen. Ich bin so viel unterwegs.«

»Immer nur Sitzungen?« fragte Anita.

»Meistens ja.« Tonia lachte leise. »Normalerweise ist es langweilig, aber wenn ich nicht auf der Sitzung des Aufsichtsrates deines Kaufhauses gewesen wäre, hätte ich dich vermutlich nie gesehen. Ich habe den falschen Fahrstuhl genommen und stand plötzlich im Kaufhaus.«

Anita verzog leicht die Mundwinkel. »Ja, Kundinnen wie dich habe ich nicht oft.« Sie schaute kurz zur Seite. »Dann weiß ich jetzt auch, wie du meine Adresse erfahren hast. Das habe ich mich schon die ganze Zeit gefragt.«

»Ja, tut mir leid.« Tonia wirkte etwas zerknirscht. Dann lächelte sie wieder. »Aber es war einfach zu verführerisch.«

Anita drehte sich um und stützte sich mit den Ellbogen rückwärts auf die Brüstung. »Meine Adresse ist aber anscheinend das einzige, was du an mir verführerisch findest.«

Tonia schluckte. Anitas Brüste wurden in dieser Position dermaßen hervorgehoben, daß sie ihren Blick kaum davon abwenden konnte. »Keinesfalls«, sagte sie und drehte sich um, als müßte sie auf einmal den Swimmingpool betrachten.

»Tonia...« Anitas Stimme klang weich.

»Willst du vielleicht das Haus besichtigen?« fragte Tonia und entfernte sich schnell von Anita, ging ins Wohnzimmer zurück. Erst als sie es betreten hatte, drehte sich um. »Du könntest mir Vorschläge machen«, fuhr sie fort. »Bezüglich dessen, was du vorhin sagtest: ein paar persönliche Dinge hier und da. Als Ergänzung zur Einrichtung.«

Anita blickte ein wenig irritiert, aber sie kam zu Tonia herüber. »Könnte ich«, sagte sie. »Aber es ist dein Haus, nicht meins. Jeder versteht ja etwas anderes unter persönlich.«

»Da verlasse ich mich ganz auf dich«, sagte Tonia und ging voraus. »Sag einfach, was du denkst.«

Während sie das Haus besichtigten, schien es Anita, als wäre ihr Tonia immer einen Schritt voraus oder schon im nächsten Zimmer, so daß sie sich nie allzulange allzu nah waren. *Ist sie impotent oder was?* dachte Anita. Aber sie mußte dann selbst über ihren Einfall lachen. Tonia war schließlich kein Mann.

Das Haus war groß, und es dauerte eine Weile, bis sie alle Zimmer gesehen hatten, bis auf eins. Anita stand vor einer verschlossenen Tür und blickte darauf. »Was ist das?«

»Mein Schlafzimmer.« Tonia schien nicht geneigt, es Anita zu zeigen. Sie wandte sich zum Wohnzimmer zurück.

Anita ignorierte das, öffnete die Tür und ging hinein. Wie auch der Rest des Hauses war es eher nüchtern eingerichtet.

Tonia hatte keine andere Wahl als Anita zu folgen. Sie räusperte sich. »Es hat einen wundervollen Blick«, sagte sie.

Anita drehte sich zu der großen Flügeltür um und schaute hinaus. »Ja.«

Sie fühlte, wie Tonia hinter sie trat. Ihre Hände legten sich leicht auf Anitas Schultern. Anita schloß die Augen und spürte die Wärme von Tonias Körper an ihrem Rücken, auch wenn nur ihre Hände sie berührten. *Endlich ...,* dachte sie.

Tonia beugte sich vor und hauchte einen Kuß auf Anitas nackte Schulter. Anita fühlte ausgehend von der Stelle, an der Tonias Lippen sie berührt hatten, einen wohligen Schauer durch ihren ganzen Körper laufen.

Es klingelte an der Haustür.

Tonias Hände fuhren von Anitas Schultern zurück, als hätte sie sich verbrannt. »Das Essen«, sagte sie schnell, und sie hörte sich an, als wäre sie furchtbar erleichtert. Sie ging eilig aus dem Schlafzimmer hinaus zur Tür.

Anita brauchte einen Moment, um aus der erwartungsvollen Stimmung, in die Tonia sie versetzt hatte, in die Welt zurückzufinden. Sie atmete tief durch, schaute auf das große Bett, drehte sich um und folgte Tonias Weg hinaus.

»Pekingente«, sagte Tonia lächelnd, als Anita ins Eßzimmer trat, das neben der offenen Küche lag. »Es ist serviert.« Sie stellte Teller auf den Tisch.

Anita ging auf Tonia zu und blieb vor ihr stehen. »Ich muß jetzt nichts essen«, sagte sie leise.

Tonia warf einen Blick auf ihre schlanke Taille. »Doch, mußt du«, sagte sie.

Anita legte eine Hand auf Tonias Arm und beugte sich vor. Doch ehe ihre Lippen sich berühren konnten, tauchte Tonia weg. »Laß uns erst essen«, sagte sie. Sie setzte sich an den Tisch.

Anita war nicht unbedingt daran gewöhnt, eine Frau verführen zu müssen, normalerweise lief es umgekehrt. Sie setzte sich irritiert Tonia gegenüber auf einen Stuhl.

»Wein?« fragte Tonia. Sie hatte die Flasche bereits geöffnet. »Oder wieder nicht?«

»Doch.« Anita seufzte. Sie hatte nicht mehr das Gefühl, daß sie sich irgendwie in acht nehmen mußte. Es passierte ja sowieso nichts.

Tonia schenkte ihr ein, füllte dann ihr eigenes Glas und setzte sich wieder. »Darauf, daß du hier bist«, sagte sie und prostete Anita lächelnd zu.

Wozu auch immer, dachte Anita. Sie nahm einen Schluck Wein.

»Das Essen ist gut«, sagte Tonia, nachdem sie probiert hatte. »Bitte tu mir den Gefallen und iß auch etwas. Sonst komme ich mir so alleingelassen vor.«

Da haben wir etwas gemeinsam, dachte Anita. Sie pickte ein Stück Ente von ihrem Teller. »Ja, wirklich gut«, sagte sie.

»Bist du im Kaufhaus glücklich?« fragte Tonia.

»Was?« Anita blickte sie erstaunt an.

»Bist du zufrieden mit deinem Job?« erläuterte Tonia. »Ich meine, bis auf die schmerzenden Füße.« Sie lächelte leicht.

»Ich kann meine Miete bezahlen«, antwortete Anita schulterzuckend. »Das ist die Hauptsache.«

»Du bist also nicht glücklich.« Tonia schaute sie an.

Anita lehnte sich in ihrem Stuhl zurück. »Was hat das für eine Bedeutung?« fragte sie. »Heutzutage muß man froh sein, wenn man überhaupt einen Job hat.«

»Wahrscheinlich stimmt das«, sagte Tonia. »Ich kann das nicht so beurteilen. Aber sollte man nicht trotzdem zufrieden sein mit dem, was man tut?«

»Das bin ich schon«, sagte Anita. »Ich berate Kunden gern, und einmal die Woche gehe ich zu Rick und berate ihre Kunden. Das ist manchmal richtig schön, wenn die Kunden dann zufrieden sind, und Rick ist zufrieden . . .«

»Und du?« fragte Tonia.

»Ich auch.« Anita schaute Tonia an. »Ich habe keine hohen Ansprüche.«

»Das scheint in der Tat so.« Tonia lehnte sich ebenfalls zurück. »Du bist vom Leben nicht gerade verwöhnt worden, oder?«

»Ach . . .« Anita zuckte die Schultern. »Es ist eben, wie es ist.«

»Bist du sehr böse, wenn wir heute nicht miteinander schlafen?«

Anita blieb das winzige Stückchen Pekingente, das sie gerade gegessen hatte, um Tonia einen Gefallen zu tun, beinah im Hals stecken. Sie schluckte erst einmal, dann starrte sie Tonia an.

Tonia lächelte. »Ich weiß, du hast mich eben dazu hingerissen, etwas zu tun, was ich eigentlich nicht tun wollte, aber . . . aber ich würde mir wünschen, daß wir den Abend ohne das verbringen. Einfach nur so.«

Anita schüttelte verständnislos den Kopf. »Ich begreife es nicht«, sagte sie.

»Du bist so zauberhaft.« Tonia beugte sich vor und musterte Anitas Gesicht. »Einfach nur zauberhaft. Du kannst dir nicht vorstellen, was deine Gesellschaft für mich bedeutet.«

Anita schluckte erneut. »Und im Bett würde sie dir nichts bedeuten? Oder was ist das Problem?«

Tonias Mundwinkel zuckten. »Du mußt nicht denken, daß ich dich nicht attraktiv finde. Du weißt, daß ich das tue. Sehr.« Sie musterte Anita erneut. »Hab noch ein bißchen Geduld mit mir. Bitte.«

Anita lächelte unsicher. »Ich glaube, in so einer Situation war ich noch nie«, meinte sie verwundert. »Ich muß mich erst daran gewöhnen.«

»Das glaube ich dir gern.« Tonia stand auf. »Laß uns in den Garten gehen«, sagte sie und reichte Anita die Hand.

Anita nahm sie, und Tonia führte sie in den Garten hinaus, setzte sich mit ihr in die Hollywoodschaukel. Sie schwangen leise hin und her.

Anita schmiegte sich an Tonia, schob sich etwas an ihr hinauf und versuchte sie zu küssen.

»Nicht«, sagte Tonia und wich aus. »Bitte nicht. Laß uns noch ein wenig warten.«

Anita sank zurück in ihren Arm. Es war weich und warm, in Tonias Arm zu liegen, beruhigend, auch wenn Anitas Herz pochte, weil sie sich wünschte, Tonia würde sie berühren.

»Ich liebe die Sterne«, sagte Tonia leise und blickte zum Himmel hinauf. »Es gibt nichts Schöneres als hier zu sitzen und sie zu betrachten.« Sie lächelte und schaute Anita an. »Fast.«

Anita zog ihre Beine unter sich auf die Schaukel. »Sie sind wirklich schön«, sagte sie. »Das ist mir noch nie so aufgefallen.«

»Am schönsten ist es, wenn man stundenlang so dasitzt und immer wieder neue entdeckt«, sagte Tonia. »Als ob sie vorher nicht dagewesen wären.«

»Schade, daß ich so müde bin.« Anita unterdrückte ein Gähnen. »Freitagabend ist immer schwierig, vor allem, weil ich morgen noch einmal arbeiten muß.«

»Du Arme«, sagte Tonia und drückte leicht ihre Schulter. »Daran habe ich gar nicht gedacht. Jeden Samstag?«

»Nein, wir wechseln uns ab, meine Kolleginnen und ich«, sagte Anita, »aber morgen bin ich dran.«

»Dann sollten wir vielleicht besser schlafen gehen«, sagte Tonia.

»Hier?« Anita öffnete ihre Augen, die vorher schon halb zugefallen waren. »Du willst, daß ich hier schlafe? Aber du willst nicht —«

»Du mußt nicht«, sagte Tonia. »Ich kann dich auch nach Hause bringen.«

Anita legte ihre Arme um Tonia und schmiegte sich noch mehr an sie. »Es ist gerade so gemütlich«, murmelte sie. »Ich will nicht nach Hause.«

»Gut«, sagte Tonia. »Dann bleibst du hier.«

44. Kapitel
KOLLEGINNEN

»Ist das Kleid nicht ein bißchen unpassend für die Arbeit?« fragte Anitas Kollegin am Samstagmorgen, als sie gemeinsam das Kaufhaus betraten. Sie blickte neugierig.

»Ich ziehe ein Jäckchen drüber«, sagte Anita. Sie steckte ihre Karte in die Stempeluhr und drückte sie hinein. Ein leises Piepen zeigte an, daß ihr Arbeitsbeginn registriert worden war.

»Du hattest wohl keine Möglichkeit nach Hause zu gehen und dich umzuziehen«, bemerkte ihre Kollegin auffordernd. Sie hätte nur zu gern erfahren, wie Anitas Freitagabend verlaufen war.

»Sieht so aus«, sagte Anita.

»Nun komm schon . . .« Ihre Kollegin zog einen Schmollmund. »Ein neuer Liebhaber? Erzähl.«

Seit wann habe ich dir darüber schon einmal irgend etwas erzählt? dachte Anita seufzend. »Ich gebe zu, daß ich nicht zu Hause geschlafen habe«, sagte sie. »Reicht das nicht?«

»Hat er Geld?« Wie so oft kam diese Frage zuerst.

»Hm . . . ja«, sagte Anita. Das konnte sie wohl nicht bestreiten.

Der Blick ihrer Kollegin fiel auf die teure Uhr an Anitas Handgelenk. Anita hatte ganz vergessen die Uhr abzunehmen, bevor sie zur Arbeit gegangen war. »Ich kann mir kaum vorstellen, was du *dafür* tun mußtest«, bemerkte ihre Kollegin etwas hämisch.

Das kannst du tatsächlich nicht, dachte Anita. *Die Sterne betrachten.*

»Du mußt ja echt gut sein«, fuhr ihre Kollegin etwas neidisch fort.

»Ja, ich glaube, das bin ich«, antwortete Anita vergnügt schmunzelnd und ließ die Kollegin stehen.

»Hallo Anita.«

Wie so oft beschäftigte Anita sich mit dem Einräumen der Ware und mußte sich erst einmal umdrehen, um festzustellen, wer sie angesprochen hatte. In diesem Fall wußte sie es allerdings schon, denn sie kannte die Stimme.

»Hallo Len.«

»Ein Samstag, an dem du arbeiten mußt?« fragte Marlene.

»Wie du siehst.« Anita machte eine zustimmende Handbewegung.

»Blöd«, sagte Marlene. »Das ist an dem Job hier wirklich nicht toll.«

»Du bist auch samstags LKW gefahren«, sagte Anita. »So sind diese Jobs eben.« Sie blickte fragend. »Fährst du wieder?«

»Noch nicht.« Marlene zuckte die Schultern. »Aber ich habe meinen Führerschein zurück. Ich habe den Idiotentest gemacht.« Sie verdrehte die Augen. Dann lachte sie. »Rick meinte, das würde mir nicht schwerfallen. Und da hatte sie recht.«

Anita mußte schmunzeln. »Rick hat meistens recht«, sagte sie.

»Ja.« Marlene atmete tief durch. »Anita ... gehst du mal mit mir aus? Auf ein Bier? Oder so ...«

»Oder so?« fragte Anita.

Marlene hob die Hände. »Nichts sonst. Ich würde nur gern einmal wieder ... einen Abend mit dir verbringen.«

Anita hob die Augenbrauen. »Wie geht es deiner Freundin?« fragte sie.

»Freundin?« fragte Marlene verständnislos zurück. »Oh, du meinst Carmen«, fiel ihr dann ein. »Sie ist ausgezogen.«

»Tut mir leid«, sagte Anita.

»Ach, das war nichts«, erwiderte Marlene wegwerfend. »Mir wurde es sowieso langsam zu eng.«

Was auch sonst? dachte Anita. Sie schüttelte innerlich den Kopf. »Ich glaube nicht, daß ich Zeit habe«, sagte sie.

Marlene betrachtete sie genauer. Beobachtungsgabe war zwar nicht gerade ihre Stärke, aber die Uhr fiel selbst ihr auf. »Du hast jemand kennengelernt?« fragte sie.

»Ja.« Anita nickte.

»Teures Geschenk.« Marlene wies mit dem Kopf auf die Uhr. Sie hatte die Hände in die Hosentaschen gesteckt.

»Ja«, bestätigte Anita. Sie erwartete im nächsten Moment eine beleidigende Bemerkung von Marlene, aber die kam nicht. »Falls du dir Gedanken machst, was ich dafür tun mußte«, ging sie deshalb selbst zum Angriff über, »das hat mich meine Kollegin heute morgen auch schon gefragt. Es wäre also nichts Neues.«

»Daran habe ich gar nicht gedacht«, behauptete Marlene. »Ich weiß ...« Sie räusperte sich. »Ich weiß, daß du es wert bist. Du mußt nichts dafür tun.«

Anita war überrascht von Marlenes Sanftmut. So hatte sie sie selten erlebt. »Danke«, sagte sie verwirrt, weil sie nicht wußte, was sie sonst sagen sollte.

»Du gehst also nicht mit mir aus«, stellte Marlene abschließend fest. »Schade.« Sie schaute Anita auf merkwürdige Art an. Es war fast so etwas wie Zärtlichkeit in ihrem Blick. »Ich wünsche dir ... viel Glück«, fügte sie zögernd hinzu. »Ich hoffe, sie behandelt dich gut.«

Anita schluckte. »Tut sie«, sagte sie. »Keine Sorge.«

Marlene nickte ihr zu und stapfte mit den Händen in den Hosentaschen davon.

Anita atmete tief durch. Sie hatte das Gefühl, daß ihr Leben momentan nicht nur *eine* Überraschung für sie bereithielt.

45. Kapitel
MANTEL UND DEGEN

»Du hast deinen Mantel bei mir vergessen«, sagte Tonia. Sie hatte Anita angerufen, nachdem sie von der Arbeit nach Hause gekommen war.

»Ja, ich habe es zu spät gemerkt.« Anita seufzte. »Das kommt davon, wenn man in einem warmen Taxi sitzt. So einen Luxus leiste ich mir sonst nie. Schon gar nicht, um zur Arbeit zu fahren.«

»Du hättest mich wecken können«, sagte Tonia. »Dann hätte ich dich gefahren.«

»Du hast so schön geschlafen.« Anitas Stimme klang weich. »Es ist schon schlimm genug, wenn ich am Samstagmorgen so früh aufstehen muß. Hättet ihr eine Busverbindung da draußen in eurem Nobelviertel, hätte ich mir ja auch gar kein Taxi gerufen. Dann hätte ich den Bus nehmen können.«

»Du bist wirklich hart im Nehmen.« Tonia lachte. »An einer kalten Bushaltestelle stehen in aller Herrgottsfrühe ...«

»Alles Gewohnheitssache«, sagte Anita. »Du bist zu Hause dieses Wochenende?«

»Ja.« Tonia sprach nicht weiter.

»Es reicht, wenn ich den Mantel nächsten Freitag zurückbekomme«, sagte Anita schnell. »Ich habe noch eine warme Jacke.«

Bisher hatten sie sich immer nur am Freitagabend gesehen, das Wochenende schien Tonia für etwas anderes reserviert zu haben – oder *jemand* anderen.

»Wie wäre es, wenn du gleich heute vorbeikommst und ihn selbst abholst?« sagte Tonia. »Das Taxi zahle ich natürlich. Ich habe nämlich keine Lust, das Haus zu verlassen. Und du bist doch jetzt mit der Arbeit fertig, oder?«

»Hm, ja.« Anita war überrascht von der Einladung.

»Da ich nicht kochen kann, würde ich wieder etwas zu essen bestellen«, sagte Tonia. »In der Hoffnung, daß du dann auch etwas ißt. Bevor du ganz vom Fleisch fällst.«

Anita lachte. »So schlimm ist es auch wieder nicht. Und außerdem verstehe ich nicht, wieso du immer versuchst, mich zu mästen. Das würde ich ja noch verstehen, wenn du kugelrund wärst. Aber ich denke, wir könnten unsere Kleider fast tauschen.«

»Fast«, sagte Tonia. »Also . . .«, fuhr sie fort. »Kommst du?«

»Gern«, sagte Anita. »Aber ich werde kochen. Das tue ich nämlich gern, auch wenn ich vielleicht nicht ständig esse.« Sie lachte wieder. »Vor allem bekoche ich andere Leute gern. Das macht mehr Spaß als für mich allein.«

»Ich will dich aber nicht ausnutzen«, sagte Tonia. »Ich kann wirklich etwas bestellen.«

»Reizt dich meine Hausmannskost nicht?« fragte Anita etwas neckend.

Tonia antwortete nicht gleich. »Doch«, sagte sie dann. »Sehr.«

»Dann gehe ich jetzt einkaufen«, sagte Anita, »und danach nehme ich mir ein Taxi wie eine große Dame.« Sie lachte erneut.

»Tu das«, sagte Tonia. »Ich werde dann mal die Küche entstauben. Die ist schon lange nicht mehr benutzt worden.«

»Gestern habe ich da keinen Staub gesehen«, sagte Anita.

»Dank der Putzfrau«, sagte Tonia, »nicht aufgrund meiner Kochkünste.«

»Dann bereite deine Küche mal darauf vor, daß sie wieder in Betrieb genommen wird«, erwiderte Anita vergnügt. »Das Einkaufen wird nicht lange dauern.«

»Ich freue mich, daß du kommst«, sagte Tonia. »Bis nachher.«

Sie legte auf, und Anita merkte gar nicht, daß sie leise zu singen anfing, während sie ihre Jacke anzog und die Einkaufstasche nahm.

»Mhm ...«, machte Tonia. »War das ein Gedicht. Solltest du mal keine Verkäuferin mehr sein wollen, laß dich doch einfach als Köchin einstellen.«

»Das ist mindestens ebenso hart«, sagte Anita, »und außerdem würde es mir bestimmt den Spaß am Kochen verleiden. Da bleibe ich lieber Verkäuferin.«

Sie nahm die Teller und das Besteck und brachte die Sachen in die Küche.

»Laß es einfach stehen«, sagte Tonia. »Die Putzfrau macht das am Montag.« Sie trug zwei Schüsseln in die Küche und stellte sie auf die Anrichte.

»Das trocknet doch ein«, sagte Anita. »Und du hast sowieso einen Geschirrspüler. Das mache ich gleich, dann ist es wieder sauber.«

Tonia schaute sie lächelnd an. »Jetzt hast du schon eingekauft und gekocht, langsam hast du dir eine Pause verdient. Komm, wir setzen uns ins Wohnzimmer und schauen einen Film an oder so etwas. Wir können auch lesen oder spielen. Ganz wie du willst.«

Anita ertappte sich dabei, daß sie dachte: *Und wie wäre es mit Kuscheln?* Aber Tonia sah wieder so aus, als würde sie das ablehnen.

»Ich lese gern«, sagte sie, »aber spielen ist auch gut. Was denn?« Sie warf noch einen etwas bedauernden Blick auf das schmutzige Geschirr, ließ es dann aber stehen, so wie Tonia es wollte, und folgte ihr ins Wohnzimmer.

»Ich habe da mal irgend etwas gesehen ...«, sagte Tonia und blickte sich suchend um. »Eine Spielesammlung oder so etwas. Sie war schon im Haus, als ich es gekauft habe.«

»Wirklich voll ausgestattet, das Haus«, bemerkte Anita leicht lachend. »Selbst bei so was.«

»Ja, das mag ich«, sagte Tonia. »Ich mache mir über solche Dinge nicht gern Gedanken.« Sie öffnete eine Schranktür.

Auf einmal hörten sie, wie die Haustür mit einem Schlüssel geöffnet wurde.

»Ich wußte gar nicht, daß meine Putzfrau heute kommen wollte«, bemerkte Tonia stirnrunzelnd.

»Dann trocknet das Geschirr doch nicht ein«, sagte Anita fast etwas erleichtert.

Die Person, die dann jedoch in der Tür zum Wohnzimmer erschien, hatte keinerlei Ähnlichkeit mit irgendeiner Art von Putzfrau, egal wo auf dem Erdball.

»Hallo Liebling«, sagte sie, ging auf Tonia zu und gab ihr einen Kuß auf den Mund.

Tonia schien so verdutzt, daß sie nichts sagte. Auch bewegte sie sich nicht.

Anita starrte die Frau nur entgeistert an. Sie war ungefähr in Tonias Alter, vielleicht etwas jünger, und wirkte mondäner als Tonia trotz ihrer teuren Accessoires je ausgesehen hatte.

Eine wallende rote Mähne umgab ihr Gesicht, und ihre gesamte Erscheinung erschien perfekt gestylt, als käme sie gerade aus einem Kosmetiksalon. Die Maniküre mußte Stunden auf ihre Fingernägel verwendet haben, und die Visagistin genauso viele auf ihr Make-up.

»Ich störe doch wohl nicht?« fragte sie in einem Tonfall, für den herablassend gar kein Ausdruck war. Sie warf einen Blick auf Anita. »Wer ist das denn?« fragte sie Tonia so beiläufig, als würde sie sich nach einem Insekt erkundigen.

»Brigitte ...«, sagte Tonia endlich. Brigittes Auftauchen schien ein Schock für sie zu sein.

»Sie heißt genauso wie ich?« Brigitte warf einen erneuten Blick auf Anita, der vor Verachtung nur so triefte. »Das ist aber kein guter Stil, daß du dir deine Flittchen jetzt auch noch mit meinem Namen aussuchst.«

Anita fühlte, wie Hitze über ihre Haut flammte, in ihren Nacken schoß, ihr Gesicht. Sie mußte knallrot sein.

»Seid ihr schon fertig, Schätzchen«, fragte Brigitte sie von oben herab, »oder wolltet ihr gerade erst anfangen? Halte ich dich jetzt von deiner kleinen Nummer ab, die du mit ihr hinlegen wolltest? Hat sie dich schon bezahlt?«

Anitas Beine setzten sich ganz von selbst in Bewegung. Sie raste zur Tür hinaus, griff nach ihrem Mantel, der immer noch in der Diele über dem Stuhl lag, riß die Haustür auf und lief so schnell sie konnte auf die Straße.

Hektisch sah sie sich nach einem Taxi um, fand keins, lief weiter, bis sie endlich ein paar Straßen weiter zur Ruhe kam. Sie keuchte und hielt sich am eisernen Gitter eines Gartenzauns fest.

Sie konnte keinen klaren Gedanken fassen. Aber endlich schoß ihr doch einer durch den Kopf. Das war es also. Tonia war nicht allein, sie hatte eine Freundin, Lebensgefährtin, Frau – jemand in ihrem Alter, mit der sie vermutlich schon lange zusammen war. Und die sie mit jungen Frauen wie Anita betrog, die naiv genug waren, sich von ihrer *Ich-will-ja-gar-keinen-Sex*-Nummer einfangen zu lassen.

Oder vielleicht hatte sie doch ein wenig Skrupel? Wollte den Betrug nicht gleich so offensichtlich machen, auch für sich selbst nicht? Bildete sich vielleicht sogar ein, sie würde ihre Frau gar nicht betrügen, wenn sie nicht gleich über eines ihrer ... Anita schnappte nach Luft ... Flittchen herfiel, sondern sich Zeit damit ließ?

Anita sah ein Taxi die Straße entlangkommen. Sie richtete sich auf und winkte. Das Taxi hielt, sie sprang hinein und nannte dem Fahrer ihre Adresse.

Er fuhr los, und Anita war froh, als sie den Nobelvorort, der ihr jetzt gar nicht mehr so nobel erschien, verlassen hatten.

46. Kapitel
SWINGERCLUB

»Geht einfach da rein und zieht euch aus. Wenn ihr noch ein bißchen schüchtern seid, nehmt euch einen Bademantel.« Die Frau, die in Strapsen hinter der Theke stand, lächelte Tobias und Céline an. »Viel Spaß heute abend.«

Céline fühlte ein Zittern durch ihren Körper laufen. Ihre Füße wollten in die andere Richtung, nicht in die Umkleidekabinen, zu denen ihnen die leichtbekleidete Empfangsdame den Weg gewiesen hatte.

Aber nun hatte sie sich einmal dazu bereiterklärt, nachdem Tobias nicht aufgehört hatte, sie zu beknien, endlich mit ihm hierherzukommen. Die Idee hatte sich einfach in ihm festgesetzt.

»Komm!« Tobias lachte sie an, voller Vorfreude und ganz sicher schon leicht erregt, was ihn hier erwarten würde.

»Nicht so schnell«, sagte Céline. »Darf ich mich vielleicht erst einmal an die Situation gewöhnen?«

»Du mußt einfach ins kalte Wasser springen«, riet Tobias. »Das wird nichts, wenn man allzulange darüber nachdenkt.«

Da hatte er vermutlich recht, denn je länger sie darüber nachdachte und hier herumstand, desto unwohler wurde ihr.

Sie ging mit Tobias in den Umkleideraum und zog sich langsam aus. Die Unterwäsche durfte sie anbehalten, das war erlaubt, also stand sie nach kurzer Zeit in Slip und BH da, beides sorgfältig ausgesucht für diesen Abend und ebenso wie die Besitzerin sehr attraktiv.

Sie griff nach einem Bademantel.

»Was soll das denn?« Tobias zog die Stirn kraus. »Willst du das wirklich?«

»Ja.« Céline schob trotzig das Kinn vor und zog den Mantel über. »Will ich.«

»Ihr Therapeutinnen . . .« Tobias lachte erneut. »Nichts Menschliches ist euch fremd – solange es die anderen betrifft und nicht euch selbst.« Er griff nach ihrer Hand. »Nun komm schon. Laß uns hier keine Zeit mehr verschwenden.«

Sie ließ sich von ihm hinausziehen in den Gang, der hinter der Rezeptionstheke zu einer Bar führte, an der schon einige halbnackte Leute saßen. Ganz nackt war zwar niemand, aber manche Frauen hatten nur noch ihr Höschen an und gleich ganz auf den BH verzichtet – oder ihn bei irgendwelchen Aktivitäten verloren.

Céline fühlte sich erneut unwohl. In einer therapeutischen Situation hatte sie immer die Kontrolle – hier nicht. Sie war genau wie alle anderen den Blicken ausgesetzt, die sie musterten, abschätzten.

Der Bademantel schützte sie zwar noch, aber merkwürdigerweise ließ sie die Nacktheit der anderen sich selbst auch nackt fühlen, obwohl sie es nicht war.

Sie setzte sich mit Tobias an die Theke.

Die Barfrau nickte ihnen zu. »Zum ersten Mal hier?« Sie schmunzelte und betrachtete Célines Bademantel. Tobias trug nur noch eine Unterhose.

»Meine Frau ist noch etwas schüchtern«, sagte er, während er einen flirtenden Blick zu der Barfrau warf. »Und wie läuft das hier ab? Fangen wir jetzt gleich an?«

Céline wäre am liebsten rot geworden, aber konnte sich für den

Moment beherrschen.

Die Barfrau stellte zwei Cocktails vor sie hin. »Eure Begrüßungsdrinks«, sagte sie. »Die sind im Eintrittspreis enthalten.« Sie schaute Céline an. »Trink was, dann ist es leichter beim ersten Mal. Und mit der Zeit gewöhnst du dich bestimmt noch daran.«

Céline seufzte. »Ich bin ja freiwillig hier«, sagte sie und nahm einen Schluck aus dem Cocktailglas. »Aber alle anderen scheinen weniger Probleme damit zu haben als ich.«

»Zieh einfach den Bademantel aus, dann fühlst du dich gleich besser«, sagte Tobias und wollte Céline den Bademantel herunterziehen.

»Laß sie das entscheiden«, sagte die Barfrau ruhig, aber bestimmt. »Du kannst dich ja schon mal umsehen.«

Tobias grinste sie an. »Ich habe schon was gesehen, was mir gefällt.«

Die Barfrau lächelte ihn freundlich distanziert an. »Ich bin hier nur an der Bar«, sagte sie. »Ich stehe nicht zur Verfügung.«

Tobias stutzte. »Ich dachte, alle —«

»Nein.« Sie schüttelte den Kopf. »Ich bin eine Angestellte, kein Mitglied.«

Céline verzog etwas schadenfroh die Mundwinkel. Das geschah Tobias recht. »Muß man eigentlich ...« Sie räusperte sich. »Ich meine, müssen es fremde Männer sein, oder darf man auch mit dem eigenen Mann —?«

Die Barfrau lachte. »Das darfst du schon«, sagte sie, »aber die meisten Männer kommen nicht deshalb hierher, um mit ihrer eigenen Frau zu schlafen.«

»Genau«, sagte Tobias und schaute Céline an. »Das können wir schließlich auch zu Hause.« Er blickte weiter in den Raum hinein. »Willst du noch hierbleiben?« fragte er ungeduldig. Es war offensichtlich, daß er endlich die Gunst des Abends nutzen wollte.

»Ja«, sagte Céline. »Ich werde noch etwas trinken.« Sie schaute die Barfrau an. »Etwas Härteres«, sagte sie.

Die Barfrau verzog die Lippen. »Ich weiß schon, was du brauchst.« Sie mixte ein Getränk und schüttete es in ein hohes Glas. »Probier das, das wird dich entspannen.«

»Sei nicht so langweilig«, beschwerte sich Tobias. »Wir können doch nicht den ganzen Abend hier an der Bar bleiben.«

»Dann geh doch«, sagte Céline. »Ich halte dich nicht ab.«

Tobias zögerte einen Moment, dann beugte er sich vor, gab Céline einen flüchtigen Kuß und sagte: »Bis später.« Als hätte man einen Hund von der Leine gelassen, zog er zielgerichtet los.

»So sind sie alle«, sagte die Barfrau. »Deiner ist keine Ausnahme. Mach ihm keine Vorwürfe.«

»Tue ich nicht.« Céline trank aus dem hohen Glas, das die Barfrau ihr hingestellt hatte. »Sonst wäre ich gar nicht erst mitgekommen.« Der angenehme Fruchtgeschmack überdeckte den Alkohol fast völlig, und sie trank das Glas schnell aus. »Kann ich noch einen haben?«

Die Barfrau lachte. »Warte erst einmal ab. Sonst fällst du um. Da ist ganz schön was drin.«

»Schmeckt man gar nicht«, sagte Céline.

»Das ist ja auch der Sinn der Sache«, erwiderte die Barfrau. »Ich heiße übrigens Maggie.«

»Céline.« Auf einmal spürte Céline, wie sich ihr Stuhl begann zu drehen. Oder war es die Theke? Oder Maggie? Sie hielt sich am Tresen fest. »Puh«, sagte sie, »da ist wirklich was drin.«

Maggie schmunzelte. »Ja, das unterschätzen die meisten. Aber jetzt fühlst du dich lockerer, oder?«

»Hm.« Céline nickte. »Ich fühle mich, als hätte ich eine rosarote Brille aufgesetzt, dabei war der Drink doch gar nicht rosa.« Sie kicherte albern.

»Du solltest es erst einmal bei dem einen belassen«, riet Maggie. »Du bist wohl nicht viel gewöhnt.«

»Keine harten Sachen«, erwiderte Céline. »Wein trinke ich schon ganz gern.«

»Hallo.« Eine Stimme hinter Céline sprach sie an.

Céline versuchte sich umzudrehen, ohne vom Barhocker zu fallen. Sie schwankte selbst im Sitzen ein wenig.

»Du bist neu hier«, sagte die Frau in Célines Alter, die sie angesprochen hatte. Ihr Finger fuhr an Célines Dekolleté über den Bademantel. »Aber es ist nur am Anfang ungewohnt. Den brauchst du bald nicht mehr.« Sie lächelte. »Ich bin Marion.«

»Céline«, stellte Céline sich erneut vor.

»Was für ein hübscher Name«, sagte Marion. Sie wies mit dem Kopf in eine Ecke des Raumes. »Das ist Wolfgang, mein Mann. Er würde dich gern näher kennenlernen.«

Céline folgte Marions Blick. Wolfgang war ein mittelmäßig aussehender Mittvierziger mit Bauchansatz, der ein wenig über das knappe Leopardenhöschen quoll, das er darunter trug. Céline versuchte ein Kichern zu unterdrücken. Auf jeden Fall war es lustig hier – zumindest seit sie Maggies Lockermacher getrunken hatte.

»Magst du ihn nicht?« fragte Marion, der Célines nicht gerade begeisterte Reaktion nicht entgangen war. »Magst du mich lieber?« Sie beugte sich zu Céline und küßte sie leicht auf den Mund. »So von Frau zu Frau?«

Céline konnte mit Marion auch nicht viel mehr anfangen als mit Wolfgang, aber der Lockermacher tat wohl einiges dazu, daß ihr Marions Kuß gefiel. »Das ist nett«, flüsterte sie.

»Dann gehen wir zwei zuerst«, erwiderte Marion leise und schaute Céline dabei tief in die Augen, »und Wolfgang kommt später dazu. Oder hast du was dagegen?«

Céline schüttelte in leicht betrunkener Langsamkeit den Kopf. »Nein, nichts dagegen«, nuschelte sie.

»Gut.« Marion stützte sie und half ihr vom Hocker, dann führte sie sie nach hinten, wo mehrere Türen von den Gängen abzweigten. »Warte zehn Minuten«, flüsterte sie ihrem Mann zu, als sie an ihm vorbeigingen.

Er nickte.

Marion kannte sich offensichtlich aus, denn sie steuerte zielgerichtet auf eine Tür zu und stieß sie auf. »Nur wir zwei«, lächelte sie Céline an und dirigierte sie aufs Bett.

Langsam schob sie Céline den Bademantel von den Schultern, betrachtete sie. »Du bist wunderschön«, flüsterte sie, legte sich auf sie und küßte sie, diesmal tiefer.

Céline war etwas überfordert mit dieser ungewohnten Situation, einer Frau, die auf ihr lag, ihren eigenen Gefühlen, die das nicht abzulehnen schienen.

Sie drückte Marion von sich weg. »Nein«, flüsterte sie, »ich –«

»Mach dir keine Sorgen.« Marion lächelte sie beruhigend an. »Für mich war es das erste Mal mit einer Frau auch komisch. Ich stehe überhaupt nicht auf Frauen. Aber Wolfgang mag es gern mit zwei Frauen, deshalb habe ich es gemacht. Man gewöhnt sich daran. Und gleich kommt er ja, dann ist alles wieder normal.«

Céline wußte nicht, ob sie das, was sie hier heute abend tat oder zu tun im Begriff war, als normal bezeichnet hätte, aber in ihrer Ausbildung und ihrer Arbeit hatte sie gelernt, daß normal ohnehin ein zweifelhafter Begriff war. »Wie . . . wie ist er?« fragte sie unsicher.

Marion lächelte. »Er ist nett. Wirklich nett. Du kannst dir keinen besseren aussuchen, um hier anzufangen.«

Céline schloß die Augen. »Gut«, wisperte sie.

»Ich bereite dich ein bißchen vor«, raunte Marion. »Es soll ja nicht wehtun beim ersten Mal.« Sie zog Céline den Bademantel endgültig aus und schob ihren BH nach oben, so daß ihre Brüste freilagen. »Wolfgang mag es so«, erklärte Marion. »Wenn es dich nicht stört . . .«

Céline schüttelte leicht den Kopf. »Ist okay.«

Marions Hände wanderten an ihr hinunter, auf ihren Bauch, zwischen ihre Schenkel, dann in ihren Slip. Sie lachte leicht. »Da müssen wir aber noch etwas tun«, sagte sie. »Du bist ja ganz verkrampft und trocken.«

In diesem Moment wäre Céline am liebsten weggelaufen. Marion erregte sie nicht, und daß Wolfgang sie erregen würde, daran hatte sie doch ernsthafte Zweifel. Was wollte sie dann also eigentlich hier?

Marion zog ihr den Slip aus, glitt leicht an ihr nach oben und begann ihre Brustwarzen zu lecken.

Céline fühlte ein warmes Kitzeln. Wenigstens etwas.

Marion brachte ihre Brustwarzen zum Stehen, ohne daß Céline einen Laut von sich gab, dann wanderte ihre Hand zwischen Célines Beine. »Schon besser«, flüsterte sie. Ihr Finger glitt leicht zwischen Célines Schamlippen hin und her, ohne einzudringen.

Sie glitt an Céline hinab und tauchte zwischen ihre Schenkel. Céline spürte warme Weichheit und Nässe, Marions Zunge. Sie versuchte sich darauf zu konzentrieren, was Marion tat. Als Marions Zungenspitze ihren Kitzler berührte, seufzte Céline leise auf.

»Na siehst du?« raunte Marion. »Es gefällt dir. So schlimm ist es doch gar nicht.«

Die Tür öffnete sich. »Ist sie soweit?« fragte Wolfgang.

»Noch nicht.« Marion schob ihren Po in die Höhe. »Willst du bei mir anfangen?«

»Wie lange dauert es noch?« fragte Wolfgang.

»Ein paar Minuten.«

Céline fühlte, wie Marion plötzlich härter gegen sie drückte, ihre Zunge leicht eindrang. Sie öffnete halb die Augen. Wolfgang stand hinter seiner Frau und drang mit Stößen in sie ein, die sich auf Marions Aktivitäten zwischen Célines Schenkeln übertrugen.

Obwohl sie weder Wolfgang noch Marion attraktiv fand, erregte sie dieses Bild plötzlich wie manche, wenn auch nicht viele, Szenen aus Pornos, die sie mit Tobias geschaut hatte.

Céline schloß die Augen wieder, versuchte sich erneut auf Marion zu konzentrieren, die nun unter den Stößen ihres Mannes zu stöhnen anfing. Dennoch machte sie bei Céline weiter.

»Ja...«, stöhnte Marion. »Du bist so groß... so stark...«

Céline paßte sich dem Rhythmus der beiden an, stieß dagegen, spürte, wie ihre Erregung einfach aufgrund der körperlichen Stimulation anstieg, bis zu einem Punkt, wo sie loslassen konnte. Sie stöhnte leise und versteifte ihre Hüften.

»Jetzt«, sagte Marion, rollte sich zur Seite, und im nächsten Moment spürte Céline, wie Wolfgang in sie eindrang.

Marions Einschätzung seiner Größe konnte Céline zwar nicht bestätigen, Tobias hatte da wesentlich mehr zu bieten, aber es reichte aus, um ihn zu spüren. Seine Hände griffen an ihre Brüste, es tat etwas weh, aber lange widmete er sich ihnen nicht, stützte sich neben ihr auf, stieß immer härter und schneller zu. »Du bist so geil... so geil...«, keuchte er auf ihr.

Sie versuchte seinem Atem auszuweichen, ihre Beine zu spreizen und um seine Hüften zu legen, um ihre eigene Erregung zu steigern. Aber er hielt nicht lange genug durch. Sie fühlte ihn abspritzen, und er fiel auf sie nieder.

Marion glitt neben sie und streichelte den Rücken ihres Mannes, der immer noch auf Céline lag. »Na, ist er nicht klasse?« fragte sie Céline lächelnd.

Céline wußte, daß hier keine wahrheitsgetreue Antwort gefordert war. »Ja«, sagte sie. »Klasse.«

»Er ist der allersüßeste Schmusebär«, behauptete Marion. Sie kitzelte ihren Mann ein wenig.

Er rutschte von Céline herunter und griff nach seiner Frau. »Nur weil ich die allersüßeste Schmusekatze habe«, lachte er.

Die beiden waren offensichtlich wirklich ein nettes Paar.

»Komm, wir verwöhnen ihn noch ein bißchen«, sagte Marion zu Céline. »Vielleicht wird es ja noch mal was.« Sie legte ihren Kopf zwischen Wolfgangs Schenkel und nahm seinen weichen Schwanz in den Mund.

Wolfgang stöhnte leicht auf und griff nach Céline, zog sie auf sich, küßte sie. Seine Zunge stieß hart in sie hinein, als ob er oben imitieren wollte, was er unten nicht mehr tun konnte.

Céline versuchte trotz seines gewaltsamen Kusses zu atmen, bis er sie losließ.

»Kommst du jetzt öfter?« fragte Wolfgang.

Céline wollte schon antworten, dann überlegte sie es sich. »Vielleicht«, sagte sie. »Ich muß erst meinen Mann fragen.«

Wolfgang lachte. »Der hat bestimmt nichts dagegen.« Im nächsten Moment stöhnte er erneut, weil Marion ihre Anstrengungen zwischen seinen Beinen verdoppelt hatte. Er griff wieder nach Céline, starrte auf ihre Brüste, über denen der BH hochgeschoben war. »Das sieht so geil aus«, flüsterte er heiser. Seine Hände bedeckten die Rundungen, seine Finger zwirbelten die Brustwarzen.

Céline biß sich auf die Lippe, denn jetzt tat es wirklich weh. Sie beugte sich zu ihm hinunter, um seine Brustwarzen ebenfalls zu zwirbeln, er stöhnte noch lauter auf, dann schnappte sie mit ihren Zähnen danach und biß hinein. Er brüllte wie ein röhrender Hirsch.

»Ja...«, flüsterte Marion zwischen seinen Beinen. »Ja...«

Anscheinend hatte Célines Behandlung gewirkt.

Wolfgang ließ sie los, und Céline glitt vom Bett. Sie suchte ihr Höschen, zog ihren BH herunter, nahm den Bademantel, warf ihn schnell über und ging hinaus.

47. Kapitel
BESTE FREUNDINNEN

»Ach, Süße, daß du aber auch immer wieder auf so was reinfällst...« Rick nahm Anita in den Arm und drückte sie mitfühlend.

»Sie ... sie ... sie hat mich zum Essen eingeladen«, schluchzte Anita. »Und sonst wollte sie gar nichts von mir ...« Sie schluchzte erneut, als ob das fast noch schlimmer gewesen wäre.

»Das allein hätte dich schon stutzig machen sollen«, seufzte Rick. »Sich so beherrschen zu können in deiner Gegenwart ...« Sie lachte leicht.

»Ich dachte, sie ist vielleicht ...«, Anita blickte unglücklich in Ricks Gesicht, »... du weißt schon.«

»Frigide?« fragte Rick. Sie runzelte die Stirn. »Ich glaube, das muß man wirklich schon sein, um deinen Reizen zu widerstehen.«

»Aber ... aber ... aber wahrscheinlich war sie einfach nur«, Anita schniefte, »mit dieser Brigitte ...«

»Langjährige Beziehung, hm?« vermutete Rick. »Und du warst die Abwechslung.«

Anita schluchzte erneut. »Ich wäre ... eines ihrer ... Flittchen, hat sie gesagt. Und sie hat mich gefragt, ob sie mich ... bezahlt hätte.«

»Ja, sie war offensichtlich nicht erfreut, dich bei Tonia zu sehen.« Rick atmete tief durch. »Kann man in gewisser Weise auch verstehen. Aber das war Tonias Schuld. Wenn sie ihre Freundin schon betrügt, sollte sie wenigstens ein bißchen besser aufpassen.«

»Du findest das in Ordnung?« Anita starrte sie an.

»Natürlich nicht«, sagte Rick besänftigend. »Das war überhaupt nicht in Ordnung. Dich in dem Glauben zu lassen, sie wäre Single. Und so zu tun, als hätte sie Interesse an dir.«

»Das hatte sie glaube ich schon.« Anita hob ihren Arm und schaute auf die Uhr. Dann griff sie an ihr Handgelenk, öffnete den Verschluß und hielt das Armband in der Hand. »Und sie hat mich ja auch tatsächlich bezahlt.« Sie warf die Uhr wütend auf den Boden.

»Oje«, sagte Rick, bückte sich und hob die Uhr auf. »Das ist aber wirklich ein teures Teil.« Sie schüttelte die Uhr ein wenig und hielt sie an ihr Ohr. »Und robust. Sie geht noch.«

»Sie hat mir noch mehr Geschenke gemacht«, sagte Anita geringschätzig, »aber das war mit Abstand das teuerste.« Sie lachte bitter. »Weißt du was? Marlene war heute bei mir im Kaufhaus. Und sie hat mich gefragt, ob Tonia mich gut behandelt. Ja, habe ich gesagt.« Sie machte ein abschätziges Geräusch.

»Marlene?« fragte Rick. »Du hast sie wiedergesehen?«

»Wir haben uns vor einiger Zeit mal zufällig getroffen«, sagte Anita. »Und dann waren wir bei ihr zu Hause – bei ihr und ihrer Freundin.«

»Freundin?« Rick hob die Augenbrauen.

»Carmen hieß sie glaube ich«, sagte Anita uninteressiert.

»Sie hat dir Carmen als ihre Freundin vorgestellt?« fragte Rick mit einem merkwürdigen Tonfall in der Stimme, den Anita aber nicht bemerkte.

»Das brauchte sie nicht, es war offensichtlich«, sagte Anita. »Sie wohnt bei ihr, kocht, backt, putzt.« Sie lachte erneut auf. »Wie ich damals«, sagte sie. »Nur daß Marlene mir nie eine Kaffeemaschine gekauft hat.« Sie schüttelte den Kopf. »Aber es ist wohl schon wieder vorbei. Heute sagte sie, daß Carmen ausgezogen ist.« Sie verdrehte die Augen. »Kein Wunder.« Sie nickte mit resignierter Miene. »Und deshalb mußte sie natürlich sofort zu mir kommen. Dafür bin ich ja immer gut.«

Rick lachte leicht. »Marlene ist kein gutes Beispiel für Sensibilität, das solltest du am besten wissen.«

»Ja«, sagte Anita. »Das weiß ich sehr gut.«

»Tut mir leid«, sagte Rick. »Ich wollte dich nicht daran erinnern.«

»Das ist lange her«, sagte Anita. »Und ich weiß wirklich nicht, was schlimmer ist. Tonia hat mir körperlich nichts getan –« Sie brach ab.

»Denk nicht mehr daran«, sagte Rick. »Sie hat mehr verloren als du.«

»Meine Gesellschaft«, entgegnete Anita hohl lachend. Als Rick sie verständnislos ansah, fuhr sie erklärend fort: »Sie sagte immer, daß sie meine Gesellschaft genießt, daß ich zauberhaft bin . . .« Sie brach schluckend ab.

»Da hatte sie recht«, sagte Rick. »Du *bist* zauberhaft.« Sie lächelte Anita an.

»Ich denke, das sagt sie jeder Frau, mit der sie . . . Brigitte betrügt«, erwiderte Anita etwas hart. »Das war nicht auf mich bezogen. Vermutlich könnte sie ein Tonband abspielen. In ihrem Alter hat sie das bestimmt schon tausendmal gesagt.«

»Ich weiß, es tut weh«, sagte Rick. »Aber sei froh, daß es nicht so lange gedauert hat, daß nicht so viel passiert ist. Dann sind die Wunden nicht so tief.«

»Ach?« erwiderte Anita fragend.

Rick zog leicht die Schultern hoch. »Ich sehe sie immer noch fast jeden Tag«, sagte sie unbehaglich. »Das ist etwas anderes.«

»Hm«, sagte Anita. »Aber wahrscheinlich hast du recht. Ich werde sie nie mehr wiedersehen, wir leben in völlig verschiedenen Welten, zufällige Begegnungen wird es nicht geben, das macht es leichter.«

»Aber nicht weniger schmerzhaft«, sagte Rick. »Ich weiß.« Sie nahm Anita erneut in den Arm. »Willst du heute nacht hier schlafen?« fragte sie weich. »Um dich zu erholen? Und auch ... ich meine, sie kennt ja deine Adresse.«

Anita stieß abfällig die Luft aus. »Sie wird nicht kommen«, sagte sie. »Warum sollte sie? Und ich würde sie ohnehin nicht reinlassen. Aber ich glaube sowieso nicht, daß sie einem ihrer ... Flittchen hinterherläuft.« Tränen stiegen in ihre Augen.

»Mach dich doch nicht so fertig.« Rick streichelte ihren Rücken. »Du weißt, daß das nicht wahr ist. Du bist einfach nur zu gutgläubig. Dir kann man wirklich alles erzählen.«

Anita legte ihren Kopf an Ricks Schulter. »Ich ... ich ... mochte sie.« Sie schluckte. »Ich hätte nie gedacht, daß sie – Wir haben zusammen die Sterne betrachtet. Nur das. Und es war einfach schön.«

»Das glaube ich.« Rick streichelte sanft ihr Haar. »Sie hat bestimmt auch ihre guten Seiten. Jeder Mensch hat die.«

»Sie ... sie ist kein schlechter Mensch«, sagte Anita. »Sie ist klug, weiß viel, hat von allem eine Ahnung.« Sie lachte leicht. »Außer vom Kochen.«

»Oje ...«, sagte Rick und zog die Augenbrauen hoch.

»Was oje?« Anita hob ein wenig den Kopf und schaute sie fragend an.

»Du bist verliebt in sie«, sagte Rick.

»Ich ... ich ... nein«, erwiderte Anita abwehrend. »So lange kennen wir uns doch noch gar nicht.«

»Seit wann hat Zeit etwas damit zu tun?« fragte Rick. »Man kann sich von jetzt auf gleich verlieben.«

»Das ... das war nicht so«, behauptete Anita. »Ich hatte Angst vor ihr. Sie hat mich eingeschüchtert.«

»Und dann . . .«, sagte Rick und schaute sie an, »hat sie dir deine Angst genommen. Oder nicht?«

»J-ja.« Anita blickte verwirrt. »Aber ich habe trotzdem nie verstanden«, sie schluckte, »was sie wollte.«

»Das ist nicht nötig, um sich zu verlieben«, sagte Rick.

»Ja.« Anita atmete tief durch und seufzte dann auf. »Ja«, wiederholte sie. »Das ist absolut nicht nötig.«

»Dadurch wird es natürlich schwerer, sie zu vergessen«, sagte Rick. »Aber das mußt du.«

»Weißt du, daß Thea dich bis heute nicht vergessen hat?« sagte Anita plötzlich.

»Wie?« Rick starrte sie entgeistert an. »Wieso Thea?«

»Wieso nicht Thea?« fragte Anita zurück.

»Weil . . . weil . . . da war doch nichts«, meinte Rick vage.

»Für Thea schon«, sagte Anita. »Genauso wie zwischen mir und Tonia.«

»Das kann nicht sein«, sagte Rick. »Ich habe sie ewig nicht gesehen.«

»Ich weiß«, sagte Anita. »Das letzte Mal war ich dabei.« Sie seufzte. »Thea ist ganz anders als ich, und trotzdem hat sie sich genauso in dich verliebt wie ich mich . . . in Tonia. Da gibt es wohl keine Unterschiede.«

»Nein.« Rick seufzte auch. »Gibt es nicht.« Sie blickte Anita fragend an. »Willst du nun hier schlafen oder nicht? Mir fallen nämlich schon die Augen zu, ich bin letzte Nacht fast überhaupt nicht zum Schlafen gekommen, weil ich gelesen habe.«

Anita schmunzelte. »Ein Buch über Holzverarbeitung oder einen Reiseführer?«

»Beides«, sagte Rick. »Ein Buch über Holzverarbeitung in Norwegen. Ich hatte es mal gekauft, als Chris damals nach Norwegen ging, weil ich mir überlegt hatte . . . na ja, vielleicht später auch mal dahin zu gehen. Eventuell mit Chris und«, sie schluckte, »Sabrina.«

Anita löste sich von Rick. »Und dann hast du es jetzt erst gelesen?« fragte sie.

Sie gingen zusammen zum Schlafzimmer.

»Ich bin die ganze Zeit einfach nicht dazu gekommen«, sagte

Rick. »Es war so viel zu tun.«

»Aha«, sagte Anita.

»Ja«, sagte Rick. »Das auch. Aber darauf gehe ich jetzt nicht ein.«

Anita schmunzelte. »Mußt du nicht.« Sie zog ihre Bluse aus und legte sie ordentlich über einen Stuhl. »Ach, Rick ...« Sie drehte sich zu Rick um. »Wie ist es mit deiner Widerstandskraft? Ich meine, ich kann auch auf dem Sofa schlafen.«

Rick grinste. »Bei guten Freundinnen habe ich damit kein Problem«, sagte sie. »Obwohl du wirklich die härteste Probe bist, die man sich vorstellen kann.« Sie ließ ihre Augen bewußt anzüglich über Anitas BH schweifen.

Anita lachte leicht. »Ich bin froh, daß wir befreundet sind.«

»Ich auch«, sagte Rick. »Dürfen Freundinnen auch miteinander kuscheln?« Sie grinste erneut.

»Gib mir lieber einen Pyjama«, sagte Anita und schmunzelte sehr.

48. Kapitel
Célines Erfahrungen

»Nein, heute nicht.« Céline drehte sich von Tobias weg und stand auf.

»Wenn es nur heute wäre ...« Tobias atmete tief durch. »Das geht jetzt schon seit über einer Woche so. Was ist denn nur plötzlich mit dir los?«

»Entschuldige bitte, aber ich bin nicht der Typ für Gruppensex«, entgegnete Céline ärgerlich. »Ich hatte an einem Abend mehr Sex mit mehr verschiedenen Leuten als in den ganzen fünfzehn Jahren davor. Frauen, Männer, von hinten, von vorn, gleichzeitig ... es reicht mir für eine Weile.« Sie verließ das Schlafzimmer.

Tobias kam ihr nach. »Ich hatte das Gefühl, du hattest Spaß«, sagte er irritiert. »Du hast bei allem mitgemacht. Warum hast du denn nichts gesagt?«

»Meistens konnte ich nichts sagen, weil ich irgend etwas im Mund hatte«, erwiderte Céline trocken, während sie die Kaffeemaschine einschaltete. »Die Brust einer Frau, den Schwanz eines Mannes ...« Sie schaute Tobias an. »Daß du Spaß hattest, das konnte ich allerdings sehen.«

»Wir haben darüber gesprochen, Schatz.« Tobias setzte sich an den Küchentisch. »Vorher. Du warst einverstanden. Sonst wären wir gar nicht erst hingegangen.«

»Ja«, sagte Céline. Sie schaute dem Kaffee zu, wie er langsam aus der Maschine lief. »Ich mache dir ja auch gar keine Vorwürfe. Ich habe bei allem mitgemacht, wie du schon sagtest.« Mit der Unterstützung weiterer Lockermacher von Maggie, die Céline gegen Maggies Rat zu sich genommen hatte. Sie entschuldigte sich selbst damit, daß sie so gut schmeckten, und bereits der zweite hatte sie in eine Stimmung versetzt, in der ihr alles egal war.

Als Tobias dann gekommen war und sie in den Gruppenraum geführt hatte, hatte sie nur gelacht. Dort wälzten sich bereits mehrere Männchen und Weibchen über- und untereinander, und als Céline zu ihnen stieß, hatte sie den Eindruck gehabt, alle stürzten sich auf sie. Aber sie hatte nichts dagegen gehabt. Es war ja alles so lustig. Sie lachte und kicherte die meiste Zeit, egal, was sie mit ihr taten oder sie mit ihnen tat.

Sie hatte Tobias zugesehen, wie er sich von zwei Frauen verwöhnen ließ, und er sah ihr zu, wie sie von zwei Männern – Sie wollte gar nicht mehr daran denken.

»Ich mache niemandem einem Vorwurf«, sagte sie, »dir nicht, mir nicht, den anderen nicht, aber ich möchte dieses Erlebnis auch nicht unbedingt wiederholen.« Sie nahm sich einen Kaffee und lehnte sich neben der Kaffeemaschine an die Arbeitsplatte. Sie setzte sich nicht zu Tobias an den Tisch.

»Aber Schatz ...« Tobias stand auf und kam zu ihr. »Du mußt dich bestimmt nur ein bißchen erholen. Ich hätte besser auf dich achtgeben sollen. Für das erste Mal war es vielleicht wirklich etwas viel. Aber du sahst die ganze Zeit so glücklich aus.«

Weil ich stockbesoffen war, dachte Céline, *wie in meinem ganzen Leben noch nicht.* Sie trank ihren Kaffee. Am nächsten Tag erst hatte sie richtig wahrgenommen, was geschehen war. Vor allem deshalb, weil ihr alles wehtat und sie sich kaum bewegen konnte und sie Spuren an ihrem Körper fand, bei denen sie sich nicht einmal erinnern konnte, wie sie entstanden waren. *Wie konnte ich nur so dumm sein?*

Tobias versuchte sie in den Arm zu nehmen, aber sie wich ihm aus und ging zum Kühlschrank, nahm ein paar Sachen heraus. »Ich brauche ein bißchen Abstand«, sagte sie.

Tobias seufzte. »Wie lange?«

»Das weiß ich nicht.« Sie schaute ihn an. »Tut mir leid«, fügte sie hinzu.

»Schon gut.« Tobias atmete tief durch. »Wird schon gehen.«

Céline saß in dem Sessel, der schon seit Jahren am selben Platz in ihrer Praxis stand und ihr die Sicherheit verlieh, die sie brauchte. Eine kleine Uhr war an der Lehne befestigt, so daß sie immer wußte, an welchem Punkt der Sitzung sie sich befanden, wann sie Schluß machen mußte. Man mußte da sehr genau sein mit den Patienten, sie nutzten jede Unachtsamkeit sofort aus, um die Sitzung zu überziehen.

»Dr. Kaiser?« Anna beugte sich fragend zu ihr. »Ist irgend etwas? Ich habe das Gefühl, Sie hören mir gar nicht zu.«

Céline schreckte innerlich hoch, aber äußerlich blieb sie ruhig. »Das ist meine Aufgabe, nicht wahr?« sagte sie.

»Ich dachte.« Anna betrachtete sie erneut. »Aber Sie waren letzte Woche schon so abwesend. Geht es Ihnen nicht gut?«

Céline verzog leicht die Lippen. »Das sollte ich Sie fragen, nicht Sie mich.«

»Wohl wahr«, sagte Anna. »Aber vielleicht ist es auch an der Zeit, die Fragen einmal umzudrehen.«

Céline lachte leicht auf. »Welch unerwartete Sensibilität«, sagte sie. Erschrocken öffnete sie die Augen. »Oh, Entschuldigung, das war eine unprofessionelle Bemerkung. Bitte verzeihen Sie mir.«

»Sofort«, sagte Anna. Sie lächelte. »Irgend etwas geht Ihnen im Kopf herum, schon seit letzter Woche. Und mir scheint, es ist nichts Angenehmes.« Sie hob die Hände. »Ich verstehe, wenn Sie das mir als Ihrer Patientin nicht anvertrauen wollen, aber gibt es für Sie als Therapeutin nicht auch die Möglichkeit, sich jemand anzuvertrauen, um solche Dinge loszuwerden? So wie ich zu Ihnen komme?«

»Es gibt Supervision«, erwiderte Céline automatisch. »Aber eigentlich ist das dafür gedacht, daß ...«, sie lachte leicht, »ich eine bessere Therapeutin für Sie werde. Für Sie und meine anderen Patienten.«

»Sie könnten es aber auch für sich selbst nutzen«, sagte Anna. »Wenn es einen Grund dafür gibt.«

»Gibt es einen Grund dafür?« Céline wirkte nachdenklich.

»Das müssen Sie wissen.« Anna betrachtete sie. »Ich denke, schon.«

Céline lachte erneut auf. »Wollen Sie jetzt meine Supervisorin sein?«

»Dazu fehlt mir die Ausbildung«, sagte Anna, »aber ich bilde mir ein, daß ich als Schriftstellerin eine ganz gute Beobachtungsgabe habe. Und die sagt mir, daß Sie etwas so sehr beschäftigt, daß Sie sich kaum auf Ihre Arbeit konzentrieren können.« Sie schmunzelte. »Oder ich bin einfach so langweilig. Meine Geschichten mit all den Frauen kennen Sie ja nun auch schon zur Genüge.«

Céline schien wirklich nicht richtig zugehört zu haben, denn sie starrte nur in die Luft. »Mit den Frauen . . .«, fragte sie dann plötzlich. »Wann hat das bei Ihnen angefangen?«

Anna hob die Augenbrauen. »Als ich ein Teenager war«, sagte sie. »Ich meine, als ich in die Pubertät kam.« Sie legte leicht den Kopf schief. »Oder vielleicht sogar schon früher. Schon als Kind fand ich Frauen klasse.«

»Das geht den meisten Kindern so«, erwiderte Céline immer noch nachdenklich. »Das ist nichts Besonderes.«

»Na gut«, sagte Anna. »Also dann . . . in der Pubertät. Als ich begann sexuell aktiv zu werden.«

»Sie sind sofort . . .«, Céline sah Anna nicht an, sondern blickte immer noch in die Luft, ». . . mit Frauen sexuell aktiv geworden?«

»Mit Mädchen«, sagte Anna. »Mit Mädchen in meinem Alter.« Sie lachte leicht. »Okay, es war auch eine Frau dabei. Aber das war . . . eine Ausnahme. Eher zufällig.«

»Zufällig?« fragte Céline.

»Ich war mit meinen Eltern in Urlaub. Auf Mallorca. Es war tödlich langweilig.« Anna lachte. »Für sie anscheinend auch. Und dann war ich zufällig abends am Strand, sie zufällig abends am Strand . . . na ja, und da ist es eben passiert.«

»Es ist einfach so . . . passiert?« Céline wirkte beunruhigt in ihrem sonst so sehr Ruhe verleihenden Sessel.

»Sie hatte sich wohl mit ihrem Mann gestritten.« Anna zuckte die Schultern. »Und ich mit meinen Eltern. Deshalb waren wir beide so spät am Strand. Und beide erregt von den Streitigkeiten. Es schien uns ganz natürlich, die Erregung auf diese Weise abzubauen. Am nächsten Tag war sie mit ihrem Mann abgereist. Ich habe sie nie mehr wiedergesehen.«

»Deshalb finden Sie verheiratete Frauen heute noch attraktiv«, sagte Céline.

»Könnte sein.« Anna betrachtete sie erneut. »So wie Sie.«

»Ich denke, wir sollten unsere Sitzungen beenden«, sagte Céline, ohne auf Annas Bemerkung einzugehen. »Es ist alles gesagt, und ich kann Ihnen nicht mehr weiterhelfen.«

Anna zuckte leicht zusammen. Damit hatte sie heute nicht gerechnet. »Sie haben mir sehr geholfen«, sagte sie dann. »Auch wenn Sie sich vielleicht eine größere Wandlung meiner Persönlichkeit erhofft hatten.«

»Ich habe mir gar nichts erhofft«, sagte Céline. »Das ist nicht meine Aufgabe. Menschen ändern sich nicht, so ist jedenfalls meine Erfahrung. Aber ich hoffe, daß Sie in Zukunft anders mit ...«, sie zögerte, »Frauen umgehen.«

»Das, was ich Sabrina angetan habe, werde ich keiner Frau mehr antun«, sagte Anna leise. Sie wirkte für einen Moment betroffen, dann atmete sie tief durch. »Alles andere ändert sich wohl kaum.«

»Das war ja auch kein Problem für Sie«, sagte Céline. »Also haben wir das Ziel doch erreicht.«

»Vermutlich«, sagte Anna. Sie musterte Céline. »Wenn wir nicht mehr Patientin und Therapeutin sind – können wir uns dann einmal treffen?«

»Frau Lessing ...« Céline verdrehte die Augen zur Decke. »Ich glaube«, sie schaute Anna wieder an, »so viel haben wir doch nicht erreicht.«

Sie versuchte ihre Gedanken im Zaum zu halten, während sie Anna ansah, aber auf einmal erinnerte sie sich wieder an Dinge, an die sie sich gar nicht mehr erinnern wollte. Kaum oder nur verschwommen an die Männer, mit denen sie in jener Nacht Sex gehabt hatte, aber sehr gut an die Frauen.

Habe ich dabei an sie gedacht? überlegte sie, während sie versuchte, Annas Blick standzuhalten, der sie immer noch gefangenhielt.

Es ging etwas ungeheuer Anziehendes von Anna Lessing aus, ihr scharfer Verstand, ihre tiefe, erotische Stimme, die ständig spöttisch lächelnden Augen ...

Als Marion auf mir lag, hat mich das nicht erregt, dachte sie. *Aber was wäre, wenn es Anna gewesen wäre?*

So ein Unsinn. Was dachte sie denn da?

Sie schüttelte wie ein unwilliges Pferd den Kopf, bevor sie bemerkte, daß Anna ihr dabei zusah.

»Unsere professionelle Beziehung ist also hiermit beendet?« fragte Anna.

Céline faßte sich, drängte die Bilder und verwirrenden Gefühle aus ihrem Kopf und schaute Anna nun wieder professionell distanziert an.»Eine andere hatten wir nie und werden wir nie haben«, erwiderte sie.»Nur um Sie noch einmal daran zu erinnern.«

»Ich werde nicht vergessen, daß Sie das gesagt haben«, entgegnete Anna, und die spöttischen Fältchen in ihren Augenwinkeln wuchsen.

»Frau Lessing ... Anna ... bitte ...« Céline beugte sich leicht vor und legte ihre Hände ineinander.»Auch wenn ich nicht das Gefühl hätte, daß wir unser Ziel erreicht haben, müßte ich unsere Sitzungen jetzt beenden. Mich zu sehen ist für Sie, glaube ich, eher kontraproduktiv.«

»Das würde ich so nicht sagen«, erwiderte Anna lächelnd.

»Das ist mir klar.« Céline lehnte sich zurück. »Wollen Sie mich küssen? Zum Abschied?«

Anna hob die Augenbrauen. »Nicht nur zum Abschied«, sagte sie.

»Genau.« Céline lächelte. »Das habe ich gemeint.«

»Hmhm.« Anna schaute sie an. »An was haben Sie vorhin gedacht?«

»Wann?« Jetzt hob Céline die Augenbrauen.

»Als Sie versucht haben, meinem Blick nicht auszuweichen.« Anna musterte sie ganz genau.

»Habe ich das?« fragte Céline.

»Diese Art Gegenfragen gehört in unsere professionelle Beziehung, nicht in unsere private«, sagte Anna.

»Wir haben keine —« Céline beugte sich erneut vor, diesmal verärgert. »Wir haben keine private Beziehung«, beendete sie den Satz, »wie Sie sehr genau wissen.«

»Ich denke, daß da etwas Privates zwischen uns ist«, behauptete Anna, »spätestens seit ... vorletztem Wochenende?« Sie legte leicht den Kopf schief.

»Das hatte doch nichts mit *Ihnen* zu tun.« Céline zog verärgert die Augen zusammen.

»Was?« fragte Anna.

Céline öffnete den Mund, schloß ihn aber gleich darauf wieder. »Nichts«, sagte sie dann.

»Nichts war es ganz sicher nicht«, schmunzelte Anna, »weil Sie jedesmal, wenn Sie mich ansehen, daran denken.«

»Sie haben keine psychologische Ausbildung«, erwiderte Céline kühl. »Solche Schlußfolgerungen sollten Sie den Profis überlassen.«

»Würde ich ja gern«, sagte Anna, »aber Sie sagen es mir ja nicht.«

»Wie kommen Sie darauf?« Céline blickte in eine Ecke des Raumes.

»Weil Sie mich beispielsweise jetzt nicht ansehen können. Was geht Ihnen durch den Sinn?« Anna beobachtete ihr abgewandtes Profil.

»Noch mal ...« Céline drehte ihren Kopf bewußt langsam zurück. »Es geht mir nichts durch den Sinn. Unsere Sitzung ist beendet.« Sie stand auf.

»Das ist der einfachste Weg.« Anna stand ebenfalls auf. »Nicht antworten zu müssen, meine ich.«

»Mein Privatleben geht Sie überhaupt nichts an.« Célines Ärger wuchs mit jeder Minute, die sie länger mit Anna in diesem Raum eingesperrt war. Sie ging zur Tür und öffnete sie.

Anna folgte ihr bis zur Tür, ging aber nicht hinaus. »Du weißt es und ich weiß es«, sagte sie leise. »Was soll das Versteckspiel?«

»Ich bin nicht lesbisch!« stieß Céline hervor. Endlich konnte sie sagen, was sie die ganze Zeit bedrückt hatte. Ihre Phantasien über Anna waren das eine gewesen, aber die Gefühle mit den Frauen im Club ... das war eine ganz andere Geschichte. Wie konnte sie solche Gefühle haben, wenn sie nicht lesbisch war?

Aber das war sie nicht. So hatte sie noch nie gefühlt. Frauen waren für sie nicht in Frage gekommen, ihre ganzen Sehnsüchte hatten sich immer nur auf Männer gerichtet.

Bis Anna Lessing gekommen war ...

Anna lächelte. »Du mußt nicht lesbisch sein, um mit einer Frau zu schlafen. Du könntest bi sein – oder einfach nur eine ... flexible Heterofrau. Es gibt viele Frauen, die so sind.«

»Und du kennst sie alle«, seufzte Céline.

»Zumindest kannst du mir dann später keine Vorwürfe machen, daß ich es dir nicht erzählt habe«, lachte Anna. »Du weißt mehr über mich als jede andere Frau.«

»Wenn ich eine ...«, Céline zögerte, »Beziehung auch nur entfernt in Erwägung gezogen hätte, hätte ich das alles gar nicht wissen wollen. Und ich will es auch jetzt nicht wissen. Ganz zu schweigen von Spekulationen über ein *Später*, das nie eintreten wird.«

»Céline ...« Anna trat ganz nah vor sie. »Dieser Blick, den du schon letzte Woche hattest ... und diese Woche wieder ... es ist etwas passiert, was deine Sicherheit umgestoßen hat. Auch wenn ich nicht Psychologie studiert habe, aber ich bin Schriftstellerin. Und so etwas fällt mir auf.«

»Es ist nichts passiert«, behauptete Céline. »Gar nichts.«

Anna legte den Kopf schief. »Manche Frauen sahen so aus, nachdem sie mit mir ... geschlafen hatten. Das erste Mal mit einer Frau. War es das?« fragte sie sanft. »Hast du mit einer Frau geschlafen?«

Céline verschränkte die Arme vor der Brust, drehte sich um und entfernte sich ein paar Schritte von Anna. »Wenn es nur eine gewesen wäre ...«, stieß sie seufzend hervor.

»Oha.« Das war selbst für Anna eine Überraschung. »Nicht nur eine? Du steigst ja gleich ganz oben ein.« Sie lachte.

»Ich steige überhaupt nicht ein.« Céline zog verärgert die Augenbrauen zusammen. »Mein Mann –« Sie wußte, daß sie das nicht sagen sollte, aber sie fuhr trotzdem fort: »Mein Mann wollte es.«

»Die bekannte männliche Phantasie«, nickte Anna. »Sich von mehreren Frauen verwöhnen lassen.« Sie lachte leicht. »Na ja, nicht nur eine männliche.« Sie schaute Céline an. »Und Männer schauen auch gern dabei zu, wenn Frauen Sex miteinander haben. Hat er das von dir verlangt?«

»Er hat gar nichts verlangt!« Célines Stimme klang immer verärgerter. »Ich weiß wirklich nicht, warum ich überhaupt mit dir darüber spreche.«

Anna spitzte die Lippen. »Weil ich vermutlich die einzige Frau bin, die du kennst, die auf dem Gebiet kompetent ist.«

»Kompetent.« Céline stieß ein abschätziges Geräusch aus. »Du hast keine Ahnung . . .«

»Ich bin spezialisiert auf verheiratete Frauen«, sagte Anna. »Erinnerst du dich? Ich habe das schon oft erlebt. Erst die Anziehung, dann die Gewissensbisse. Du bist nicht die erste.« Sie lachte leicht. »Normalerweise bin *ich* allerdings der Grund für das schlechte Gewissen.« Sie schaute Céline an. »Ich würde mir wünschen, das wäre jetzt auch so.«

»Ja, natürlich«, fuhr Céline auf. »Das ist alles, woran du denkst. Wie oft habe ich mir das angehört?«

Anna betrachtete sie mit einem undefinierbaren Blick. »Ich werde nicht denselben Fehler zweimal machen«, sagte sie nach einer Weile ruhig. »Du bist noch nicht soweit, Céline. Wenn du soweit bist, ruf mich an. Du hast ja meine Nummer.«

Und sie verließ die Praxis.

49. Kapitel
Flieg mit mir

»Anita . . .«

Anita preßte die Lippen zusammen. »Warum rufst du an? Ich habe dir nichts zu sagen.«

»Du darfst mich gern beschimpfen«, sagte Tonia. »Ich würde das verstehen.«

»Und was würde das ändern?« Anita atmete tief durch. »Grüß Brigitte von mir.« Sie wollte auflegen.

»Nicht!« Tonias Stimme hob sich. »Ich kann deinen Gruß nicht bestellen, sie ist nicht hier«, fuhr sie fort, als sie merkte, daß Anita nicht aufgelegt hatte.

»Dann ist es eben jemand anders. Irgendeine wird ja wohl bei dir sein.« Anitas Stimme klang gepreßt.

»So ist es nicht«, sagte Tonia. »So ist es ganz und gar nicht. Ich bin allein.«

»Wie traurig«, erwiderte Anita sarkastisch. »Du mußt dich

furchtbar fühlen.«

»Ja«, sagte Tonia. »Mach dir ruhig Luft. Du hast jedes Recht dazu. Und ja, ich fühle mich furchtbar. Weil du nicht da bist.«

»Pft!« Anita konnte es kaum glauben. »Es gibt ja Leute, die mögen das«, fuhr sie fort. »Aber ich stehe nicht auf Märchen.«

Tonia atmete laut ein. »Es ist nur insofern ein Märchen, als du eine zauberhafte Fee bist«, sagte sie leise. »Eine wundervolle, bezaubernde Frau.«

»Damit fängst du mich nicht noch mal ein«, sagte Anita. »Versuch es erst gar nicht.«

»Fliegst du mit mir nach Paris?«

»Was?« Anitas Antwort kam mit Verzögerung, denn sie hatte Tonias Frage nicht im entferntesten erwartet.

»Fliegst du mit mir nach Paris?« wiederholte Tonia.

»Paris? Mit dir?« Anita schüttelte irritiert den Kopf.

»Das ist die Idee, ja.« Tonia lachte leicht. »Warst du schon mal in Paris?«

»N-nein.« Anita konnte die Irritation nicht abschütteln.

»Es ist eine wundervolle Stadt«, sagte Tonia. »Dreckig, aber wundervoll.« Sie lachte erneut. »Vom Dreck wirst du nicht viel sehen. Wir steigen im *Ritz* ab.«

»Im ... *Ritz*?« Anita fühlte, wie ihre Kinnlade nach unten klappte. Aber sie hatte sie gleich wieder im Griff. »Du meinst, in dem berühmten *Hotel Ritz*?«

Tonia lachte erneut. »Ja, das meine ich. Teuer, aber es ist das Geld wert.«

»Wenn man es hat«, murmelte Anita.

»Ich habe es«, erwiderte Tonia lässig, »und ich möchte an nichts sparen, wenn du ... wenn du mitkommst.« Ihre Stimme wurde zum Schluß hin leiser.

Anita schluckte, dann räusperte sie sich. »Wie kommst du auf den Gedanken, daß ich das tun würde?«

»Ich hoffe es«, sagte Tonia leise. »Ich hoffe es sehr.«

Anita preßte erneut die Lippen zusammen. »Du kannst mich nicht kaufen, Tonia«, sagte sie hart. »Auch wenn Brigitte das denkt. Ich werde dir die Uhr und die anderen Geschenke zurückgeben. Und eine Reise nach Paris mit einem Aufenthalt im *Ritz* – wie sollte ich das je abarbeiten? Die Gegenleistung, die du dafür verlangen müßtest, kann ich mir kaum vorstellen. Und ich kann sie auch nicht erbringen.«

»Ich verlange keine Gegenleistung«, sagte Tonia. »Nur deine Gegenwart.«

»Meine Gesellschaft«, sagte Anita etwas abschätzig, »ist wohl kaum so viel wert.«

»Es geht nicht um Geld«, sagte Tonia. »Man kann nicht jeden Wert in Geld ausdrücken. Geld ist . . . unwichtig.«

»Ha!« Anita lachte auf. »Das kannst *du* vielleicht sagen.«

»Ja«, sagte Tonia. »Ich kann das sagen, weil Geld noch nie ein Problem für mich war. Und trotzdem —«

Anita wartete auf die Fortführung. »Trotzdem?« wiederholte sie dann.

»Trotzdem macht Geld nicht glücklich«, sagte Tonia leise. »Ich weiß, das ist banal, aber es ist leider wahr.«

»Ist das jetzt deine neue Masche?« fragte Anita. »Reich, aber unglücklich?«

Tonia lachte leicht. »Du bist immer noch böse auf mich.«

»Ich bin nicht böse auf dich, ich will nur einfach nichts mehr mit dir zu tun haben«, sagte Anita. »Ich schicke dir die Uhr per Post.« Sie legte auf.

Sie nahm sich einen Kaffee. Das Gespräch mit Tonia hatte sie viel Kraft gekostet. Sie war wütend auf Tonia, sie war verletzt und enttäuscht, aber allein ihre Stimme zu hören hatte ihr Herz höherschlagen lassen. Sie konnte es nicht verhindern.

Aber jetzt hatte Tonia ihr wahres Gesicht gezeigt. Sie hatte sich nicht entschuldigt – wofür auch? Vermutlich hielt sie das, was sie tat, für normal –, und sie hatte eine Einladung ausgesprochen, die keinen Zweifel mehr daran lassen konnte, was sie wollte.

Im *Ritz* würde es nicht mehr ohne Sex abgehen – sie hatte nur den Preis erhöht.

»Nicht mit mir«, murmelte Anita. Sie preßte ihre Zähne aufeinander, bis sie wehtaten und sie loslassen mußte. »So dumm bin ich nicht mehr. Damit ist ein für allemal Schluß.«

Sie holte den Handschuhkarton, packte den Schal dazu und die Uhr.

Morgen würde sie die Sachen zur Post bringen, dann war endgültig alles erledigt.

50. Kapitel
TICKET

Anita kam erschöpft nach Hause, nahm die Post aus dem Briefkasten und ging in ihre Wohnung hinauf.

Sie legte die Post auf den Küchentisch, schaute in den Kühlschrank und nahm eine Cola Zero heraus, setzte sich.

Schmerzhaft stöhnend streckte sie ihre Beine aus, schob die Schuhe von den Füßen. Ein Tag wie jeder andere.

Die Post ... das waren sicherlich alles nur wieder Werbesendungen. Private Post erhielt sie selten. Sie schaute auf die Umschläge. Bunt bedruckt, schreiend – ja, das war Werbung.

Sie riß einen Umschlag auf. *Sie haben gewonnen!*

»Ja, natürlich, ich gewinne immer«, murmelte Anita. Sie nahm den nächsten Umschlag.

Keine Gewinnbenachrichtigung für eine Verlosung, an der sie nie teilgenommen hatte, diesmal, sondern ein kleines Heftchen.

Anita hob die Augenbrauen und schlug es auf. Ein Flugticket Erster Klasse nach Paris.

Kein Zweifel, von wem das kam.

Sie ließ den Umschlag sinken. *Warum tust du mir das an, Tonia?* dachte sie. *Warum läßt du mich nicht in Ruhe?*

Sie streckte ihre Zehen unter dem Tisch, beugte sie wieder, streckte und beugte sie erneut, bis das Brennen nachließ, dann stand sie auf, nahm aus dem Flur das Telefon mit und ging ins Wohnzimmer.

»Willst du vorbeikommen?« fragte sie kurz darauf. Sie horchte kurz in den Hörer. »Ja, gut, in einer Stunde.« Sie legte auf.

Für eine Weile legte sie ihre Füße hoch und starrte in die Luft. Dann stand sie auf, ging ins Schlafzimmer und zog sich aus, begab sich nackt hinüber in die Dusche.

Der Duft des Duschgels beruhigte sie ein wenig, es hieß *Stress Relief*, und obwohl Anita nicht gut Englisch konnte, wußte sie, was das bedeutete. Die Wirkung trat auch tatsächlich ein, sie fühlte sich ein wenig erholt, als sie aus der Dusche trat.

Nachdem sie wieder angezogen war, las sie noch ein paar Seiten in einem Buch, bis es klingelte. Sie stand auf und öffnete. »Komm rein«, sagte sie.

»Du duftest herrlich«, sagte Anna, betrat die Wohnung und schloß hinter sich die Tür. Sie zog Anita in ihre Arme und küßte sie leicht.

»Das ist nur das Duschgel.« Anita lachte. »Ich habe gar kein Parfum aufgelegt.«

»Tolles Duschgel«, sagte Anna. »Aber du riechst immer gut, mit oder ohne Parfum. Das bist einfach du, deine süße Natur.« Sie lachte ebenfalls.

»Schmeichlerin«, erwiderte Anita lächelnd. »Willst du was trinken?«

»Hm, warum nicht?« nickte Anna. Sie folgte Anita in die Küche.

»Wein?« fragte Anita.

Anna nickte wieder.

Anita nahm zwei Gläser heraus und die Weinflasche aus dem Kühlschrank. Sie war bereits geöffnet. »Das habe ich mir gedacht«, sagte sie. »Nimm die Flasche, ich nehme die Gläser, wir können den Wein gleich im Bett trinken, dann müssen wir nicht mehr umziehen.« Sie ging Anna ins Schlafzimmer voraus.

Anna füllte die Gläser halb, die Anita auf den beiden Nachttischen verteilt hatte, und stellte die Weinflasche zur Seite.

Anita öffnete ihre Bluse, dann schaute sie Anna fragend an. »Willst du dich nicht ausziehen?«

»Doch«, sagte Anna, »aber ich schaue dir immer gern dabei zu.« Sie lächelte.

»Soll ich einen kleinen Strip hinlegen?« fragte Anita. »Würde dir das gefallen?«

»Natürlich«, sagte Anna. »Wem nicht?« Sie lächelte erneut, ging zum Bett und legte sich darauf. Sie verschränkte die Arme hinter dem Kopf und schaute Anita erwartungsvoll an.

Anita fuhr langsam fort sich auszuziehen, wiegte sich in den Hüften, entledigte sich ihrer Kleidung mit lasziven Bewegungen, bis sie nackt war. Dann legte sie sich zu Anna, öffnete ihre Hose, schob ihr T-Shirt hoch. Sie beugte sich zu Annas Brustwarzen hinunter, während ihre Hand in Annas Hose verschwand.

»Langsam!« Anna lachte. »Wieso bist du heute so verführerisch? Ich meine, du bist immer verführerisch ... aber heute besonders.«

»Mir ist so danach«, sagte Anita. Sie nahm Annas Brustwarze in den Mund und verwöhnte sie mit ihrer Zunge.

Anna stöhnte auf.

Anita wechselte zur anderen Brustwarze, dann legte sie sich auf Anna und küßte sie leidenschaftlich.

»Warte ...«, flüsterte Anna. »Jetzt möchte ich mich wirklich gern ausziehen. Damit ich dich richtig spüren kann.« Sie zog sich ihr T-Shirt über den Kopf, als Anita ihr etwas Spielraum ließ und sie gleichzeitig von ihrer Hose befreite.

»So, das ist besser«, sagte Anna. Sie drehte Anita auf den Rücken und schob sich auf sie.

»Nicht so«, bat Anita etwas scheu. »Wäre es okay ... kannst du unten bleiben?«

»Klar. Kein Problem.« Anna drehte sich zurück.

Anita begann erneut ihre Brustwarzen zu verwöhnen, bis Anna hingerissen stöhnte, dann glitt Anita zwischen ihre Beine.

Anna legte ihre Hände auf Anitas Haar, vergrub sie darin. Ihr Rücken bog sich nach oben. »Ja ...«, flüsterte sie.

Anita benutzte ihre Zunge und ihre Finger wie feinste Instrumente, um Anna die schönsten Empfindungen zu verschaffen. Sie ließ sie immer wieder zum Höhepunkt kommen, bis Anna nur noch schweratmend nach Luft rang.

Anita blieb mit ihrem Gesicht zwischen Annas Beinen liegen.

»Was tust du da unten?« fragte Anna nach einer Weile scherzend. »Ich kann wirklich nicht mehr.«

»Stört es dich?« fragte Anita.

Anna fand, ihre Stimme klang komisch. Sie richtete sich auf und versuchte einen Blick auf Anitas Gesicht zu erhaschen. »Was ist los?« fragte sie.

»Nichts.«

Das ist wirklich die Standardantwort, dachte Anna innerlich seufzend. Sie schob sich sanft ein wenig neben Anita hinunter. »Du weinst?« fragte sie erstaunt. »Warum weinst du denn?« Sie strich zart über Anitas Gesicht. »War es so schrecklich?«

»Nein, gar nicht.« Anita wischte sich die Tränen ab. »Ich weiß auch nicht, warum ich weine. Ich glaube, ich bin einfach nur erschöpft von der Arbeit.«

»Komm her, Kleines.« Anna zog Anita in ihre Arme. »Du weißt, daß ich dich nicht weinen sehen kann. Das ertrage ich nicht.«

»Tut mir leid«, sagte Anita, »das wollte ich nicht. Ich wollte, daß es schön für dich ist.«

»Oh, das war es.« Anna lachte. »Es war *sehr* schön.« Sie streichelte Anitas Schulter. »Ich würde es jetzt gern genauso schön für dich machen.« Ihre Hand glitt an Anitas Seite hinab, berührte kurz ihre Brust, blieb auf ihrem Po liegen und begann ihn zu streicheln.

»Ich . . . ich glaube, ich kann nicht.« Anita drehte sich weg.

Anna hob die Augenbrauen. »Warum hast du mich dann angerufen?«

»Ich wollte mit dir schlafen«, sagte Anita abwehrend. »Wie immer.«

»Das war aber nicht wie immer«, sagte Anna. »Es war sehr anders. Vor allem, wenn du jetzt nicht willst.« Sie betrachtete Anitas abgewandten Rücken. »Warum hast du mich herbestellt?«

»Ich habe dich nicht herbestellt.« Anita lehnte sich mit dem Rücken an das Kopfteil des Bettes und griff nach ihrem Weinglas. Sie trank einen Schluck. »Du bist freiwillig gekommen.«

»Ja, natürlich«, sagte Anna. »Warum auch nicht? Aber dein Anruf kam sehr plötzlich. Sehr überraschend.«

»Wir schlafen immer dann miteinander, wenn wir gerade Lust dazu haben«, sagte Anita. »Das ist eben manchmal überraschend.«

»Hm, ja«, sagte Anna. »Du hast mich schon öfter überrascht, aber dann . . . dann wolltest du es auch.«

»Heute eben nicht«, sagte Anita. »Oder fehlt dir irgendwas?« Sie schaute Anna etwas gereizt an.

»Um ehrlich zu sein, ja«, sagte Anna. »Ich möchte dich gern berühren, deine Erregung spüren. Das fehlt mir schon.«

»Tut mir leid«, sagte Anita. »Ich bin eben nicht in Stimmung.«

»Aber du warst in der Stimmung, um mich zu verführen«, sagte Anna. »Ohne daß du selbst etwas wolltest? Was wolltest du?«

Anita gab ein leicht hohles Geräusch von sich. »Du warst zu lange in Therapie. Du versuchst alles zu analysieren.«

»Das habe ich immer schon getan«, sagte Anna. »Das kommt nicht von der Therapie.«

»Kann es nicht einfach so sein, wie es ist?« fragte Anita. »Du hattest doch, was du brauchst.«

»O-ho!« Anna lachte auf. »Da ist aber ganz heftig was im Busch, junge Frau. Du bist ja stachlig wie ein Kaktus.«

»Ich bin nicht . . . stachlig.« Anita zog die Augenbrauen zusammen und schaute Anna an. »Was immer du damit sagen willst. Ich hatte einfach Lust auf dich.« Sie stellte ihr Glas weg und rutschte im Bett hinunter, bis sie auf dem Rücken lag. »Ja, mein Gott, wenn du unbedingt willst, mach . . .«

Anna schaute auf sie hinunter. Das spöttische Lächeln in ihren Mundwinkeln nahm zu. »Wie heißt sie?« fragte sie.

»Wie heißt wer?« Anitas Gesichtsausdruck versuchte harmlos zu erscheinen, aber sie war keine sehr gute Lügnerin.

»Die Frau, mit der du eben geschlafen hast«, sagte Anna. »Ich war es nicht.«

»Wer sonst?« fragte Anita. »Es ist niemand anderer hier.«

»Mußtest du dir etwas beweisen?« fragte Anna. »Kannst du sie nicht kriegen oder . . . will sie dich nicht?« Ihr Blick streifte über Anitas nackten Körper. »Was ich mir allerdings kaum vorstellen kann.«

»Nein, du nicht«, sagte Anita ironisch.

»Darum geht es im Moment glaube ich nicht«, sagte Anna. Sie betrachtete nun Anitas Gesicht. »Aber ich kenne das Gefühl, wenn man nicht das bekommt, was man gern möchte – oder wenn es einem entzogen wird. Von einer Frau, meine ich. Und das Gefühl hast du mir gerade vermittelt.«

»Du denkst immer nur an Sabrina«, entgegnete Anita gereizt.

»Nein, ich dachte eigentlich eher an dich«, entgegnete Anna ernst. »Als du mich verlassen hast.«

»Wie?« Anita schaute sie verständnislos an. »Ich?«

»Es war eine ähnliche Situation wie heute«, sagte Anna. »Erinnerst du dich? Damals habe *ich* behauptet, es wäre niemand außer uns beiden im Zimmer. Und du hast mir – zu Recht – nicht geglaubt.«

»Ich erinnere mich nicht«, behauptete Anita. »Vielleicht war ich ja im Unrecht.«

»Warst du nicht«, sagte Anna. »Und danach hast du mich verlassen. Ich hatte dasselbe Gefühl von Verlorenheit, das du mir heute vermittelt hast.«

»Ich bin nicht . . . verloren.« Anita schüttelte heftig den Kopf. »Es geht mir gut. Meine Güte, nun nimm mich schon endlich, damit wir die Sache hinter uns haben!« Sie wirkte äußerst angespannt.

Anna lachte laut auf. »Ich habe das Gefühl, du beißt, kratzt und trittst mich, wenn ich dich anfasse. Du wirkst wie eine gereizte Wildkatze. Ich glaube, ich verzichte lieber. Auch wenn mir das schwerfällt.«

»Du schläfst einfach so mit irgendwelchen Frauen ... vielen Frauen ... ohne daß es dir etwas bedeutet, oder?« fragte Anita plötzlich, ohne daß es einen Zusammenhang zu haben schien.

»Du bedeutest mir etwas«, sagte Anna. »Du bist meine Muse. Es ist niemals bedeutungslos, wenn wir miteinander schlafen.«

»Und die anderen?« fragte Anita. »Die keine Musen sind?«

»Das kommt auf die Frau an«, sagte Anna. Sie schaute Anita interessiert an. »Aber das fragst du besser *sie*. Denn von *ihr* willst du eine Antwort.«

»Eigentlich nicht«, sagte Anita. »Ich kenne die Antwort schon.«

»Komm her«, sagte Anna und nahm sie vorsichtig in den Arm. Sie erwartete immer noch, daß Anita sie eventuell kratzen würde. »Vielleicht bin ich die Falsche, dir das zu sagen, aber das Beste für dich wäre, sie zu vergessen. Einer Frau, die sich in mich verliebt hätte, würde ich das auch sagen. Es hat keinen Sinn.« Sie begann Anita sanft zu streicheln.

»Ich kann nicht.« Anita schluckte. »Bitte, laß mich ...«

»Ist gut.« Anna stellte das Streicheln ein. »Wenn du willst. Ich dachte, es entspannt dich vielleicht.«

»Es entspannt mich nicht.« Und wieder liefen Tränen über Anitas Gesicht.

»Versuch sie zu vergessen«, flüsterte Anna in ihr Ohr. »Glaub mir, das ist wirklich das Beste.«

»Wie soll ich sie vergessen, wenn sie mir ein Flugticket nach Paris schickt?« erwiderte Anita erneut schluckend. »Was kommt als nächstes?«

»Ein Flugticket nach Paris?« Anna hob anerkennend die Augenbrauen. »Großzügig.«

»Erster Klasse«, sagte Anita, »aber das bedeutet nichts. Sie ist reich. In Paris würden wir dann im *Ritz* wohnen. Sie hat mich eingeladen.«

Anna lachte leicht. »Na, mit *der* Frau kann man schwer konkurrieren.« Sie fuhr mit den Fingern sanft durch Anitas Haar. »Du willst die Einladung nicht annehmen?«

»Sie hat mir vom ersten Tag an teure Geschenke gemacht«, sagte Anita, »aber das hier ... das ist ... da fühle ich mich wie —«

»Verstehe.« Anna nickte. »Du denkst, es bedeutet ihr nichts, mit dir zu schlafen, aber selbst wenn es ihr etwas bedeuten sollte, dann drückt sie die Bedeutung in Geld aus.«

»Sie hat genug davon«, sagte Anita. »Eben deshalb hat es überhaupt keine Bedeutung – für *sie*.«

Anna lachte leicht. »Ich habe dir nur eine Rose geschenkt am Anfang. Ich hätte mich mehr anstrengen sollen.«

»Das hätte auch nichts geändert«, sagte Anita.

»Ich weiß.« Anna seufzte. »Du liebst sie, aber sie ... sie versucht dich zu bezahlen. Das geht natürlich nicht.«

»Sie denkt offenbar, daß das sehr gut geht«, erwiderte Anita. »Sie würde mich vermutlich mit Geschenken überschütten, wenn ich es zulassen würde.«

»Nimm, was du kriegen kannst.« Anna lachte erneut. »Nein, war nicht so gemeint. Du hast recht. Diese Art Geschenke sind wertlos.«

»Ich bin bestimmt nicht die einzige, die sie beschenkt«, sagte Anita. »Sonst wäre Brigitte nicht so sauer gewesen.«

»Brigitte?«

»Ihre Frau, Freundin, Lebensgefährtin, was weiß ich.« Anita atmete tief durch. »Sie kam nach Hause, als ich bei Tonia war.«

»Ah, Tonia – endlich weiß ich, wie sie heißt.« Anna schmunzelte. »Das heißt also, sie hat eine feste Beziehung, und nebenher hält sie sich andere Frauen als Geliebte.«

Anita zuckte zusammen.

»Entschuldige«, sagte Anna.

»Nicht so schlimm.« Anita seufzte. »Brigitte hat mich Flittchen genannt.«

Anna zog sie ein wenig an sich und drückte sie. »Vergiß es. Sie kennt dich nicht.«

»Nein, sie kennt mich nicht.« Anita seufzte erneut. »Aber sie hat mir gezeigt, wie ... Tonia ist. Dafür muß ich ihr wohl dankbar sein.«

»Du hast also mit Tonia geschlafen vorhin«, sagte Anna. »Es ist gut, daß ich den Orgasmen jetzt einen Namen geben kann.« Sie lachte.

»Mußt du dich immer über alles lustigmachen?« Anita zog erneut die Augenbrauen zusammen.

»Sorry.« Anna mußte aber offenbar immer noch darüber schmunzeln. »Auf jeden Fall hätte Tonia sich bestimmt gefreut, wenn sie es gewesen wäre«, fügte sie hinzu.

»Da bin ich nicht so sicher«, sagte Anita. »Sie hat nie —«

Anna hob erstaunt die Augenbrauen. »Sie hat dich nie —?«

»Nein«, sagte Anita. »Aber in Paris . . .«, sie atmete tief durch, »in Paris will sie das sicher. Vielleicht hat für sie bisher nur einfach noch nicht der Preis gestimmt.«

51. Kapitel
Doppelter Einsatz

»Wo ist denn deine schöne Uhr?« Anitas neugierige Kollegin Doris hatte es immer noch nicht aufgegeben, Anita auszufragen.

»Für die Arbeit reicht meine normale«, sagte Anita.

»Ja, die andere ist wirklich zu auffällig«, stimmte Doris hinterhältig zu. »*Sehr* auffällig.«

»Doris . . .« Anita rollte ein wenig die Augen. »Ich werde dir nichts darüber erzählen, so oft du auch fragst.«

»Er ist verheiratet, oder?« fragte Doris. »Bestimmt. Reich und verheiratet. Das kann ein gutes Geschäft sein.«

»Geschäft?« Anita starrte sie entgeistert an.

»Na ja«, sagte Doris. »Verheiratete Männer wollen doch nicht, daß irgend etwas herauskommt. Oder wofür hast du die Uhr bekommen? Nur für deine . . . Dienste?«

Anita überlegte, ob sie auf die Beleidigung eingehen sollte, aber sie beschloß, daß es das nicht wert war. »Du scheinst ja sehr viel Erfahrung damit zu haben«, sagte sie.

»Ach komm«, erwiderte Doris wegwerfend. »Die haben wir doch alle, wir Verkäuferinnen. Die Männer, die hier hereinkommen und uns einladen, suchen nichts Festes. Meistens nehmen sie noch nicht einmal den Ehering ab, um uns etwas vorzumachen. Es ist von Anfang an klar, um was es geht.«

Anita hob die Augenbrauen. »Ist es das.«

»Tu doch nicht so«, sagte Doris. »So, wie du aussiehst ...« Sie warf einen neidischen Blick auf Anitas Brüste. »Die springen doch sofort im Karree, wenn du nur auf sie zuläufst und die Dinger wippen.«

Anita verzog die Mundwinkel. Das war allerdings nur zu wahr.

Doris spitzte angelegentlich die Lippen. »Ich wette, du hast ganz besondere Techniken, um die Kerle verrückt zu machen. Da können wir weniger Bestückten natürlich nicht mithalten.«

»Laß deiner Phantasie nur freien Lauf«, sagte Anita. Mittlerweile amüsierte sie sich über Doris' Spekulationen, die so völlig in die falsche Richtung gingen. Abgesehen davon, daß Tonia reich war, natürlich.

»Ich muß mich da schon ein bißchen mehr anstrengen«, erklärte Doris. »Aber ich habe gute Erfahrungen mit Blasen gemacht. Das macht die Kerle mindestens so verrückt wie deine Titten.«

Was man sich bei Kaffee und Kuchen so alles erzählen konnte ... Anita war sprachlos. Sie verbrachte ihre Pause in der Cafeteria des Kaufhauses, und Doris hatte sich zu ihr gesellt.

»Am Anfang gibt es nichts anderes«, fuhr Doris genüßlich fort, während das nächste Stück Kuchen in ihrem Mund verschwand. »Bis sie mich anbetteln. Und natürlich –«, sie kratzte die Krümel von ihrem Teller, »ein paar großzügige Gaben geflossen sind.« Wieder schaute sie Anita neidisch an. »Zu so etwas wie du habe ich es allerdings noch nie gebracht. Da muß ich mir wohl Silikon einbauen lassen.«

Vielleicht spendiert das ja einer der Herren nach einem erfolgreichen Blaskonzert, dachte Anita etwas spöttisch. »Ich gebe dir meine gern ab«, sagte sie.

»Wenn das ginge ...« Doris blickte sehnsüchtig auf Anitas Dekolleté.

Anita mußte lachen. »Weißt du, ich mochte sie eigentlich nie. Sie waren mir immer lästig. Jetzt komme ich mir richtig undankbar vor.«

»Na, *er* ist bestimmt dankbar dafür«, grinste Doris. »Wie alt ist er? Meistens sind sie ja schon ein bißchen über dem Verfallsdatum.«

Anita hustete ihren Kaffee fast wieder aus. Sie hatte gerade den letzten Schluck getrunken. »Verfallsdatum?«

»Du weißt schon«, sagte Doris. »Über vierzig. Oder vielleicht sogar fünfzig?« Sie schaute Anita an.

Anita schluckte. Nach Doris' Definition war Tonia allerdings über dem Verfallsdatum. »Das Alter spielt keine Rolle«, sagte sie.

»Tut es nicht?« Doris schielte zur Theke hin, ob sie sich noch ein Stück Kuchen genehmigen sollte. Dann schaute sie bedauernd auf ihren kleinen Bauch, der ihr im Moment noch das Etikett *Vollweib* zugestand, aber bei übermäßigem Kuchengenuß sicherlich in *wabbelig* übergehen würde. Sie verzichtete seufzend. »Also ich weiß nicht«, fuhr sie fort. »Sie sind dann schon ein bißchen welk, oder? Es dauert ja nicht lange, und oft muß man sie ja auch nicht richtig anfassen oder sie sind angezogen, aber wenn sie nackt sind ...« Sie schauderte ein wenig.

Da Anita Tonia noch nie nackt gesehen hatte, konnte sie das nicht beurteilen, aber sie hatte die Fältchen in Tonias Gesicht von Anfang an geliebt. Auch das Alter, das sich auf ihren gepflegten Händen widerspiegelte. Es war ein Kennzeichen für Lebenserfahrung, für das, was vielen Jüngeren fehlte. »Dazu kann ich nichts sagen«, antwortete sie.

»Oh, ganz schön hochnäsig, die Dame«, fauchte Doris sie an. »Tu bloß nicht so, als ob du was Besseres wärst. Du machst genauso die Beine breit wie ich, und sie bezahlen dich dafür.« Sie stand auf und wies mit einem ausgestreckten Zeigefinger auf Anitas Brust. »Und wenn die da anfangen zu hängen, guckt dich keiner mehr an.« Wütend zog sie ab.

Anitas Gesichtsausdruck konnte sich nicht zwischen fassungslos und belustigt entscheiden. Sie blickte kurz an sich hinunter. »Was sagt ihr denn dazu?« fragte sie scherzhaft. Aber ihre Brüste antworteten nicht.

Sie schaute auf ihre Armbanduhr, ein einfaches Modell, das sie schon seit Jahren besaß.

Ihre Pause war zu Ende, sie mußte zurück.

52. Kapitel
Anitas neue Kleider

»Hier ist Tonia.«

Wenn Anitas Telefon in letzter Zeit klingelte, überlegte sie immer erst einmal, ob sie überhaupt abnehmen sollte. Direkt nachdem sie das Flugticket in der Post gefunden hatte, hatte sie jeden Tag damit gerechnet, daß Tonia anrufen würde, aber nun waren es schon vierzehn Tage, daß sie sich nicht gemeldet hatte.

Bis heute.

»Ja«, sagte Anita. Sie erkannte Tonias Stimme immer sofort, sie hätte sich gar nicht mit ihrem Namen melden müssen.

»Immer noch böse?« fragte Tonia.

Anita wußte nicht, was sie dazu sagen sollte. Tonia tat ja, als ob sich die Tatsachen nach ein paar Tagen verlaufen würden, nicht mehr vorhanden wären. Als ob das, was geschehen war, einfach nicht geschehen wäre. Oder als ob Anita es zu Unrecht überinterpretiert hätte.

»Nein«, sagte sie. »Warum sollte ich? Ich bin einfach nur von falschen Voraussetzungen ausgegangen. Meine Schuld.«

»Ich bin in Paris«, sagte Tonia.

Anita schluckte. »Ach?«

»Hast du das Ticket bekommen?« fragte Tonia.

»Ja.« Anita blickte zur Küche hinüber. Dort lag das Ticket immer noch, sie hatte es in die hinterste Ecke gesteckt. Aber nicht weggeworfen. Sie wußte auch nicht, warum.

»Ich wünschte so sehr, du wärst hier bei mir«, sagte Tonia.

»Ich muß arbeiten«, erwiderte Anita.

»Ich arbeite hier in gewisser Weise auch«, sagte Tonia. »Jeden Tag Sitzungen, Empfänge ... Ich hätte dich so gern dabei. An meiner Seite. Dann wäre so ein Empfang wesentlich weniger langweilig.«

»Empfänge im *Ritz*?« fragte Anita. »Für so etwas bin ich nicht ausgestattet. Die Kleider, die ich normalerweise trage, reichen dafür wohl kaum.«

»Das dachte ich auch«, sagte Tonia. »Deshalb habe ich etwas für dich anfertigen lassen.«

»Wie bitte?« Anita schüttelte den Kopf.

»Sie müssen natürlich noch endgültig angepaßt werden«, sagte Tonia, »aber prinzipiell sind sie fertig. Größe vierunddreißig.« Sie lachte. »Mit etwas mehr Oberweite.«

Anita fragte sich, warum sie nicht auflegte. Tonia war einfach nur unverschämt. »Du läßt Kleider für mich anfertigen?« fragte sie. »Wie kommst du dazu?«

»Es ist ein wunderschönes Abendkleid dabei«, sagte Tonia. »Eigentlich sogar zwei. Du wirst alles überstrahlen darin.«

»Tonia«, sagte Anita mühsam beherrscht. »Ich bin nicht da. Ich bin nicht in Paris. Und ich werde auch nicht kommen.«

»Ich ... ich würde dir gern einiges erklären«, sagte Tonia etwas zögernd. »Ich weiß —« Sie schien durchzuatmen. »Ich würde dich gern wiedersehen«, fügte sie leise hinzu. »Du fehlst mir.«

»Wir kennen uns kaum«, sagte Anita. Sie dachte an ihre Gespräche mit Rick, Anna und ... Doris. Weshalb Tonia sie wiedersehen wollte, war wohl klar. »Ich kann das nicht tun.«

»Warum nicht?« fragte Tonia. »Nur ein paar Tage. Ein paar Tage in Paris, der Stadt des Lichts und der ... Liebe. Reizt dich das denn gar nicht?«

»Doch«, sagte Anita. »Ich würde Paris gern sehen. Aber —«

»Aber nicht mit mir?« fragte Tonia. »Oder nicht im *Ritz*?« Sie lachte. »Ich kann dich wirklich nicht in einem dieser billigen Studentenhotels unterbringen, das wäre denn doch eine zu große Zumutung. Erinnerst du dich? Der Dreck.«

»Das würde mir nichts ausmachen«, sagte Anita. »Putzen kann man immer. Aber ... du verstehst nicht ...«

»Ich verstehe sehr gut«, sagte Tonia. »Glaub mir, ich verstehe dich.« Sie machte eine kleine Pause. »Du brauchst keine Angst zu haben«, fuhr sie dann fort. »Ich werde dich nicht belästigen, nichts von dir verlangen. Nur daß du da bist.«

»Aber ... Tonia ... warum tust du es dann?« Anita schüttelte erneut den Kopf. »Wenn du mir das nur erklären könntest ...«

»Das habe ich versucht«, sagte Tonia. »Wir haben uns schon öfter darüber unterhalten. Du bist alles, was ich brauche, sonst nichts.«

»Ist Brigitte auch da?« fragte Anita.

Tonia seufzte. »Bitte vergiß Brigitte. Das hat nichts mit uns zu tun.«

»Das sagen die Ehemänner immer.« Anita atmete tief durch.
»Ich bin kein Ehemann.« Tonia wartete einen Moment. »Ich bin auch keine Ehefrau, falls du das denkst«, ergänzte sie ruhig. »Nach offizieller Lesart bin ich ... Witwe.«
»Witwe?« Anita runzelte erstaunt die Stirn.
»Ich war mal verheiratet«, sagte Tonia. »Aber das ist lange, lange her. Ich war noch sehr jung damals. Und mein Mann ist gestorben.« Sie zog hörbar die Luft ein. »Aber das würde ich dir alles viel lieber persönlich erzählen.«
»In Paris«, sagte Anita.
»Ja, am liebsten hier in Paris«, bestätigte Tonia. »Ich ... bitte ... Anita ...«
Anita konnte dem Flehen in Tonias Stimme nicht mehr länger widerstehen. Sie wollte sie auch wiedersehen, das war ihr jetzt klar. Sonst hätte sie ihr gar nicht so lange zugehört. »Na gut«, sagte sie. »Ich komme.«
Für einen Moment herrschte überraschte Stille in der Leitung. »Nimm den nächsten Flug«, sagte Tonia dann schnell. »Ich kann deine Abwesenheit im Kaufhaus regeln. Wozu bin ich im Aufsichtsrat?« Sie lachte erfreut und anscheinend auch erleichtert auf. »Dann ist es doch wenigstens zu irgend etwas gut.«
»Meine Kolleginnen werden sich freuen ...«, sagte Anita. »Da kann ich mir was anhören, wenn ich zurückkomme.«
»Auf jeden Fall wirst du den Job noch haben, wenn du zurückkommst«, sagte Tonia. »Alles andere wird sich regeln.«
»Na hoffentlich«, sagte Anita. Sie war nicht so davon überzeugt wie Tonia. Für Tonia schienen solche Dinge einfach zu sein, für Anita waren sie das bisher nicht gewesen.
»Ganz bestimmt«, sagte Tonia. »Wenn dir so viel daran liegt ...«
»Ich lebe nicht in einer Suite im *Ritz*, sondern in einer ganz normalen, kleinen Mietwohnung«, sagte Anita. »Und für die muß ich Miete, Strom und Wasser bezahlen.«
»Ich weiß«, sagte Tonia. »Mach dir keine Sorgen. Ich freue mich so, daß du kommst.« Ihre Stimme klang auf einmal sehr leicht und unbeschwert, als ob sie eine große Last abgeworfen hätte.
»Ich rufe am Flughafen an, wann der nächste Flug geht«, sagte Anita.
Sie wußte nicht mehr, was sie sagen sollte, und legte auf.

53. Kapitel
PARIS

»**A**nita ...« Tonia holte Anita am Flughafen ab, und als sie sich endlich gegenüberstanden, nahm sie ihre Hände und küßte sie. Nur die Hände, sonst nichts. »Ich bin so glücklich, daß du da bist.«
Ich bin dasselbe alte Dummchen wie immer schon, dachte Anita. *Was tue ich eigentlich hier?*

»Wie war der Flug?« fragte Tonia, während ein Chauffeur, der im Hintergrund gestanden hatte, Anitas Gepäck nahm, eine kleine Reisetasche.

»Oh, du meinst diese Enge in der 1. Klasse?« fragte Anita. »Dieser schlechte Service, das ungenießbare Essen, die mangelnde Aufmerksamkeit?«

Tonia lachte. »Ich sehe, du bist schon mal geflogen.«

»Ja«, sagte Anita, »aber heute dachte ich, ich wäre es nicht. Das ist wirklich nicht zu vergleichen. Die Maschine war nicht voll besetzt, und in der 1. Klasse war ich fast allein. Ich hatte drei Stewardessen nur für mich.«

Tonia schmunzelte. »Das muß ja aufregend gewesen sein.«

Anita hob die Augenbrauen. »Ich bin nicht du«, sagte sie.

»Ich wüßte gar nicht, was ich mit drei Stewardessen anfangen sollte«, behauptete Tonia harmlos.

Anita warf ihr einen äußerst zweifelnden Blick zu.

Tonia lachte. »Mach mich doch nicht schlimmer als ich bin.«

Sie erreichten den Wagen, und der Chauffeur hielt ihnen die Tür auf.

Anita stand da wie angewurzelt.

»Willst du nicht einsteigen?« fragte Tonia.

»Was ist das?« fragte Anita fassungslos.

»Ein Rolls«, erklärte Tonia lässig. »Aber nicht meiner. Das *Ritz* stellt ihn für Gäste zur Verfügung. Inklusive des Chauffeurs.«

»Ein Rolls Royce?« Anita starrte auf den glänzend polierten Wagen.

»Eigentlich ist es auch nur ein Auto«, sagte Tonia. »Lediglich etwas größer und bequemer.«

»Etwas«, sagte Anita erschüttert.

Tonia wies hinein. »Bitte. Wir stehen hier im Halteverbot.«

Anita konnte sich endlich bewegen und stieg ein. Sie sank in die tiefen Polster, Tonia folgte ihr und setzte sich ihr gegenüber, was in diesem Auto einen erheblichen Abstand bedeutete. Abgesehen davon, daß normale Autos gar keine gegenüberliegenden Sitzbänke hatten.

»Champagner?« fragte Tonia. Sie öffnete eine kleine Bar. »Alles da.«

Anita hob die Hände. »Das . . . das ist mir alles zuviel.« *Hätte ich das gewußt . . .,* dachte sie. Aber was dann? Wäre sie dann nicht gekommen? Sie hatte gewußt, daß sie im *Ritz* wohnen würde, der Rolls Royce war nur eine passende Zugabe.

Tonia füllte zwei Gläser und reichte ihr eins davon. »Mir zuliebe«, sagte sie. »Ich würde dich gern in Paris begrüßen.«

Anita griff nach der Champagnerschale. Der Inhalt perlte so edel und elegant, daß sie es kaum wagte, daran zu nippen.

Tonia beugte sich vor. »Darauf, daß du hier bist«, sagte sie leise und stieß mit Anita an. »Du machst mich sehr glücklich.« Sie nahm einen Schluck.

Anita führte das Glas an ihre Lippen, fühlte das Prickeln, die fruchtige Note. Der Champagner floß leicht in ihren Mund, und sie vergaß fast zu schlucken. »Gut«, sagte sie. Sie hustete leicht, weil sie sich wirklich verschluckt hatte. »Sehr gut.«

»Das sollte er auch sein. Im *Ritz*.« Tonia lachte. »Eine Billigmarke aus dem Supermarkt wäre wohl peinlich.«

Anita fing sich wieder. »Was weißt du über Billigmarken aus dem Supermarkt?« fragte sie.

Tonia lachte erneut. Sie schien wirklich sehr glücklich, nichts konnte das erschüttern. »Ich würde mal annehmen, daß es nicht so gut schmeckt wie das hier«, sagte sie. »Aber ich kann mich auch irren.«

»Du irrst dich nicht.« Anita setzte sich ins Polster zurück. »O mein Gott . . .«, sagte sie. Sie schloß die Augen und ließ ihren Kopf ebenfalls zurücksinken. »Das ist so weich . . .«

»Alles Handarbeit«, sagte Tonia. »Damit es den Preis auch wert ist.«

Anita öffnete abrupt die Augen. Aber Tonia bemerkte ihre Reaktion gar nicht, sie war vom Champagner abgelenkt, den sie jetzt nachschenkte. »Es dauert eine Weile, bis wir am Hotel sind«, sagte sie. »Wir sollten es genießen.«

Sie glitten dahin, nichts drang herein, kein Laut von der Straße oder vom Motor, der Chauffeur war durch eine Scheibe von ihnen getrennt, sie hörten nicht einmal sein Atmen.

Ich weiß nicht, ob das eine gute Idee war, dachte Anita. *Ich gehöre nicht hierher.*

»Du fühlst dich unwohl.« Tonia schaute sie an. »Hätte ich dich mit einem Kleinwagen abholen sollen?« Sie lachte leicht. »Ich hasse den Pariser Verkehr. Ich fahre hier höchst ungern.«

»Du hättest einen Chauffeur nehmen können«, sagte Anita.

»In einem Kleinwagen wäre das schwierig«, sagte Tonia.

»Tonia, ich ...« Anita hob die Hände und legte sie dann ineinander. »Vielleicht ist es am besten, wenn ich gleich wieder zurückfliege. Das war keine gute Idee.«

Tonia wirkte erschreckt. »Bitte nicht«, sagte sie. »Es wird alles gut, das verspreche ich dir.«

Anita verzog die Mundwinkel. »Das ist ein großes Versprechen.«

»In Paris ist alles groß«, sagte Tonia. »Da müssen sich die Versprechen anpassen.« Sie beugte sich erneut vor und legte eine Hand auf Anitas. »Es passiert nichts, wirklich.« Ihre Augen suchten Anitas. »Bitte, vertrau mir.«

Anita schaute sie an, und sie spürte, daß sie ihr vertrauen wollte, daß sie bei ihr sein wollte, obwohl ihr Kopf ihr etwas anderes sagte.

»Ich weiß nicht, ob ich das kann«, sagte sie. »Aber ich bleibe.«

ॐ

»Das ist ... das ist einfach ...« Anita stand auf einem kleinen Podest, und eine Schneiderin steckte das Kleid für sie ab, das sie heute abend tragen sollte.

»Was?« Tonia blickte sie lächelnd an.

»Das ist das erste Kleid, das extra für mich gemacht worden ist«, sagte Anita. Es war ein merkwürdiges Gefühl.

»Ich hatte die Maße nicht ganz im Kopf«, sagte Tonia, »aber ich glaube, ich habe es gut beschrieben.« Sie lächelte erneut. »Du siehst berauschend aus.«

»Ich . . . ich fühle mich komisch«, sagte Anita.

»Du wirst dich daran gewöhnen. Die anderen müssen ja auch noch angepaßt werden«, sagte Tonia.

»Wie viele sind es denn?« Anita runzelte die Stirn.

»Oh, ich weiß nicht . . . etwa ein Dutzend?« Tonia sah die Schneiderin an, und die nickte.

»Ein . . . Dutzend?« Anita stammelte. »Wann soll ich die denn alle tragen?«

»Wir werden schon Gelegenheiten dafür finden«, sagte Tonia. Sie betrachtete Anita ein wenig stolz. »Und heute abend wirst du die Schönste im Saal sein. Alle werden mich um dich beneiden.«

»Ich . . . Tonia . . .« Anita rang die Hände und bewegte sich leicht.

»Bitte nicht bewegen«, sagte die Schneiderin sofort.

Anita erstarrte, damit die Schneiderin weiter ihre Nadeln in das Kleid stechen konnte. »Tonia . . . ich weiß nicht, ob ich das kann. So ein Empfang . . .«

»Ich habe schon einige davon hinter mich gebracht«, sagte Tonia. »Glaub mir, daran ist nichts Erschreckendes. Die Menschen sind etwas festlicher angezogen, das ist alles.«

Anita atmete tief durch. »Ich denke, das ist nicht alles«, sagte sie.

Tonia trat zu ihr und nahm ihre Hand. Sie lächelte Anita beruhigend an. »Du wirst heute nicht viel Zeit haben, darüber nachzudenken. Erst die Anprobe hier, dann der Schönheitssalon hier im Haus, die Visagistin, Maniküre, Pediküre, Frisur. Du wirst es knapp schaffen bis zum Empfang.«

»O Gott . . .«, hauchte Anita. Sie fühlte sich schwach. Das alles brach über sie herein wie die Niagarafälle. Ohne daß sie die Chance hatte sich dagegen zu wehren.

»Du wirst es schaffen«, wiederholte Tonia zuversichtlich. »Du bist wundervoll.« Sie hauchte einen Kuß auf Anitas Hand.

Bis zum Abend hatte Anita sich zwar immer noch nicht an die Situation gewöhnt, aber es war, wie Tonia gesagt hatte: Sie hatte keine Zeit darüber nachzudenken.

Als sie in die Suite zurückkehrte, festlich geschminkt und frisiert, strahlten ihre nackten Schultern über dem Abendkleid weiß und verführerisch.

Tonia, die tagsüber noch geschäftlich unterwegs gewesen war und sie alleingelassen hatte, kam aus ihrem Schlafraum, die Suite hatte zwei, einen für sie und einen für Anita. Tonia trug ebenfalls ein Abendkleid, aber an ihr wirkte es wesentlich selbstverständlicher als an Anita.

Sie blieb stehen und starrte Anita an. Sie schluckte. »Das ist ... atemberaubend ...«, sagte sie dann, und es schien tatsächlich, als ob sie nach Luft schnappte.

»Der Schönheitssalon hat wohl gute Arbeit geleistet«, sagte Anita.

»Das ist nicht ... der Schönheitssalon.« Tonia trat auf sie zu. »Dreh dich um.«

Anita war irritiert, aber sie tat, was Tonia von ihr verlangte. Tonias Hände berührten ihre Schultern, wanderten nach vorn, dann wieder nach hinten. Anita spürte, daß sie ihr etwas umgelegt hatte.

»Da ist ein Spiegel«, sagte Tonia. »Gefällt es dir?«

Anita ging zum Spiegel hinüber und schaute sich an. »Tonia ...«, sagte sie.

»Es ist kein Geschenk, wenn du es nicht willst«, sagte Tonia. »Aber ich möchte, daß du es heute abend trägst. Es paßt zum Kleid.«

Anita legte eine Hand auf das Collier und ließ ihre Finger über die Steine streichen. »Es ist wunderschön«, flüsterte sie.

»Nicht so schön wie die Frau, die es trägt«, flüsterte Tonia und hauchte einen Kuß auf Anitas Schulter, der sie fast nicht berührte. Sie legte ihr Ohrringe an, die offensichtlich zum Collier gehörten. »Mehr brauchst du nicht. In meinem Alter«, sie hob ihre Hände mit den Ringen und lachte, »trifft das nicht mehr zu.«

Anita griff an ihre Ohrläppchen und korrigierte den Sitz der Ohrringe. Sie schaute sich erneut im Spiegel an. Die Frau, die ihr entgegenblickte, kannte sie nicht. Die Hochsteckfrisur, die weißgepuderten Schultern, die Ohrringe, das Collier, das Kleid – alles war fremd.

Vielleicht machte es das leichter. Nicht sie ging heute abend auf diesen Empfang, sondern die Frau aus dem Spiegel da, die nichts mit ihr zu tun hatte.

»Können wir?« fragte Tonia. Sie schaute Anita lächelnd an.

»Ja.« Anita blickte zurück. »Tonia . . .«

»Pscht.« Tonia legte leicht einen Finger vor ihre Lippen. »Es wird alles gut. Sagte ich doch.«

»Ja, sagtest du.« Anita seufzte. »Dann los.«

Sie fuhren im Fahrstuhl in den Ballsaal hinunter, der ein paar Stockwerke tiefer lag. Als sie ausstiegen, hatte Anita das Gefühl, sich in einem alten Film zu befinden. Die Holzarbeiten an den Wänden und Fenstern, die hohen Türen, der Stuck an der Decke, Männer in Smokings oder Fräcken und Frauen in Abendkleidern.

Sie schaute sich um und hätte am liebsten nach Tonias Hand gegriffen, aber sie traute sich nicht. Tonia merkte es und griff nach ihrer, drückte sie. »Keine Angst«, flüsterte sie. »Alles nur Fassade.«

Anita lächelte sie unsicher an.

»Komm«, sagte Tonia. »Wir können nicht ewig hier herumstehen.« Sie ging weiter in den Saal hinein und ließ Anitas Hand los.

Anita fühlte sich wie ein Kind, das seine Mutter verloren hatte. Sie ging Tonia schnell hinterher. So schnell, wie das mit den Abendschuhen, die sie trug, möglich war. Natürlich war sie hochhackige Schuhe gewöhnt, aber das hier war wieder etwas anderes. Das lange Kleid beschränkte ihre Schritte.

Tonia griff sich zwei Gläser von einem Tablett, das ein Kellner an ihnen vorbeitrug. »Hier«, sagte sie. »Trink erst mal was. Das beruhigt.«

»Ich habe in meinem Leben noch nie so viel Champagner getrunken«, sagte Anita. »Ist das das einzige Getränk, was es hier gibt?« Sie nahm einen Schluck, und tatsächlich fühlte sie sich besser, vor allem, weil sie sich am Glas festhalten konnte.

»Das einzige, was angemessen ist«, lachte Tonia. »Aber es gibt auch anderes. Du mußt nur die Kellner fragen.«

»Auf französisch?« fragte Anita. Ihre Augen öffneten sich weit.

»Ich besorge dir etwas, wenn du möchtest«, sagte Tonia.

Anita schüttelte leicht den Kopf. »Nicht nötig. Champagner ist schon in Ordnung.« *Hörst du selbst, was du sagst?* ging es ihr durch den Kopf. Sie hätte fast gelacht. *Champagner ist schon in Ordnung.* Als ob es Mineralwasser wäre. Aber im Laufe des heutigen Tages hatte sie sich schon an vieles gewöhnt, wenn auch nicht an alles.

»Erlauben Sie, daß ich mit Ihrer Tochter tanze?« Ein älterer Herr im Smoking war neben sie getreten und schaute Tonia an.

Tonia schmunzelte. »Wenn meine ... Tochter nichts dagegen hat ...«

Anita starrte sie an.

»Magst du Walzer?« fragte Tonia.

Anita schluckte. »Ja«, erwiderte sie ziemlich konfus.

Tonia nahm ihr das Glas ab, der Herr bot Anita seinen Arm und führte sie zur Tanzfläche. Tonia blickte ihnen nach.

»Mußten Sie heute nachmittag gegen mich stimmen?« sprach eine ärgerliche Stimme neben ihr sie an.

Tonia riß sich von Anitas Anblick, wie sie tanzte und das Abendkleid verführerisch um sie schwang, los. »Das war eine Sachentscheidung«, antwortete sie. »Es ging nicht um Sie.«

Sie wandte sich dem Mann in ihrem Alter zu, der sie wütend anstarrte.

»Sie versuchen mir zu schaden, wo Sie können«, preßte er hervor. »Warum tun Sie das?«

»Ich versuche Ihnen nicht zu schaden«, sagte Tonia. »Ich entscheide immer nur in der Sache. Und da sind wir eben oft verschiedener Meinung.«

»Ich weiß, worum es geht«, behauptete er aufgebracht. »Es geht immer noch um dasselbe.«

Tonia verdrehte angedeutet die Augen. »Das ist doch schon ewig her«, sagte sie. »Daran erinnere ich mich schon gar nicht mehr.«

»Frauen haben ein Gedächtnis wie Elefanten«, sagte er. »Besonders für solche Dinge.«

»Wenn Sie meinen ...«, sagte Tonia. »Ich will mich nicht streiten.« Sie hörte die Musik wechseln und sah, wie Anita einen weiteren Tanz ablehnte, woraufhin sie von dem älteren Herrn zurückgebracht wurde. »Entschuldigen Sie mich, bitte«, sagte Tonia zu ihrem Widersacher und ließ ihn einfach stehen. Sie ging auf Anita zu.

»Ihre Tochter ist zauberhaft.« Der ältere Herr hauchte einen Kuß auf Anitas Hand.

»Ich weiß«, bestätigte Tonia lächelnd.

»Leider hat sie einen weiteren Tanz abgelehnt, aber ich hoffe, sie ändert ihre Meinung im Laufe des Abends noch.« Er warf Anita einen bittenden Blick zu und ging.

Anita atmete schwer. »Du gibst mich als deine ... Tochter aus?« fragte sie.

»Tue ich nicht«, sagte Tonia. »Ich habe ihn nur nicht korrigiert. Vor allem deshalb nicht, weil ich nicht weiß, ob es dir recht wäre, wenn ich dich als meine ... Freundin bezeichne.« Sie schaute Anita fragend an.

»Das wäre zumindest ... zutreffender«, sagte Anita. »Deine Tochter bin ich nun wirklich nicht.«

»Du könntest es sein«, sagte Tonia, »deshalb denken die Leute das.«

»Du siehst großartig aus«, sagte Anita. »Ich weiß nicht, wie die auf den Gedanken kommen.«

Tonia lachte. »Danke für das Kompliment«, sagte sie, »aber darf ich dich fragen: Wie alt bist du? Mitte zwanzig?«

»Sechsundzwanzig«, sagte Anita.

»Dann bin ich ziemlich genau dreißig Jahre älter als du«, sagte Tonia. »Mutter und Tochter – voilà.«

Anita starrte sie an.

»Du hast mich jünger geschätzt?« fragte Tonia. »Danke.«

»N-nein.« Anita schüttelte leicht den Kopf. »Eigentlich nicht. Ich habe einen ziemlich guten Blick für Leute. Liegt wohl an meinem Beruf. Aber du ... siehst sehr gut aus für dein Alter.«

Tonia verzog das Gesicht. »Was für ein zweifelhaftes Kompliment«, sagte sie. »Aber damit muß man wohl leben.« Sie schaute sich um. »Leider würde es die Leute hier einigermaßen irritieren, wenn wir miteinander tanzten, obwohl ich dich gern dazu auffordern würde. So kann ich dich höchstens an irgendwelche Herren ausleihen.« Sie lachte. »Wenn du tanzen willst, laß dich also bitte nicht von mir abhalten.«

»Muß nicht sein«, sagte Anita. »Tanzen, meine ich.« Sie hob die Augenbrauen. »Mit irgendwelchen ... Herren.«

Tonia lachte. »Es gibt auch andere Möglichkeiten in Paris. Nur nicht gerade hier.«

Ein Mann, der aussah, als wäre er mindestens schon siebzig, trat auf Tonia zu. »Antonia, meine Liebe ...« Er hauchte ihr zwei Küsse neben die Wangen. »Würdest du wohl mit mir tanzen? Ich hätte etwas mit dir zu besprechen.«

»Natürlich, Jérôme«, sagte Tonia. Sie lächelte ihn an, doch dann drehte sie sich leicht zu Anita. »Aber darf ich dir zuvor noch meine Freundin Anita vorstellen?«

»Enchanté, Mademoiselle«, sagte Jérôme, nahm Anitas Hand und küßte sie, ohne sie mit seinen Lippen zu berühren, so wie es sich gehörte. »Darf ich Ihnen Ihre Freundin kurz entführen?«

Anita schaute ihn verständnislos an, denn er und Tonia hatten Französisch gesprochen.

»Sag einfach *oui*«, raunte Tonia ihr zu. »Und übrigens: *mon amie* heißt *meine Freundin*.« Sie blinzelte Anita lächelnd zu und ließ sich von Jérôme auf die Tanzfläche führen.

»O mein Gott . . .«, stöhnte Anita, als sie im Fahrstuhl in ihre Suite fuhren. »Ich werde mich nie wieder darüber beklagen, daß mir die Füße wehtun. Gegen heute abend ist das gar nichts.«

»Ja, die hohen Schuhe«, sagte Tonia. »Ich bin auch froh, wenn ich sie gleich ausziehen kann.«

Kaum daß sie ihre Suite betreten hatten, schleuderten sie fast synchron die Schuhe von den Füßen und lachten dann beide.

»Warum tun wir uns nur so etwas an?« fragte Tonia seufzend, ging zum Sofa und ließ sich darauf fallen.

»Weil man toll darauf tanzen kann«, sagte Anita und fiel neben sie.

»Zu Jérôme solltest du *oui* sagen«, bemerkte Tonia leicht tadelnd zu Anita. »Nicht zu allen Männern, die dich zum Tanzen auffordern. Ich dachte, das wolltest du nicht.«

»Dann hätte ich nur in der Ecke gestanden und dir zugesehen«, sagte Anita. »Du warst ja ständig beschäftigt.«

»Das war alles geschäftlich«, sagte Tonia. »So ist das nun mal. Privat ist auf solchen Veranstaltungen gar nichts.« Sie schaute Anita an. »Na ja, fast gar nichts.«

Anita lächelte sie an. »Auch wenn ich nur mit Männern getanzt habe, aber es war ein toller Abend. So viel Spaß hatte ich lange nicht.«

Tonia richtete sich leicht auf und lehnte sich zu ihr. »Ich hätte so gern mit dir getanzt.« Sie schaute ihr in die Augen.

Ah, ich vergaß . . . die Bezahlung, dachte Anita. Auch wenn Tonia gesagt hatte, daß das nicht eintreten würde, hatte sie es nie geglaubt. Wozu sonst hätte Tonia sie nach Paris geholt?

Sie war hin- und hergerissen. Nichts hatte sie sich mehr gewünscht als daß Tonia sie anfassen würde, daß sie endlich einmal alles miteinander teilen konnten. Aber das war gewesen, bevor Brigitte aufgetaucht war.

Tonia übte eine ungeheure Anziehungskraft auf Anita aus. Auch jetzt wünschte sie sich sie zu berühren, mit ihr zu schlafen. Sie sah Tonias Augen halb über sich, und in diesen Augen war nichts, was sie abschreckte, was ihr nahelegte, sich zu beherrschen.

Sie hob ihre Hand und legte sie auf Tonias Wange. »Tonia . . .«, flüsterte sie.

Tonia rührte sich nicht, schaute Anita nur weiterhin an.

Anita hob sich ihr leicht entgegen, legte ihre Lippen auf Tonias Mund, küßte sie. »Tonia . . .«, hauchte sie sehnsuchtsvoll. Sie legte einen Arm um Tonias Nacken, zog sie zu sich herunter, küßte sie erneut.

Sie fühlte, wie Tonia reagierte, sie zurückküßte. *Unser erster Kuß,* dachte Anita erstaunt. *Das ist unser erster Kuß.*

Tonias Hände hoben sich, berührten Anitas nackte Schultern. Anita seufzte leise auf. Sie fühlte das Kribbeln ihr Rückgrat hinunterlaufen, das Verlangen steigen.

Plötzlich wurde Tonias Griff um Anitas Schultern fester, sie riß sich von ihrem Mund los und drückte sie leicht von sich weg. »Geh schlafen«, wisperte sie rauh. »Es tut mir leid.«

Sie stand auf, ging in ihren Schlafraum und schloß die Tür hinter sich.

Anita lag halb auf dem Sofa und konnte es nicht fassen. Okay, Tonia hatte die Wahrheit gesagt, sie wollte keine Bezahlung. Aber warum nicht? Oder nur nicht heute? Wollte sie noch warten, die Vorfreude steigern?

Anita seufzte und richtete sich auf. Sollte sie ihr nachgehen? Nein, das hatte wohl wenig Sinn. Tonia konfrontierte sie wirklich mit Dingen, mit denen sie zuvor noch nie konfrontiert worden war.

Sie hatte noch nie, noch nie in ihrem ganzen Leben, unter einer Person gelegen, die dann nicht mit ihr schlafen wollte.

Sie stand auf und strich das Kleid glatt. Die Berührung an ihren Fingerspitzen war fast wie die Berührung nackter Haut, es war ein wunderbarer Stoff. Sie genoß die Empfindung noch einen Moment, dann atmete sie tief durch und ging in ihr Zimmer. Das war keine nackte Haut, das waren nur Textilien.

Sie setzte sich vor die Spiegelkommode und löste ihr Haar. Es fiel auf ihre Schultern herunter. Dann legte sie eine Hand auf das Collier. Die Steine glitzerten kalt, aber sie waren warm, hatten ihre Körperwärme gespeichert, die sie den ganzen Abend über an sie abgegeben hatte.

Sie griff in ihren Nacken und löste den Verschluß, legte das Collier vor sich auf den Tisch. Dann nahm sie die Ohrringe ab und legte sie daneben. Sie würde das nie wieder tragen, denn als Geschenk würde sie es von Tonia nicht annehmen.

Ihr Blick nahm die Farben in sich auf, die sich in den Steinen fingen und spiegelten, funkelten. Sie hatte ein ausgesprochenes Talent für Farben, weshalb sie so eine gute Verkäuferin und Beraterin in Stilfragen war. Sie konnte sich sehr gut vorstellen, was man mit diesen Farben alles machen konnte. Was dazu paßte. Was am besten aussehen würde.

Sie seufzte. Nein, das ging nicht. Modeschmuck wäre in Ordnung gewesen, aber das nicht.

Sie stand auf und zog das Kleid aus. Es sah selbst, als sie es auf den Bügel hängte, noch beeindruckend aus. Sie schüttelte den Kopf. Ein für sie maßgeschneidertes, fast unbezahlbares Abendkleid. Was ihre Mutter wohl dazu sagen würde?

Sie wollte es sich lieber nicht vorstellen, denn Nettigkeiten konnte sie von ihrer Mutter nicht erwarten.

Sie hatten Tonia für ihre Mutter gehalten. Sie atmete tief ein. Wenn Tonia ihre Mutter gewesen wäre, wäre ihr Leben wohl anders verlaufen.

Dreißig Jahre. Sie zog sich endgültig aus, schminkte sich ab, ging in die Dusche. Während sie mit dem Wasser den Rest des Puders und den Rest des Abends abwusch, dachte sie daran, was das bedeutete.

Tonia war dreißig Jahre alt gewesen, als Anita geboren wurde. Eine erwachsene Frau, älter als Anita jetzt.

Das war unvorstellbar.

Anita verließ die Dusche, trocknete sich ab und nahm ihr Nachthemd aus dem Schrank. Sie hatte nicht gedacht, daß sie es brauchen würde, aber trotzdem hatte sie für Paris ein höchst reizvolles Negligé ausgesucht. Nun ja, nicht für Paris ... für Tonia.

Sie ließ es über ihre Schultern fallen. Alles Verschwendung. Der durchsichtige Stoff, die Leichtigkeit, der verführerische Schnitt.

Mutter ... Sie legte sich ins Bett. Auf einmal öffneten sich ihre Augen weit. In diesem Moment wurde ihr klar, daß ihre Mutter zehn Jahre jünger war als Tonia, denn dreißig Jahre hatte sie nicht gewartet, um schwanger zu werden. Und Anita hatte noch zwei ältere Geschwister. Ihre Mutter war zwanzig gewesen, als sie Anita bekommen hatte.

Ob Tonia auch über diese Dinge nachdachte? Hoffentlich nicht. Anita gefiel überhaupt nicht, woran sie dachte.

Lieber dachte sie an den Kuß. Ihren ersten Kuß mit Tonia. Es hatte lange genug gedauert. Sie lächelte.

Tonias Lippen hatten sie zum Schmelzen gebracht, sie hatte sich mehr gewünscht. Sie hatte sich gewünscht, daß Tonias Hände über ihre nackten Schultern hinunterwandern würden, daß sie sie überall spüren könnte.

Sie fühlte, wie das Kribbeln wiederkehrte, wie sie Tonia vor sich sah, über sich, wie sie immer näherkam, bis ihre Lippen sich berührten, ihre Zungenspitzen.

Als ihre eigene Hand fast wie von selbst zu ihrer Brust wanderte, hob sie verwundert die Augenbrauen. Sie hatte noch nie viel von Selbstbefriedigung gehalten, das brauchte sie nicht.

Aber in dieser Nacht tat sie es.

Und sie dachte dabei an Tonia.

54. Kapitel
FRÜHSTÜCK

»Guten Morgen.« Anita war erstaunt, Tonia bereits am Frühstückstisch sitzen zu sehen, als sie ihr Schlafzimmer verließ und in den gemeinsamen Wohnraum trat.

»Guten Morgen.« Tonia blickte von ihrer Zeitung auf, es sah aus, als hätte sie die Finanzseiten gelesen, und sie trug eine Brille dabei, was Anita ausgesprochen süß fand.

»Ich habe mir die Freiheit genommen, schon mal Frühstück für uns zu bestellen«, sagte Tonia. »Ich wußte nicht, wie lange du schläfst.«

»Normalerweise bin ich immer die erste«, sagte Anita. »Ich meine, ich bin meistens früh wach, weil ich ja auch für die Arbeit so früh aufstehen muß. Deshalb bin ich ganz überrascht, daß du schon wach bist.«

»Ich bin eine Frühaufsteherin«, sagte Tonia. »Und mit jedem Jahr, das ich älter werde, wird es schlimmer. Tut mir leid, daß ich dich um den Sieg gebracht habe.« Sie lächelte leicht.

Anita lachte. »Darum geht es wohl nicht.« Sie ging zu Tonia hinüber, beugte sich über sie und gab ihr einen Kuß.

Es schien fast, als ob Tonia ausweichen wollte, aber dann tat sie es doch nicht.

»Die *Financial Times*«, sagte Anita mit einem Blick auf Tonias Zeitung. »Von der habe ich bisher immer nur gehört. Ich kenne niemand, der die liest.«

»Das ist mein täglich Brot«, sagte Tonia. »Oder wohl eher meine tägliche Frühstückslektüre. Ich muß informiert sein, was in den Firmen los ist, in denen ich irgendwelche Posten habe. Oder was über sie berichtet wird. Damit man gegensteuern kann.«

»Puh«, sagte Anita. »Das wäre kein Job für mich.«

»Das habe ich früher auch gedacht«, sagte Tonia, »aber man kann alles lernen.« Sie wies auf den Frühstückstisch. »Fehlt irgend etwas? Ich wußte nicht, was du gern ißt, also habe ich von allem etwas bestellt.« Sie schaute Anita mißtrauisch an. »Oder ißt du morgens auch nichts?«

»Doch.« Anita lachte erneut. »Morgens esse ich immer. Das ist die wichtigste Mahlzeit des Tages für mich.«

»Da bin ich ja beruhigt«, sagte Tonia. Sie widmete sich wieder ihrer Zeitung.

Anita traute sich gar nicht, sie anzusprechen, weil sie so beschäftigt und abweisend aussah, aber nach einer Weile fragte sie dann doch: »Was ist das?«

Tonia blickte auf. »Austern«, sagte sie. »Magst du?«

»Ich habe noch nie welche gegessen«, sagte Anita.

»Wirklich nicht?« Tonia schaute sie über ihre Lesebrille hinweg etwas ungläubig an.

»Ob du's glaubst oder nicht, aber das ist für die meisten Leute nicht ihr übliches Frühstück«, sagte Anita. »Ebensowenig wie Champagner.« Sie zeigte auf die Flasche, die Tonia anscheinend auch bestellt hatte.

»Willst du eine versuchen?« Tonia legte die Zeitung weg, nahm eine der Schalen, träufelte etwas Zitrone hinein und hielt sie Anita hin.

Anita schaute etwas mißtrauisch auf den Inhalt.

»Versuch es ruhig«, sagte Tonia und lachte. »Sie beißt nicht.«

Anita nahm zögernd die halbe Auster aus Tonias Hand, schluckte sie aber nicht.

»Guck zu«, sagte Tonia, nahm eine zweite Hälfte, salzte sie, träufelte Zitrone darauf, setzte die Schale an ihre Lippen und schluckte den Inhalt herunter. »Sie sind wirklich frisch«, sagte sie.

Anita wußte, daß sie auch hätte nein sagen können, aber sie war trotz des Widerwillens, den sie gegen die schleimige Masse empfand, neugierig. Also tat sie es Tonia nach. Sie verzog das Gesicht. »Du ißt so was gern?« fragte sie skeptisch.

»Sehr gern«, sagte Tonia. »Wenn sie frisch sind.«

»Bist du böse, wenn ich mich dir nicht anschließe?« fragte Anita. »Ich glaube, für mich ist das nichts. Das schmeckt irgendwie nach nichts, und das Gefühl, wenn es im Hals runterrutscht . . .« Sie schüttelte sich leicht.

Tonia lächelte. »Viele Leute mögen keine Austern, das ist kein Beinbruch.«

»Danke«, sagte Anita erleichtert. »Ich dachte schon, ich muß das jetzt jeden Tag zum Frühstück essen.«

»Du mußt gar nichts.« Tonia schaute sie ernst an. »Ich dachte, das wüßtest du.«

Anita dachte an die vergangene Nacht. Sie fühlte eine leichte Anspannung in sich aufsteigen. »Tonia . . .«

Tonia blickte irgendwie streng hinter ihrer Brille, wie eine unwillige Lehrerin. »Ich will nicht darüber sprechen«, sagte sie. Sie versuchte wieder ihre Zeitung zu lesen.

Hm. Anita überlegte. »Ich muß nichts, aber ich muß dir gehorchen, was das betrifft?« fragte sie dann direkt.

Tonia legte die Zeitung zur Seite und nahm die Brille ab. »Du mußt mir doch nicht gehorchen«, erwiderte sie irritiert.

»Das klang nicht wie eine Bitte«, sagte Anita.

»Ja, ich ...« Tonia lehnte sich zurück und seufzte. »Du hast recht. Ich bin zu sehr daran gewöhnt, Befehle zu erteilen, Anordnungen, unmißverständliche Vorschläge.« Sie zuckte die Schultern und schaute Anita an. »Das sollte sich im Privaten allerdings nicht niederschlagen. Entschuldige.« Sie begann zu lächeln. »Du sahst so überwältigend aus gestern abend«, fügte sie weich hinzu. »Du warst die Prinzessin des Saales.« Sie musterte lächelnd Anitas Gesicht.

»Wenn ich die Prinzessin war, warst du die Königin«, sagte Anita. »Du trägst ein Abendkleid, als wärst du darin geboren.«

»Nicht direkt«, sagte Tonia, »aber ja, ich habe schon ziemlich früh damit angefangen. Auf dem Debütantinnenball war ich glaube ich fünfzehn.«

»Debütantinnenball«, wiederholte Anita. »Wie das klingt.« Wieder einmal wurde ihr klar, in welch verschiedenen Welten Tonia und sie lebten.

»So, wie es ist«, lachte Tonia. »Eine äußerst steife Veranstaltung. Das erste Mal auf viel zu hohen Schuhen, in einem Kleid, über das man ständig stolpert, und dann muß man mit Jünglingen tanzen, die dir selbst beim Walzer auf die Füße treten.«

Anita mußte bei der Beschreibung lachen. »Von der Sorte hatte ich gestern nur einen«, sagte sie.

»Bei älteren Herren kommt das auch viel seltener vor«, sagte Tonia. »Die haben denn doch etwas mehr Übung.«

Anita hatte das Gefühl, sie müßte einfach ins kalte Wasser springen. »Hast du deinen Mann damals kennengelernt?« fragte sie.

»Meinen Mann?« Tonia hob die Augenbrauen.

»Du hast mir davon erzählt«, sagte Anita. »Am Telefon.«

»Oh ... ja. Mein Mann ...« Tonia schien sich wieder zu erinnern. »Das ist schon so lange her. Ich war noch ein halbes Kind, als ich geheiratet habe.«

»Du hast dich in ihn verliebt?« fragte Anita.

»Verliebt?« Tonia schüttelte den Kopf. »Nein, verliebt war ich nicht. Ich war nie in einen Mann verliebt.«

Anita blickte sie erstaunt an.

Tonia seufzte. »Ich war eine Tochter aus gutem Hause, und als brave Tochter heiratete ich den Mann, den meine Eltern für mich ausgesucht hatten. Das war alles.«

»Du hast einen Mann geheiratet, den du gar nicht kanntest?« Das konnte Anita sich nicht vorstellen.

»O doch, ich kannte ihn. Er war ein Geschäftsfreund meines Vaters.« Tonia erzählte das so, als wäre es die Geschichte einer anderen Person. »Ich kannte ihn seit meiner Kindheit.«

»Also war er erheblich älter als du«, sagte Anita. Das wiederum kam ihr bekannt vor.

»O ja, erheblich.« Tonia schaute Anita etwas merkwürdig an. »Dagegen sind wir geradezu Zwillinge.«

»So alt?« Anita hörte es sich sagen und hätte sich am liebsten auf die Zunge gebissen.

»Ja, so alt.« Tonia schaute sie an, als wollte sie noch etwas hinzufügen, tat es dann aber doch nicht.

»Tut mir leid«, entschuldigte sich Anita. »Das wollte ich nicht sagen.«

»Es liegt nahe.« Tonia zuckte die Achseln. »Es war auch das erste, was gesagt habe. Aber was ich wollte, spielte sowieso keine Rolle.«

»War deine Familie denn nicht reich? Konntest du nicht selbst entscheiden?« Anita hatte sich das Leben reicher Leute immer etwas anders vorgestellt.

»Ja, meine Familie war . . . ist reich«, sagte Tonia. »Aber gerade deshalb konnte ich nicht selbst entscheiden. Da gab es wichtigere Dinge, die berücksichtigt werden mußten, als meine Wünsche oder Gefühle.«

»Furchtbar«, sagte Anita. »Das wußte ich nicht.«

Tonia lächelte sie an. »Woher auch? Mach dir keine Gedanken. Das ist wirklich schon sehr lange her.«

Anita stand auf und ging zu Tonia auf die andere Seite des Tisches. Sie schaute auf sie hinunter, dann schob sie den Tisch ein wenig zur Seite und setzte sich auf Tonias Schoß. »Soll ich dich ein bißchen trösten?« fragte sie leise und schaute Tonia zärtlich an. Sie beugte sich hinunter und küßte sie.

Tonia umarmte Anita und ließ sich küssen, aber sie machte keine Anstalten weiterzugehen.

»Was ist?« fragte Anita leise, als sie sich von Tonia zurückzog.

Tonia legte ihren Kopf an Anitas Brust und seufzte. »Ich glaube, das ist keine gute Idee«, sagte sie.

»Warum nicht?« Anita hatte ja schon versucht es zu verstehen, aber seit letzter Nacht sehnte sie sich noch mehr nach Tonia, und Tonias Blicke schienen darauf hinzudeuten, daß ihre Wünsche ebenfalls in diese Richtung gingen. Warum also lehnte sie Anitas Angebote immer wieder ab?

Tonia hob den Kopf und lächelte Anita an. »Wie wäre es, wenn wir heute abend richtig tanzen gingen? Wir zwei. In ein Lokal, in dem das ganz normal ist.« Sie lachte leicht. »Ohne Abendkleid.«

»Das wäre auf jeden Fall bequemer.« Anita lehnte sich ein wenig zurück. »Aber wir haben doch noch viel Zeit bis heute abend.« Sie beugte sich wieder zu Tonia und versuchte sie zu küssen.

Diesmal drehte Tonia ihren Kopf weg. »Leider nicht«, sagte sie. »Ich habe gleich eine Sitzung. Heute abend wäre auch noch ein Empfang, aber den schwänze ich. Ich gehe lieber mit dir aus.« Sie lächelte Anita an, schob sie dann aber sanft von ihrem Schoß. »Tut mir leid, aber ich muß jetzt duschen und mich anziehen.«

Sie ging in ihr Zimmer.

55. Kapitel
DAMPFLOKOMOTIVE

»Mit wem treibst du's?« Doris empfing Anita nach ihrer Rückkehr aus Paris, indem sie wie eine überheizte Dampflok auf sie zurollte. Man sah geradezu heftige Rauchwolken in abgerissenen Stößen aus ihrem Schornstein stieben, der jeden Moment explodieren konnte.

»Was?« Anita schüttelte irritiert den Kopf. »Was meinst du damit?«

»Du kommst einfach nicht zur Arbeit, von jetzt auf gleich fällst du tagelang aus, wir müssen deine Arbeit mitmachen, du bist nicht krank, du bist angeblich spontan auf Urlaub, und nichts passiert? Keine Abmahnung, keine Kündigung, noch nicht einmal eine Verwarnung. Und das hat uns die Geschäftsleitung mitgeteilt. Die *Geschäftsleitung!*« Doris' Dampfkessel kochte mächtig. Ihr Busen, auch wenn er nicht mit Anitas zu vergleichen war, wogte.

»Ähm . . . tut mir leid«, sagte Anita. Sie hätte sich denken können, daß Tonias Kontakte sich auf der obersten Ebene bewegten, aber erst jetzt wurde ihr richtig klar, was das bedeutete.

»Du schläfst mit einem von den Bonzen da oben«, vermutete Doris wütend. »Wer ist es? Der kleine, dicke Bruckner? Ich dachte, der kriegt schon lange keinen mehr hoch.« Sie starrte Anitas Brüste an. »Aber du hast natürlich anregende Argumente.«

»Ich . . . nein«, sagte Anita. »Du irrst dich.«

Wenn Doris nur gewußt hätte, wie sehr. Anita war fünf Tage mit Tonia in Paris gewesen, aber es war nichts passiert. Sie waren ausgegangen, sie hatten getanzt, sie hatten sich – wenn Tonia es zuließ – geküßt.

Das war alles. So sehr sich Anita auch bemüht hatte, Tonia von einer anderen Möglichkeit zu überzeugen . . . Jedesmal, wenn sie in ihre Suite zurückkehrten, war Tonia in ihr Zimmer gegangen und hatte Anita in ihr eigenes auf der anderen Seite geschickt. Sie hatten getrennt geschlafen.

Die Bezahltheorie hatte sich völlig in Luft aufgelöst.

»Das kannst du mir doch nicht erzählen!« Doris' Dampfpegel stieg. »Es muß einer von denen da oben sein. Und ich weiß, die anderen sind versorgt.«

Anita mußte ein Lachen zurückhalten. Doris wußte wirklich alles, was diese Dinge betraf. Um so wütender war sie natürlich darüber, daß sie über Anita gar nichts wußte, nichts in Erfahrung bringen konnte.

»Ich kann nur wiederholen, es tut mir leid«, sagte Anita. »Es wird nicht wieder vorkommen.«

»Hat er dich aus seinem Bett geschmissen?« Jetzt war Doris wieder interessiert.

Sie konnte mich nicht rausschmeißen, sie hat mich gar nicht erst reingelassen, dachte Anita innerlich seufzend. Es war eine höchst irritierende Situation.

»Oder findest du ihn nach den paar Tagen jetzt so eklig, daß du dich nicht mehr von ihm anfassen lassen willst?« fragte Doris weiter. »Das könnte ich verstehen.«

»Frag ihn doch«, erwiderte Anita seufzend. »Er gibt dir bestimmt gern Auskunft.« Das würde Doris natürlich nicht wagen.

»Ich werde den anderen erzählen, daß du es mit ihm hast«,

drohte sie statt dessen boshaft an. »Die werden sich totlachen. Jeder weiß doch, was für ein Schlappschwanz das ist. Und was er im Bett von einer Frau verlangt ...« Sie schaute Anita lauernd von unten herauf an.

»Tu, was du nicht lassen kannst«, sagte Anita.

Doris dampfte ab, und Anita kümmerte sich um ihren Verkaufstisch, den ihre Kolleginnen sträflich vernachlässigt hatten. Sie mußte alles neu einräumen.

Während sie die Sachen in die Schubladen legte, dachte sie an die Kleider, die Tonia ihr geschenkt hatte. Sie hatte sie, wie alle anderen Geschenke, abgelehnt, aber Tonia hatte gesagt: »Was soll ich damit machen? Sie sind auf Maß gearbeitet. Sie passen nur dir. Wenn du sie nicht nimmst, kann ich sie nur wegwerfen.«

Danach hatte Anita sich zwar immer noch gewehrt, aber Tonia hatte sie davon überzeugt, daß das ihr Ernst war. Sie lehnte jede Umarbeitung oder Änderung ab, und Abendkleider ans Obdachlosenasyl zu verschenken kam selbst Anita etwas übertrieben vor.

Und so hingen jetzt in ihrem billigen Kleiderschrank zu Hause Kleider, von denen jedes einzelne das Mehrfache von dem kostete, was sie im Monat verdiente – wenn das denn hinkam.

Sie hat mich doch wieder rumgekriegt, dachte Anita etwas frustriert. *Sie kriegt mich immer rum. Der ganze Aufenthalt war ein Geschenk, das Ticket, alles, was wir gegessen und getrunken haben, die Kleider ...*

Manchmal tröstete sie sich damit, daß es eine Entschädigung dafür war, daß sie von Tonia nicht das bekam, was sie von ihr wollte, aber wenn sie so dachte, kam sie sich schon fast wie eine Ehefrau vor. Eine Ehefrau, die ihren Ehemann finanziell ausnahm, weil er ihr nichts geben konnte außer materiellen Dingen.

Aber so war es mit Tonia ja nicht. Sie hatten sich unterhalten, wunderbare Stunden miteinander verbracht, zärtliche Küsse getauscht und sanfte Berührungen beim Tanz. Das war nichts Materielles, das war genau das, was Anita wollte. Aber es war eben nicht alles. Den Rest verweigerte Tonia ihr.

Da war es doch geradezu tröstlich, daß ihre Kolleginnen ihr unterstellten, daß sie zumindest Sex mit dem kleinen, dicken, ständig vor Anstrengung schnaufenden Direktor Bruckner hatte.

Sie seufzte erneut.

56. Kapitel
ALTERSFRAGEN

»Arbeiten Sie hier?« Die junge Frau schaute Anita derart herablassend an, daß Anita nicht viel Lust hatte, sie zu bedienen, aber sie mußte. Dafür war sie da.

»Ja«, antwortete sie schicksalsergeben. Das würde keine angenehme Verkaufssituation werden. »Womit kann ich Ihnen helfen?«

Die junge Frau musterte Anita von oben bis unten, ihr Gesicht, ihre Brüste, ihre schmalen Hüften, die ganze anziehende Gestalt.

»Haben Sie ... BHs?« fragte die Frau, und es schien, als ob der Anblick von Anitas Brüsten sie auf diesen Gedanken gebracht hätte.

Sie sieht überhaupt nicht danach aus, dachte Anita irritiert, *aber irgend etwas will sie von mir.* »Nein«, antwortete sie ruhig. »Da müssen Sie in die Wäscheabteilung.«

»Dann etwas anderes«, sagte die junge Frau. »Was haben Sie denn?«

»Accessoires«, sagte Anita. »Handschuhe, Schals, Modeschmuck ... was Sie hier sehen.« Sie machte eine Bewegung mit ihrem Arm, der die Regale ihrer Abteilung umfaßte. »Sie können sich gern umschauen.« *Sie will überhaupt nichts kaufen,* dachte sie noch irritierter. *Wozu ist sie hier?*

»Wie alt sind Sie?« Den Blick der jungen Frau hätte man mit Fug und Recht als stechend bezeichnen können, er schien Anita zu durchbohren.

»Wie bitte?« Anita schaute sie verdutzt an.

»Sie sind jünger als ich, oder?« fragte die Frau.

Anita musterte sie schnell. »Ich weiß nicht«, sagte sie. »Könnte sein. Aber —«

»Sie sind unter dreißig.« Das war eine Feststellung, keine Frage.

»Ja«, sagte Anita.

»Ich bin über dreißig. Damit wäre das geklärt.«

Was auch immer, dachte Anita. Sie fühlte sich wie auf einem Karussell, das immer schneller fuhr und von dem sie es verpaßt hatte rechtzeitig abzuspringen.

Immer noch durchbohrte die andere Anita mit ihrem Blick, dann wandte sie sich ab und zupfte an ihren Handschuhen. »Lassen Sie

sie in Ruhe«, sagte sie.

Anita schüttelte verwirrt den Kopf. »Wen?« fragte sie.

»Wie nennen Sie sie?« Die andere musterte Anita erneut mit diesem Blick, der hätte töten können. »Frau Haffner?« Sie lachte etwas höhnisch. »Nein. Wahrscheinlich nennen Sie sie ... Tonia, nicht wahr?«

Tonia. Es hatte irgend etwas mit Tonia zu tun. Anita blickte sie verwundert an. »Was soll das?« fragte sie. »Was wollen Sie von mir?«

»Ich? Von Ihnen? Gar nichts.« Die andere lachte. »Ich will nur, daß Sie ... Tonia in Ruhe lassen, das ist alles. Haben Sie das verstanden?«

Anita hatte das Gefühl, daß da irgend etwas ganz Unangenehmes im Busch war. »Ich kenne keine Tonia«, sagte sie. »Sie müssen sich irren.«

»Ich irre mich nicht«, beharrte die andere. »Sie waren mit ihr in Paris.«

Woher kann sie das wissen? dachte Anita. *Da stimmt doch irgend etwas nicht.* »Ich habe keine Ahnung, wovon Sie sprechen«, sagte sie. »Würden Sie mich jetzt bitte entschuldigen? Wenn Sie nichts kaufen wollen, widme ich mich meinen anderen Pflichten. Es ist uns untersagt, mit Kunden Privatgespräche zu führen.«

»Wenn sie jetzt hier wäre, hättest du bestimmt nichts dagegen, nicht wahr, du kleines Herzchen?« Die andere beugte sich über Anitas Verkaufstisch, um ihr ganz nah in die Augen sehen zu können. »Laß sie in Ruhe, ich warne dich. Ich bin nicht hier, um einen Vorschlag zu machen. Jetzt ist meine Warnung noch freundlich, aber das kann sich ändern.«

»Ich sagte es Ihnen schon, ich habe keine Ahnung, wovon Sie sprechen«, wiederholte Anita. Allmählich dämmerte es ihr. Diese Frau hatte eine ganz ähnliche besitzergreifende Art über Tonia zu reden wie Brigitte, auch wenn sie viel jünger war. Sie mußte eine von Tonias –

Sie seufzte innerlich. Hatte sie das nicht schon die ganze Zeit erwartet? Warum sollte Brigitte die einzige sein? Brigitte hatte von *deinen Flittchen* gesprochen, in der Mehrzahl. Sie hatte damit nicht nur Anita gemeint.

»Bitte entschuldigen Sie mich«, sagte Anita zum zweiten Mal, drehte sich um und ging nach hinten in den Aufenthaltsraum der Verkäuferinnen.

ඥ෮

»Guten Abend, meine Süße, wie geht es dir?« Tonias Stimme am Telefon klang weich und zärtlich.
»Wie immer«, sagte Anita. »Müde.«
»Du wolltest den Job ja unbedingt behalten.« Tonia lachte leicht. »Ich kann mir wirklich Angenehmeres vorstellen.«
»Ja«, sagte Anita.
Tonia stutzte. »Du bist so einsilbig«, stellte sie fest. »Ist irgendwas?«
»Nichts«, sagte Anita. »Es war ein harter Tag. Und es ist immer schwierig, wenn man ... wenn man aus dem Urlaub zurückkommt.« Sie seufzte. »Du hättest das nicht tun sollen, Tonia. Die ganze Abteilung hat mich mit Fragen bombardiert, warum sie von der Geschäftsleitung über meine Abwesenheit informiert wurden.«
»Oje«, sagte Tonia. »Das war nicht sehr diskret, oder? Ich hätte daran denken sollen, daß sie das anders machen.«
Anita seufzte erneut. »Als Ergebnis habe ich jetzt in den Augen meiner Kolleginnen ein Verhältnis mit Direktor Bruckner«, sagte sie. »Weil er der einzige ist, der in Frage kommt.«
»Bruckner?« fragte Tonia stirnrunzelnd. »Ich glaube, den habe ich mal gesehen. Ist das so ein kleiner, dicker?«
»Ja«, sagte Anita.
Tonia lachte. »Kein Mensch könnte doch annehmen, daß du ... mit dem ...«
»Ist es bei uns denn anders?« fragte Anita. »Würde darauf irgendein Mensch kommen?« Wenn Tonia irgend etwas über sich und Anita erzählt hatte, zum Beispiel der jungen Frau von heute nachmittag, sollte sie das jetzt sagen.
»Vermutlich nicht«, sagte Tonia. Sie klang völlig entspannt. »Aber ich hoffe, du vergleichst mich nicht mit diesem schnaufenden Nilpferd.« Sie lachte erneut.
»Nein, ihr habt keinerlei Ähnlichkeit miteinander«, bestätigte Anita.

Außer daß ihr es beide mit kleinen Verkäuferinnen treibt, fügte sie in Gedanken hinzu. Sie merkte, daß der Besuch der jungen Frau heute nachmittag Spuren hinterlassen hatte. Danach hatte sie viel darüber nachgedacht, ob diese Frau immer noch mit Tonia zusammen war, zur gleichen Zeit wie Anita. Zumindest hatte die Frau das angedeutet.

Vielleicht schläft sie mit ihr, spann sie ihren Gedanken weiter. *Mit ihr, aber mit mir nicht.* Und erneut fragte sie sich, warum. Doch selbst wenn es hier so war, was war dann in Paris gewesen? Da konnte sie nicht erschöpft vom Sex mit einer anderen Frau gewesen sein. Dort war nur Anita.

»Deine Kolleginnen unterstellen dir das wirklich?« fragte Tonia. Sie klang etwas verwundert. »Das ist doch weit unter deinem Niveau.«

»Ach ja?« Anita hob die Augenbrauen.

Tonia schien zu stutzen. »Entschuldige bitte, aber du klingst äußerst angespannt«, sagte sie vorsichtig. »Was ist los? Das ist doch nicht nur Müdigkeit von der Arbeit.«

Anita atmete tief durch. »Ich hatte heute Besuch im Kaufhaus«, sagte sie.

»Besuch?« Tonia runzelte die Stirn. »Von wem?«

»Von einer Frau, die dir wahrscheinlich besser bekannt ist als mir«, sagte Anita. »Wenn es auch nicht Brigitte war.«

»Was ... was soll das bedeuten?« fragte Tonia. Sie schien wirklich erstaunt.

Anita seufzte. »Sag du's mir.« Sie versuchte sich zu sammeln. »Tonia, ich ... ich erhebe keinen Anspruch auf dich«, fuhr sie angestrengt fort. »Du kannst zusammensein, mit wem du willst. Aber ich ... ich möchte diese Frauen nicht jedesmal kennenlernen. Mit mir hat das alles nichts zu tun. Wenn du dich nicht eindeutig für mich entscheiden kannst«, sie schluckte, »verstehe ich das. Aber dann sollten wir es lassen. Ich will nicht das fünfte Rad am Wagen sein, das war ich lange genug.«

Sie fühlte sich erschöpft nach dieser langen Rede, die so viele Dinge enthielt, die sie nie hatte sagen wollen – über die sie eigentlich gar nicht nachdenken wollte. Aber die Situation mit Tonia zwang sie dazu.

Tonia sagte keinen Ton. Anita hörte nur ihren schweren Atem in der Leitung.

»Du weißt anscheinend, wovon ich rede«, fügte Anita seufzend hinzu. Was hatte sie anderes erwartet? »Beziehungsweise von wem. Dann grüß sie mal schön von mir. Sag ihr, daß sie erreicht hat, was sie wollte. Ich lasse dich in Ruhe.« Sie fühlte Tränen in ihre Augen steigen. »Ich ... ich fand es wundervoll in Paris«, fügte sie schluckend hinzu, dann legte sie auf.

Gleich darauf klingelte das Telefon erneut, aber sie nahm nicht ab. Was immer Tonia ihr sagen wollte, konnte nichts daran ändern, daß es keinen Sinn hatte. Tonia und sie lebten nicht nur in völlig verschiedenen Welten, Tonia konnte auch offensichtlich nicht mit einer Frau allein auskommen.

Das hatte sie schon zu oft gehabt. Das brauchte sie nicht.

Es war endlich an der Zeit, einen Schlußstrich zu ziehen unter all diese Beziehungen, die keine waren, die nur aus Lügen und Enttäuschungen bestanden.

Dann lieber gar keine Beziehung.

57. Kapitel
FEENLAND

Als Anita nach Hause kam, sah sie Tonias Wagen vor der Tür stehen. Sie wäre am liebsten umgekehrt, aber wo hätte sie hingehen sollen?

Also lief sie weiter und schloß die Tür auf, auch wenn ihr Herz laut und unregelmäßig pochte, als wollte es gleich aus ihrer Brust springen.

Tonia stieg aus dem Wagen und kam zu ihr. »Ich muß mit dir reden«, sagte sie.

»Wir haben nichts mehr zu reden.« Anita drückte die Tür auf. »Du hast dein Leben und ich meins. Lassen wir es doch einfach dabei.« Sie fühlte, daß Tonias Gegenwart die gleiche Wirkung auf sie ausübte wie immer: Sie konnte sich kaum dagegen wehren, sie umarmen zu wollen.

Sie ging hinein, und Tonia folgte ihr.

»Ich habe dir nicht alles gesagt«, bemerkte Tonia. »Vielleicht hätte ich das tun sollen.«

»Nein, danke«, sagte Anita. Sie stieg die Treppe hinauf. »Die Liste deiner Bekanntschaften hätte denn doch zu viel Zeit eingenommen.« Sie schloß ihre Wohnungstür auf und drehte sich zu Tonia um. »Ich möchte nicht, daß du hereinkommst«, sagte sie. »Bitte geh.«

Tonia schaute sie an und rührte sich nicht.

»Tonia ... bitte ...« Anita atmete tief durch. »Es hat doch keinen Sinn.«

Tonia hob etwas hilflos eine Hand. »Es ist nicht so, wie du denkst. Bitte laß es mich dir doch erklären.«

»Wie oft noch?« fragte Anita seufzend. »Jedesmal, wenn wieder eine deiner Freundinnen bei mir auftaucht? Das wird mir ehrlich gesagt zuviel.«

»Sie ... sie hätte nicht zu dir kommen sollen«, erwiderte Tonia bekümmert. »Davon wußte ich nichts.«

»Das wäre ja auch noch schöner, wenn du es gewußt hättest.« Langsam wurde Anita ärgerlich. »Ich kann mich nicht hier im Hausflur mit dir darüber unterhalten, man versteht im ganzen Haus jedes Wort.« Sie seufzte erneut. »Also komm rein.«

Sie drehte sich um, betrat ihren Wohnungsflur, hängte ihre Jacke auf und ging weiter ins Wohnzimmer. »Du verzeihst, wenn ich dir nichts anbiete«, sagte sie, »aber ich möchte nicht, daß du lange bleibst. Ich hoffe, es wird ein kurzer Besuch.«

»Anita ...« Tonia sah sehr unglücklich aus. »Ich kann mir vorstellen, wie du dich fühlst, aber das ist alles nur ein Mißverständnis.«

»Wenn ich das nicht schon mal gehört habe ...« Anita verzog die Mundwinkel und setzte sich. »Entschuldige, aber meine Füße tun weh.« Sie holte tief Atem. »Ich glaube nicht, daß du dir vorstellen kannst, wie ich mich fühle. Für dich war das Leben nie so wie für mich. Du mußtest solche Erfahrungen sicher nicht machen.«

Tonia blickte auf sie hinunter. Sie stand immer noch. Anscheinend wagte sie es nicht, sich zu setzen, da Anita sie nicht dazu aufgefordert hatte. »Meine Erfahrungen sind andere als deine«, sagte sie, »da hast du wohl recht, aber das heißt nicht, daß ich nicht nachfühlen kann, wie sich Enttäuschung anfühlt.«

»Enttäuschung.« Anita legte den Kopf schief. »Ja, wahrscheinlich ist es das. Aber ich bin selbst schuld. Ich mache dir keine Vorwürfe. Ich hätte es von Anfang an wissen müssen. Das passiert mir wirklich nicht zum ersten Mal.«

»Das tut mir so leid«, sagte Tonia weich. Sie schaute Anita mit einem zärtlichen Blick an. »Ich wünschte, ich könnte das alles ungeschehen machen.«

Anita zog die Augenbrauen zusammen. »Guck mich nicht so an«, sagte sie. »Das ist vorbei.« Sie schüttelte den Kopf. »Wieso wollt ihr hinterher die Dinge immer ungeschehen machen? Wie wäre es denn damit, es gar nicht erst zu tun?«

Tonia lachte leicht auf. »Du hast absolut recht. Aber in diesem Falle ...«, sie ließ sich neben Anitas Sessel auf ein Knie nieder und legte eine Hand auf die Lehne, »in diesem Fall wäre das gar nicht so einfach.«

»Bitte, tu das nicht, Tonia«, sagte Anita etwas unbehaglich. »Komm mir nicht so nah.«

»Das war auch Teil des Problems, nicht wahr?« sagte Tonia. »Daß ich dich nicht an mich herangelassen habe. Und das meine ich nicht nur körperlich.« Sie seufzte und schaute zu Boden. »Es tut mir leid.«

»Man kann nicht einfach hinterher sagen, es tut mir leid, und damit ist alles wieder in Ordnung«, erwiderte Anita. »Das ändert gar nichts.«

»Nein, tut es nicht.« Tonia legte ihre zweite Hand auf Anitas Knie und schaute sie wieder an.

Anita zuckte zusammen. Sie wollte weglaufen. Aber sie war wie am Sessel festgeschweißt. »Bitte ... Tonia ... tu das nicht«, flüsterte sie.

»Ich würde dich gern küssen ... halten ... nie wieder loslassen«, wisperte Tonia. »Du bist alles, was ich mir wünsche.«

Anita riß sich aus der Erstarrung. »Neben Brigitte und ... wie heißt sie?« Sie schaute Tonia fragend an.

»Julia«, erwiderte Tonia leise. »Sie heißt Julia.«

»Also neben Brigitte, Julia und all den anderen«, beendete Anita den Satz. »Ich weiß wirklich nicht, wozu du mich da noch brauchst.«

»Ich brauche dich«, sagte Tonia. Ihre Augen suchten Anitas. »Ich brauche dich wie die Luft zum Atmen. Du bist so viel mehr als ich mir je zu erwarten gehofft hatte.«

»Tonia ...« Anita runzelte unangenehm berührt die Stirn. »Übertreib es doch nicht so. Du brauchst dir keine Mühe mehr zu geben. Es ist vorbei. Und dabei bleibt es auch.«

»Brigitte ist ... war einmal meine Freundin«, sagte Tonia. »Wir waren jahrelang zusammen, aber nur heimlich, denn sie war die ganze Zeit verheiratet. Ich wollte das eigentlich nicht, diese Heimlichkeiten, aber Brigitte bestand darauf. Sie war wohl auch damals schon psychisch krank, was ich aber nicht wußte. Ich habe es ... gemerkt, wenn wir zusammen waren. Aber ich konnte nicht festmachen, was es war. Ich merkte nur, daß die Anspannung immer größer wurde. Doch jedesmal, wenn ich sie darauf ansprach, flehte sie mich an, sie nicht zu verlassen, sie würde mich so sehr brauchen. Und auch ich hatte das Gefühl, ohne mich würde sie den Halt ganz verlieren. Also blieb ich bei ihr. Stand ständig für sie zur Verfügung, wenn sie mich brauchte. Ich bin einmal mit der nächsten Maschine aus New York zurückgeflogen, als sie mich anrief und mir sagte, sie würde sich umbringen. Diese Drohung gab es jedoch nicht nur einmal. Meistens dann, wenn ich weit weg war.« Sie schluckte. »Eines Tages ... eines Tages kam ich fast zu spät. Sie wurde ins Krankenhaus eingeliefert und dann in die Psychiatrie. Ich hatte natürlich nichts damit zu tun, das hat ihr Ehemann geregelt, der froh war, sie loszusein.«

Anita hörte fassungslos zu.

»Damit begann ein Kreislauf«, fuhr Tonia leise fort. »Rein, raus, rein, raus. Ihr Mann ließ sich scheiden. Da hatte sie nur noch mich. Ich gab ihr den Schlüssel zu meinem Haus, damit sie jederzeit zu mir kommen konnte, als Zuflucht, wenn sie nicht wußte, wohin. In letzter Zeit war sie jedoch so lange in der Klinik, daß ich gar nicht mehr mit ihr gerechnet hatte. Und dann stand sie plötzlich da und beschimpfte dich. Ich war wie erstarrt.«

Anita schluckte. »Warum ... warum hast du mir das nicht gleich gesagt?«

»Ich weiß auch nicht«, sagte Tonia. »Ich wollte dich nicht damit belasten. Es ist wirklich keine sehr angenehme Geschichte. Und es hat ja auch nichts mit dir zu tun.«

»Daß sie mich als Flittchen beschimpft hat?« Anita wiegte skeptisch den Kopf. »Du findest, das hat nichts mit mir zu tun?«

Tonia lächelte sie an. »Ich dachte, das ist so weit entfernt von der Wahrheit, darüber müssen wir gar nicht sprechen.«

»Na danke«, sagte Anita etwas säuerlich. »Wie nett von dir.«

Tonia seufzte und atmete tief durch. »Ich weiß«, sagte sie. »Ich mache immer wieder denselben Fehler. Ich versuche immer alles allein zu regeln, es als meine Angelegenheit zu betrachten. Ich bin so gewöhnt, für alles verantwortlich zu sein...«

Anita lächelte leicht. »Ich sehe dich immer noch vor mir, in Paris, beim Frühstück, mit der *Financial Times* und der Lesebrille auf der Nase. Das sah wirklich sehr nach Verantwortung aus, das muß ich zugeben.«

Tonia lächelte zurück. »Es war so schön in Paris«, sagte sie sanft. »Das war die schönste Zeit meines Lebens.«

Anita hob die Augenbrauen. »Es war schön, ja, aber —«

»Ich weiß.« Tonia mußte erneut tief durchatmen. »Ich habe deine Enttäuschung gesehen. Jedesmal. Aber ich konnte einfach nicht —«

»Warum wußte Julia davon?« fragte Anita. »Hast du es ihr erzählt?«

»Nein.« Tonia schüttelte den Kopf.

»Julia ist nicht Brigitte«, sagte Anita. »Sie sieht mir nicht so aus, als ob sie in die Klapse gehörte. Oder selbstmordgefährdet wäre. Sie kam mir sehr selbstbewußt vor.« Sie klang jetzt wieder ärgerlich. Für einen Moment hatte sie sich von Tonias trauriger Geschichte einlullen lassen, aber es gab ja nicht nur Brigitte, es gab auch noch Julia, und die war ein ganz anderes Kaliber. »Seit wann hast du das Verhältnis mit ihr?«

Tonia zog ihre Hand, die immer noch auf Anitas Knie gelegen hatte, zurück. Sie schien sich in sich zurückzuziehen, antwortete nicht. »Seit ihrer Geburt«, sagte sie dann tonlos. »Sie ist meine Tochter.«

»Deine... Tochter?« Anita starrte sie an. Dann räusperte sie sich. »Du meinst, du gibst sie als deine Tochter aus. So wie mich in Paris.«

»Nein.« Tonia schüttelte langsam den Kopf. »Sie *ist* meine Tochter. Ich habe sie zur Welt gebracht.«

Anita versuchte sich an Julia zu erinnern, als sie so nah vor ihr gestanden, drohend in ihre Augen geblickt hatte. Es gab nicht viel Ähnlichkeit, sie hätte Julia auf Anhieb niemals für Tonias Tochter gehalten, aber vielleicht der Mund . . .

Tonias Mund lächelte meist, wenn sie Anita ansah, Julia hatte sie wütend mit verächtlich heruntergezogenen Mundwinkeln angestarrt, aber wenn sie sich vorstellte, daß dieser Mund lächeln würde – was kaum vorstellbar war –, dann, ja dann war da tatsächlich eine gewisse Ähnlichkeit.

»Deine Tochter . . .«, wiederholte Anita immer noch ungläubig.

Tonia schaute Anita um Verzeihung bittend an. »Ich weiß nicht, wie sie es erfahren hat, aber ich nehme an, jemand, der in Paris war, hat es ihr erzählt, und sie kennt den Sohn eines der Geschäftsleitungsmitglieder deines Kaufhauses. Wahrscheinlich hat sie einfach eins und eins zusammengezählt. Als ich sie anrief, hat sie jedenfalls sofort zugegeben, daß sie bei dir war. Sie . . . sie akzeptiert meinen . . . Lebensstil nicht.« Sie schluckte.

»Deine eigene Tochter?« fragte Anita. Langsam tat Tonia ihr doch mehr leid, als sie zugeben wollte. Sie legte sanft eine Hand auf Tonias Haar und schaute sie mitfühlend an. »Das muß schrecklich sein.«

Tonia hatte sich offenbar wieder gefaßt. »Laß uns nicht mehr darüber reden«, sagte sie und lächelte Anita an. »Bist du jetzt beruhigt? Die Liste meiner . . . Bekanntschaften ist doch kürzer, als du dachtest, oder?«

»Ich habe nichts gegen eine Liste«, sagte Anita, »wenn sie Vergangenheit ist.«

»Das ist sie.« Tonia stand auf. »Ich weiß, du bist müde«, sagte sie und schaute liebevoll auf Anita hinunter, »aber könnte ich dich zu einem Glas Wein einladen? Zu irgend etwas? Eine Einladung zum Essen wage ich gar nicht.« Sie schmunzelte leicht.

Anita verzog die Mundwinkel. »So einfach ist das nicht, Tonia«, sagte sie. »Ich gebe zu, was Brigitte und Julia betrifft, bin ich jetzt wirklich beruhigt, das hat sich erledigt. Aber wer weiß, was da noch alles kommt? Unsere beiden Leben«, sie schaute zu Tonia auf und wollte so gern in ihre Arme sinken, »unsere beiden Leben sind so grundverschieden. Wir passen einfach nicht zusammen. Das läßt sich nicht so einfach wegdiskutieren.«

Tonias Schultern, die sich bereits in Vorfreude auf einen Abend mit Anita gestrafft hatten, sanken wieder in sich zusammen. »Da kann ich nicht viel machen, oder?« fragte sie sichtlich ratlos. »Gibt es irgend etwas, womit ich dich überzeugen kann?«

»Was wird Julia sagen, wenn sie mich bei dir antrifft?« fragte Anita, um ihr ein Beispiel zu geben. »Wird sie mich dann genauso beschimpfen wie Brigitte? Das möchte ich mir ehrlich gesagt lieber ersparen.«

»Das kann ich verstehen«, sagte Tonia, »aber das wird nicht passieren. Julia besucht mich nicht.«

Anita hob erstaunt die Augenbrauen.

»Das ist eine komplizierte Geschichte«, sagte Tonia. »Können wir das auf ein andermal verschieben? Ich finde, ich hatte genug Geständnisse für heute.« Sie lächelte etwas schief.

»Das stimmt«, sagte Anita. Sie stand auf. »Aber ich wünsche mir heute abend eigentlich nur noch ein heißes Bad und ein bißchen Erholung. Nach Ausgehen steht mir wirklich nicht der Sinn.« Sie schaute Tonia ernst an. »Es wäre besser, du gehst jetzt.«

Tonia legte ihre Hände ineinander und drehte sie unruhig. »Das bedeutet, du willst mich nicht wiedersehen?«

O doch, wie gern. Anita wußte nicht, wie lange sie ihre Beherrschung noch durchhalten konnte. Tonia zog sie an wie ein Magnet. »Nein«, sagte sie. »Ich glaube, das wäre das Beste für uns beide.« Sie mußte sich mit aller Macht dagegenstemmen, nicht auf Tonia zuzugehen und sie zu umarmen, zu küssen. Aber das würde alles nur wieder von vorn losgehen lassen. Das wollte sie nicht.

Tonia nickte. »Ist gut«, sagte sie. »Das habe ich auch fast schon erwartet. Ich habe dir wirklich zu viel zugemutet.«

Anita wollte die Hand heben, zärtlich und verständnisvoll über Tonias Wange streichen, aber sie tat es nicht.

»Bitte, geh«, wiederholte sie und versuchte das Zittern in ihrer Stimme zu unterdrücken.

Tonia nickte erneut, drehte sich langsam um und ging zur Tür. Anita folgte ihr, um sie durch den Flur hinauszubegleiten.

Plötzlich drehte Tonia sich um, und Anita prallte auf sie. Sie standen eng aneinandergepreßt da, steif und starr, als wäre eine Bombe neben ihnen eingeschlagen.

»Nicht, Tonia . . .«, flüsterte Anita schwach.

»Ich kann nicht anders.« Tonias Stimme war ein fast unhörbarer

Hauch. Sie legte ihre Arme um Anita und küßte sie.

Anita hatte ihre letzte Beherrschung verbraucht, um Tonia zur Tür zu begleiten. Es war einfach nichts mehr übrig, womit sie sich gegen ihre eigenen Gefühle wehren konnte. Sie sank in Tonias Arme, auf Tonias Lippen, an ihre Brust.

Sie küßten sich lange und innig, wie zwei Verdurstende, die endlich Wasser gefunden hatten.

»Anita ...«, flüsterte Tonia nach einer Weile, als sie sich schließlich voneinander lösten. »Anita, Anita ... meine süße, süße, zauberhafte Fee.«

»Feen haben keinen Sex, oder?« fragte Anita etwas resigniert. »Ist das der Grund?« Sie versuchte sich gegen die erneute Enttäuschung zu wappnen und ihre Erregung einzudämmen.

»Nein.« Tonia küßte ihr Haar, ihre Wange, ihre Lippen. »Über das Liebesleben von Feen habe ich mir ehrlich gesagt noch nie Gedanken gemacht.« Sie lachte leicht, dann löste sie ihre Umarmung, trat zur Seite und lehnte sich gegen die Flurwand. Sie legte den Kopf zurück. »Du bist jünger als meine Tochter«, sagte sie erschöpft. »Kannst du dir vorstellen, wie ich mir dabei vorkomme? Als du geboren wurdest, kam meine Tochter bereits in die Schule.«

Anita stand sprachlos da. »Das ist der Grund?« fragte sie dann ungläubig.

Tonia wandte den Kopf zu ihr. »Ja, das ist der Grund«, antwortete sie unglücklich lächelnd.

»Und damit entschuldigst du dich?« Anita schüttelte den Kopf. »Wieviel älter war dein Mann noch mal als du?«

»Das ist doch nicht der Punkt.« Tonia schaute sie an. »Ich habe ihn nicht ... da ging es nicht um ...« Sie atmete tief durch. »Das kann man nicht vergleichen.«

»Auf jeden Fall hast du gesagt, verglichen mit dem Altersunterschied zwischen ihm und dir sind wir geradezu Zwillinge. Also was ist das Problem?«

»Mag sein«, sagte Tonia, »aber wirklich nur verglichen damit. Ehrlich gesagt fand ich diesen ... Aspekt nie sehr angenehm. Ich möchte das niemandem zumuten.«

Anita lächelte. »Als ob das eine Zumutung wäre ...« Sie trat auf Tonia zu und legte ihre Hände neben Tonias Kopf an die Wand, suchte ihre Augen. »Du mußtest mit ihm schlafen, weil du seine Frau warst, du hattest keine Wahl. Ich *will* mit dir schlafen. Ich habe eine Wahl.« Sie beugte sich vor und legte ihre Lippen auf Tonias, öffnete sie, drang sanft ein.

»Anita ...«, flüsterte Tonia nach dem Kuß atemlos. »Ich weiß nicht, ob ich das kann.« Sie räusperte sich. »Nach allem, was du von mir angenommen hast, wirst du es vermutlich kaum glauben, aber es ist ziemlich lange her.«

»So was verlernt man nicht.« Anita lachte leise. »Das ist wie Radfahren.« Sie beugte sich wieder vor und küßte Tonia erneut.

Tonias Arme legten sich um Anitas Rücken, sie schmiegten sich aneinander, während der Kuß andauerte, kein Ende zu finden schien.

Nach Ewigkeiten mußten sie ihn denn doch beenden, aber ihre Lippen wollten sich nicht voneinander lösen, blieben sich nah.

»Hast du auch ein Bett?« flüsterte Tonia. »Ich glaube, ich halte nicht lange durch hier an der Wand.«

Anita lachte leicht. »Ich dachte, du würdest nie fragen«, erwiderte sie. Ihre Hand glitt zu Tonias Hand, umfaßte sie. »Komm.« Sie drehte sich um und führte Tonia an der Hand ins Schlafzimmer. »Bitte«, sagte sie, als sie dort waren. »Ist das so genehm?«

Tonia lächelte. »Jetzt fühle ich mich schon besser«, sagte sie.

Sie standen bewegungslos voreinander, schauten sich in die Augen, als ob keine den Anfang machen wollte.

Dann hob Anita die Hände, schob die Jacke von Tonias Hosenanzug von ihren Schultern. Sie fiel zu Boden, und Anita begann Tonias Bluse aufzuknöpfen.

»Warte.« Tonia hielt Anitas Handgelenke fest. Sie atmete schwer. »Warte einen Moment.«

Anita schaute sie an und hoffte inständig, daß Tonia es sich nicht anders überlegt hatte. Sie sah merkwürdig verwirrt aus.

»Hab ein bißchen Geduld mit mir.« Tonia lächelte entschuldigend. »Ich muß mich erst daran gewöhnen.«

»Woran?« Anita hauchte einen Kuß auf Tonias Lippen.

»Mit dir ... hier ... allein ...« Tonia schien unschlüssig.

»In Paris waren wir oft allein«, sagte Anita.

»Ja, aber ... das war etwas anderes.« Tonia ließ Anitas Handgelenke los. »Ich bin eine alte Frau, weißt du? Ich brauche etwas

Zeit.« Ihr Lächeln wirkte jedoch leicht schelmisch.

»Sag das noch einmal, und ich schlage dich.« Anita blickte strafend. »Du bist keine alte Frau.«

»Gegen dich schon.« Tonia musterte Anitas Gesicht, dann wanderten ihre Finger zu den Knöpfen auf Anitas Brust, begannen sie ebenfalls zu öffnen.

Anita seufzte auf, als Tonia ihre Brüste berührte. Sie hatte sich so lange gewünscht, daß sie sie berühren würde, daß es jetzt fast wie eine Erlösung war.

»Sie sind so wunderbar«, flüsterte Tonia entzückt, während sie Anitas Brüste in den Händen hielt. »Ich weiß, ich sollte das nicht sagen, weil dir das bestimmt alle gesagt haben, aber es ist einfach so.«

Anita lachte leise. »Einmal mehr schadet nicht«, sagte sie.

Als sie endlich im Bett lagen, rollte Anita sich auf den Rücken und zog Tonia auf sich. Sie blickte in Tonias Augen, die zärtlich auf sie heruntersahen. »O Tonia ...«, ihre Stimme brach, »ich habe mich so nach dir gesehnt.«

»Ich auch«, flüsterte Tonia. »Die ganze Zeit schon.« Sie beugte sich hinunter, küßte Anita leicht, ließ ihre Lippen an ihrem Hals hinab tiefer wandern.

Anita preßte ihren Kopf ins Kissen. Jede Berührung ihrer Haut fühlte sich an wie ein feuriges Brandmal. Sie atmete schwer, in abgerissenen Stößen.

Tonias Mund umfaßte eine Brustwarze, ließ sie groß und hart werden.

Anita stöhnte auf. Es kam ihr vor, als wären ihre Brustwarzen bis zum Platzen angeschwollen, alles in ihr. Ihre Schenkel zuckten unter Tonia. Sie legte ihre Beine um Tonias Rücken und spürte, wie ihr Innerstes sich für Tonia öffnete. »Mach schnell ...«, flüsterte sie drängend.

»Und wenn ich es nicht tue?« Tonia schmunzelte. »Du bist wie Champagner, und ich möchte jede einzelne Perle genießen.«

»O Tonia ... bitte ...« Anitas Stimme klang flehend. »Bitte ... tu mir das nicht an.« Ihr Schoß pochte, ihr Herz raste, das Blut rauschte in ihren Adern, ihr ganzer Körper sehnte sich so sehr nach Tonia, daß sie dachte, sie müßte sterben.

»Ich hoffe, ich tue dir nie etwas an«, flüsterte Tonia. »Meine süße, süßeste Zauberfee. Du sollst alles bekommen, was du willst, mein Liebling.«

Sie glitt an Anita hinab.

58. Kapitel
ROSENDUFT

Ich konnte leider nicht bleiben. Bitte verzeih mir.

Anita fand den Zettel auf dem Küchentisch. Sie war aufgewacht, hatte, noch in süßen Träumen gefangen, lächelnd auf dem Kissen neben sich nach Tonia getastet und festgestellt, daß sie nicht da war.

Für einen Moment hatte sie gehofft, daß Tonia bereits am Frühstückstisch saß, wie in Paris, aber als sie in die Küche kam, war der Tisch leer – bis auf den Zettel.

Ein paar Worte in Tonias weit geschwungener Handschrift. Das war alles.

Anita setzte automatisch Kaffee auf, wie sie es jeden Morgen tat. Sie funktionierte wie ein Roboter ohne nachzudenken, duschte, schminkte sich, zog sich an.

Dann setzte sie sich. Sie fühlte sich, als wäre ihr der Himmel auf den Kopf gefallen. Als Kind hatte sie nie verstanden, was das bedeutete, wenn sie es in einem *Asterix*-Heft las, nun wußte sie es.

Das war es also, dachte sie ohne jedes Gefühl, fast als ob sie abgeschaltet wäre. *Das, wonach ich mich die ganze Zeit gesehnt habe.*

Sie hätte am liebsten geweint, aber sie fühlte keine Tränen, und ohnehin hätten sie die Schminke ruiniert, die sie gleich auf der Arbeit noch brauchte. Sie konnte nicht aussehen wie Frankensteins Tochter, wenn sie Kunden bediente.

Sie stand auf und strich ihren Rock glatt. Ohne jeden Gesichtsausdruck blickte sie in den Spiegel, ordnete noch einmal ihr Haar und verließ die Wohnung, um ins Kaufhaus zu gehen.

Kaum hatte sie ihren Platz hinter ihrem Verkaufstisch eingenommen, als ein Bote auf sie zutrat. Er fragte sie nach ihrem Namen, und als er sicher war, daß er die richtige Person hatte, überreichte er ihr einen riesigen Strauß rosaroter Rosen.

Anita starrte den Strauß an, aber sie hatte keine Gelegenheit, sich zu überlegen, wie sie darauf reagieren sollte, denn schon stürmten Doris und eine weitere Kollegin auf sie zu.

»Seit wann ist Bruckner denn romantisch?« bemerkte Doris atemlos mit einem neidischen Blick auf die Blumen.

Anita stand immer noch sprachlos da.

Die zweite Kollegin lenkte ihr Augenmerk auf etwas anderes. »Was steht auf der Karte?«

»Ich –« Anita war überfordert, und da sie sich nicht wehrte, zog die Kollegin einfach die Karte aus dem Strauß.

»*Danke für eine wundervolle Nacht*«, las sie vor.

»Mein Gott, was für perverse Sachen hast du mit dem Kerl angestellt?« Doris warf ihr einen geradezu bewundernden Blick zu.

Anita griff endlich nach der Karte, nahm sie ihrer Kollegin aus der Hand, las sie selbst. Sie trug keine Unterschrift. Tonia wollte wohl ausnahmsweise einmal diskret sein. Wenn man einen halben Blumenladen diskret nennen konnte...

»Willst du sie?« fragte Anita Doris. Sie drückte ihr den Strauß in den Arm. »Ich habe keine Verwendung dafür.« Tonias Talent, einer Frau ihre Wertschätzung für ... erwiesene Dienste zu zeigen, war wirklich einmalig. Ein Wunder, daß das Collier nicht auch noch dabeigewesen war.

»Klar, ich nehm' sie.« Doris grinste. »Muß ja furchtbar gewesen sein, was du dafür tun mußtest.«

»Ich glaube, wir sind alle zum Arbeiten hier«, sagte Anita. »Oder irre ich mich da?«

»War bestimmt eklig«, bemerkte Doris mit genüßlich angewidert verzogenem Gesicht. »Mit dem Kerl hab' *ich's* ja noch nicht mal getrieben.«

Anita sagte nichts mehr, sondern warf nur einen vernichtend kalten Blick auf sie, so daß Doris sich endlich samt Rosen in ihre eigene Abteilung verflüchtigte.

Die andere Kollegin musterte Anita interessiert. »Ich wußte immer schon, daß dein Talent auf anderen Gebieten als im Verkauf liegt«, bemerkte sie süffisant. »So wie du aussiehst...«

»Dann solltest du dich aber jetzt wirklich um deinen Verkaufsstand kümmern«, erwiderte Anita. »Bei *deinem* Aussehen...«, sie machte eine kleine Pause, »hast du den Job bitter nötig.«

Die Kollegin schnappte entgeistert nach Luft, drehte sich mit hoch erhobener Nase auf dem Absatz um und stöckelte davon.
In meinem ganzen Leben war ich noch nie so bösartig, dachte Anita.
Man kann alles lernen, wie Tonia gesagt hat.
Man braucht nur die richtige Lehrmeisterin.

Am Nachmittag klingelte Anitas Handy, als sie gerade im Aufenthaltsraum war. Sie nahm es aus ihrer Handtasche und betrachtete die Nummer in der Anzeige. Unbekannt.
Sie runzelte die Stirn und meldete sich.
»Tut mir leid, daß ich jetzt erst anrufe«, sagte Tonias Stimme. »Hast du die Blumen bekommen?«
Anita war für einen Moment wie erschlagen und blieb stumm. Dann räusperte sie sich. »Ja, habe ich«, sagte sie.
»Rote Rosen sind so banal«, sagte Tonia. »Ich fand, rosa paßt viel besser zu deinen Augen.«
»Meine Augen sind blau«, erwiderte Anita irritiert. Sie wußte nicht, warum sie überhaupt antwortete, sie tat es ganz automatisch.
»Eben«, sagte Tonia. »Babyblau.« Sie lachte. »Aber da du ein Mädchen bist . . .«
»Rosa.« Anita hätte auch fast gelacht, aber danach war ihr nicht zumute. Nicht an diesem Tag.
»Ich bin in Dubai«, fuhr Tonia fort. »Deshalb mußte ich heute morgen so früh weg. Tut mir leid, daß wir nicht miteinander frühstücken konnten.«
Für einen Moment fühlte Anita sich wie auf einem schwankenden Schiff. Sie mußte sich setzen. »Dubai?« fragte sie.
»Ja, ich weiß.« Tonia klang zerknirscht. »Ich hätte es dir sagen sollen. Du warst bestimmt überrascht. Ich dachte, ich kann dich früher anrufen, aber es ging einfach nicht.«
Überrascht ist gar kein Ausdruck, dachte Anita. Sie war jetzt endgültig sprachlos.
»Habe ich dich erschreckt?« fragte Tonia. »Ich weiß, ich bin nicht gut im Schreiben, ich beschränke mich immer auf das Wesentliche. War wahrscheinlich ein bißchen trocken. Aber ich hoffe, die Rosen entschädigen dich dafür.«
Anita warf einen Blick in die Richtung von Doris' Abteilung.

»Sie sind sehr schön«, erwiderte sie matt. »Und so viele.«

»Du hast so süß geschlafen.« Tonias Stimme klang zärtlich. »Ich wollte dich nicht wecken. Am liebsten hätte ich dir die Rosen aufs Bett gelegt, der richtige Rahmen für eine Prinzessin.«

Anita fühlte sich wie knapp vor einem Kreislaufkollaps. »Tonia...«, flüsterte sie.

»Ich wollte nicht nur dir für eine wundervolle Nacht danken«, Tonia räusperte sich, »sondern auch deine Kolleginnen ein bißchen ärgern. Haben sie gedacht, die Blumen kommen von Bruckner, und er mußte sein Budget dafür belasten?« Sie lachte.

»Ja.« Anita hustete. »Das haben sie gedacht.«

»Tut mir leid«, sagte Tonia. Ihre Stimme klang vergnügt. »Ich bin manchmal ein bißchen albern.«

»Liegt wahrscheinlich an deinem Alter«, erwiderte Anita. Langsam und sehr vorsichtig kehrte ein Lächeln in ihre Mundwinkel zurück. »Du bist zu jung für mich.«

Die Leitung war für einen Augenblick still. »Es war so... schön heute nacht, das hätte ich niemals mit Worten ausdrücken können«, sagte Tonia dann leise. »Nicht einmal die Blumen können das ausdrücken. Nichts kann das. Ich wünschte, ich könnte einen Weg finden, dir zu sagen, wie... wie wundervoll es war. Wie ein Besuch im Feenland. Dein Zauber ist... unbeschreiblich.«

»Das... das sind ganz schön viele Worte«, sagte Anita schluckend.

»Und trotzdem reicht das alles nicht aus«, sagte Tonia. »Ich... ich wünschte mir so sehr, ich könnte bei dir sein.« Ihre Stimme verklang in einem Rauschen. Die Leitung wurde wohl gestört. »Dich in den Armen zu halten«, kehrte sie dann weich wieder, »war das schönste Erlebnis, das ich je hatte. Du bist wie Zuckerwatte.« Sie lachte. »Dummer Vergleich, ich weiß. Aber das war das, was ich am meisten mochte als Kind. Ich habe mich immer darauf gefreut.«

»Wie... wie lange bleibst du in Dubai?« fragte Anita.

»Drei Tage.« Tonias Stimme klang sehnsuchtsvoll. »Drei ganze Tage ohne dich.« Sie seufzte. »Eigentlich sogar mehr, denn danach müßte ich theoretisch nach San Francisco, aber das werde ich um einen Tag verschieben. Damit wir uns dazwischen sehen können.«

»Hört sich so an, als lebtest du im Flugzeug«, stellte Anita fest.

»Manchmal«, sagte Tonia. »Meistens, fürchte ich.« Sie seufzte erneut. »Bisher hat mich das nicht gestört, aber jetzt ...«

»Daran läßt sich wohl nicht viel ändern«, sagte Anita. »Es tut mir leid, aber ich muß Schluß machen. Meine Pause ist zu Ende.«

»Meine auch«, sagte Tonia. »Ich denke an dich. Ich rufe dich heute abend noch einmal an.« Sie legte auf.

Anita steckte das Handy in ihre Tasche zurück und legte sie in ihren Spind. Sie fühlte sich erschöpfter als vor dem Gespräch. Sie hatte noch gar nicht richtig erfaßt, was geschehen war. Eben noch hatte sie sich verletzt gefühlt, gedemütigt, am Boden zerstört, ohne jede Hoffnung, und jetzt war auf einmal alles ganz anders.

Sie atmete tief durch. Das mußte sie erst einmal alles verarbeiten. Etwas nachdenklich verließ sie den Aufenthaltsraum und ging an ihren Arbeitsplatz zurück, aber dann lief sie daran vorbei bis in die nächste Abteilung.

Unter Doris' überraschtem Blick nahm sie die Blumen wieder an sich und lächelte ihr zu.

»Ich habe es mir anders überlegt«, sagte sie. »Danke fürs Aufbewahren.«

Sie ging schmunzelnd mit dem Blumenstrauß im Arm in ihre eigene Abteilung zurück.

Bevor sie die Blumen ins Wasser stellte, roch sie daran und schloß die Augen.

Dieser Duft würde sie immer an Tonia erinnern.

59. Kapitel
RÜCKKEHR

»Bitte, sei mir nicht böse, aber ich konnte doch nicht ohne Geschenk zurückkommen.« Tonia schaute Anita um Verzeihung bittend an und reichte ihr einen bunt verpackten Karton.

»Solange es keine Juwelen sind ...«, sagte Anita.

»Nein, keine Juwelen.« Tonia seufzte. »Und dabei habe ich so schönen Schmuck gesehen. Aber ich habe mich beherrscht und nur das hier gekauft.« Sie schaute Anita neugierig an. »Willst du es nicht auspacken?«

Anita seufzte. »Ich wage gar nicht mir vorzustellen, was es ist.«

»Nichts Schlimmes«, sagte Tonia lächelnd. »Glaube ich jedenfalls.«

»Nicht, daß ich dir in dieser Hinsicht vertraue«, sagte Anita. »Du findest immer etwas Teures. Dafür hast du einen Blick.«

»So teuer war es gar nicht.« Tonia wand sich ein bißchen. »Aber als ich es sah, konnte ich einfach nicht widerstehen. Es ist wie für dich gemacht.«

»Na gut.« Anita öffnete das Päckchen und nahm den Inhalt heraus. »Er ist wirklich wunderschön«, sagte sie, während sie den Stoff des seidenen Morgenmantels durch ihre Finger gleiten ließ.

»Und sie haben ganz außergewöhnliche Muster dort«, sagte Tonia. »Trotz globalem Markt und allem, so etwas bekommt man hier nicht.« Sie legte leicht den Kopf schief. »Würdest du ihn anziehen?«

»Dazu muß ich mich erst ausziehen«, sagte Anita, »sonst paßt er nicht.«

Tonias Mundwinkel zuckten. »Dazu will ich dich natürlich auf keinen Fall veranlassen.«

»Nein, auf keinen Fall.« Anita schmunzelte. »Aber ich werde dir einen Strich durch die Rechnung machen. Ich gehe ins Schlafzimmer und ziehe mich dort aus. Und du darfst nicht dabei zugucken.«

Tonia machte ein gespielt schmollendes Gesicht. »Und dabei dachte ich, das wäre so ein guter Trick.«

Anita trat auf sie zu und gab ihr einen Kuß auf die Nase. »Du bleibst hier. Ich bin gleich zurück.«

Sie ging in Tonias Schlafzimmer, sie waren nach Tonias Ankunft direkt in Tonias Haus gefahren, und machte die Tür hinter sich zu.

Tonia ging zur Musikanlage und legte klassische Musik auf. Die Violinenklänge schwebten durch den Raum, als Anita, nun bekleidet mit dem Morgenmantel, zurückkam.

Sie verzog etwas amüsiert die Lippen und stellte sich in Mannequinmanier, ein Bein vorgestellt, die Hüfte vorgeschoben und eine Hand in der Hüfte, etwas entfernt von Tonia hin. »Zufrieden?«

Tonia betrachtete sie fasziniert. »Er steht dir genausogut wie ich gedacht habe«, stellte sie mit bewunderndem Blick fest. »Er paßt perfekt zu deinem Haar, deinen Augen«, sie schaute Anita hingerissen an, »deinem Lächeln.«

»Das nächste Mal verlange ich eine Rechnung«, sagte Anita.

»Und ich setze eine Obergrenze.« Sie gab die Mannequinpose auf und kam auf Tonia zu.

»So teuer war er tatsächlich nicht«, behauptete Tonia erneut.

»Ich bin vom Fach«, sagte Anita. »Ich weiß genau, was so etwas kostet. Sogar im Einkauf.«

»In Dubai ist alles billiger«, verteidigte Tonia sich.

»Ja, bestimmt. Weil Dubai ja so ein billiges Land ist.« Anita seufzte. »Dich zu erziehen ist wirklich eine Lebensaufgabe.«

Tonia schluckte schnell und wandte sich ab.

Anita trat hinter sie. »Danke«, sagte sie leise. Sie umarmte Tonia weich. »Das schönste Geschenk ist aber, daß du wieder da bist.«

Tonia legte ihre Hände auf Anitas und lehnte sich leicht zurück. »Wie schade, daß ich nicht lange bleiben kann.«

»Dann sollten wir die Zeit vielleicht nutzen«, flüsterte Anita.

Tonia räusperte sich. »Hast du unter dem Morgenmantel etwas an?«

»Rate mal«, hauchte Anita in ihr Ohr.

Tonia ließ ihre Hand an ihrer eigenen Hüfte entlang zu Anita zurückwandern und suchte die Stelle, an der sich die beiden Seiten des Morgenmantels trafen. Sie glitt hinein.

Anita zuckte zusammen, als Tonias Finger ihre nackte Haut berührten. Sie setzte ihre Hände ebenfalls in Bewegung und fuhr an Tonias Taille nach oben bis auf ihre Brüste.

Tonia zog scharf die Luft ein. Zwar trug sie Bluse und BH, aber trotzdem löste Anitas Berührung eine sofortige Reaktion aus.

»Mhm«, machte Anita. »Sie sind wach.«

Tonia lachte ein wenig. »Sie haben sich schon die ganze Zeit darauf gefreut, dich wiederzusehen.«

»Wirklich?« fragte Anita. »Es gibt keine Diskussion heute, wir kommen gleich zur Sache?«

»Wenn du willst«, sagte Tonia.

»Wenn *ich* will?« Anita knabberte an Tonias Ohrläppchen. »Das heißt, du willst nicht?«

»Doch«, sagte Tonia, »aber ich möchte nicht den Eindruck erwecken, daß ich nach meiner Rückkehr nichts anderes im Sinn habe als über dich herzufallen.«

»Was wäre daran auszusetzen?« fragte Anita. Ihre Hände drückten Tonias Brüste leicht, suchten die Brustwarzen, ihre Lippen fuhren zärtlich über Tonias Hals.

»Das ist vielleicht doch eine Altersfrage«, erwiderte Tonia mühsam, während sie versuchte, nicht unter Anitas Berührungen aufzustöhnen. »Ich begehre dich. Ich begehre dich sehr. Aber ich kann meine Hormone im Zaum halten.«

»Dann wird es wohl darauf hinauslaufen, daß *ich* über dich herfallen muß«, sagte Anita. Sie drehte Tonia zu sich um und küßte sie. »Ich *will* meine Hormone nämlich gar nicht im Zaum halten.«

60. Kapitel
ABFAHRT

»Meine süße Fee...« Tonias Stimme flüsterte.

Anita schlug die Augen auf. Sie lächelte weich, als sie Tonias Gesicht über sich gebeugt sah.

»Ich muß gehen«, fuhr Tonia immer noch leise fort. »Mein Flugzeug steht schon bereit.«

»O nein...« Anita verzog das Gesicht.

»Leider«, sagte Tonia. Sie strich zärtlich über Anitas Wange. »Es ist so schwer«, fügte sie mit leicht gequältem Gesichtsausdruck hinzu. »Ich würde viel lieber hierbleiben... bei dir.«

»Dann bleib doch.« Anita hob die Arme, legte sie um Tonias Nacken und versuchte sie zu sich herunterzuziehen.

Tonia ließ sich küssen, aber dann griff sie nach Anitas Armen und machte sich los. »Ich kann nicht«, sagte sie. »Es gibt wichtige Dinge zu entscheiden.«

»Tonia...« Anita legte ihre Hand auf Tonias Arm. »Wann kommst du wieder?«

»Am Wochenende.« Tonia lächelte. »Und dann haben wir zwei Tage ganz für uns.«

»Zwei Tage und zwei Nächte«, ergänzte Anita blinzelnd.

Tonia lachte leicht. »Na, ob ich das überlebe...« Sie beugte sich erneut zu Anita hinunter. »Ich dachte, ich wäre in einem Vulkan heute nacht«, wisperte sie. »Es ist ein Wunder, daß ich nicht nur noch ein Häufchen Asche bin.«

»Da passe ich schon auf«, erwiderte Anita schmunzelnd. »Ich brauche dich nämlich noch.«

Tonia schaute sie an, und es schien fast, als würden ihre Augen feucht schimmern. Sie strich Anita zärtlich eine Strähne aus der Stirn, ließ ihre Finger dann durch ihr Haar laufen und seufzte. »O mein Gott. Wie soll ich es nur aushalten ohne dich?«

»Ich möchte es mir gar nicht vorstellen.« Anita schluckte. »Du kommst so schnell wie möglich wieder, ja? Versprich mir das.«

»Ich komme so schnell ich kann.« Tonia hauchte einen Kuß auf Anitas Lippen und stand auf. »Das verspreche ich.« Sie blickte auf Anita hinunter, als könnte sie sich nicht von ihrem Anblick lösen. »Nimm dir ein Taxi zur Arbeit. Und zieh einfach die Tür zu, wenn du gehst. Die Putzfrau kann dann abschließen, wenn sie kommt.«

»Ja.« Anita schluckte erneut. »Tonia . . .«

»Es nützt doch nichts.« Tonia sah immer gequälter aus. Dann plötzlich lächelte sie. »Es ist so schön, daß ich zu dir zurückkommen kann. Ich werde mich jede Sekunde darauf freuen.« Es sah so aus, als wollte sie sich noch einmal zu Anita hinunterbeugen, um sie zu küssen, aber sie beherrschte sich und lächelte Anita nur an. »Bis bald, meine süße Fee.«

Als Anita Tonias Haustür ins Schloß fallen hörte, seufzte sie tief auf. *Wie kann es nur sein, daß ich mich jetzt schon nach ihr sehne?* dachte sie. *Kaum daß sie fort ist.*

Sie legte die Arme um sich, als ob sie sich einbilden wollte, daß Tonia sie umarmte, daß sie nicht allein wäre, und schloß die Augen. Sie sah Tonias Gesicht wieder über sich, wie sie sich verabschiedet hatte, und dann, wie es heute nacht gewesen war.

Tonias zärtliche Augen, Tonias liebevoller Blick, Tonias Hand, die sie streichelte, Tonias Mund, der sie küßte.

Sie atmete tief durch. So etwas hatte sie noch nie erlebt. Sie hatte sich so eins gefühlt mit Tonia, so zu Hause.

Als ob sie ihre Heimat gefunden hätte.

Ist das Liebe? fragte sie sich.

ENDE DER 4. STAFFEL